W0319116

EGYD GSTÄTTNER

Das Freudenhaus

Gedruckt nach der Richtlinie des
Österreichischen Umweltzeichens
„Druckerzeugnisse“,
Druckerei Theiss GmbH, Nr. 869

FSC
www.fsc.org
MIX
Papier aus verantwortungsvollen Quellen
FSC® C012536

Copyright © 2015 Picus Verlag Ges.m.b.H., Wien
Alle Rechte vorbehalten
Grafische Gestaltung: Dorothea Löcker, Wien
Umschlagabbildung: JANEK SKARZYNSKI/AFP/picturedesk.com
Druck und Verarbeitung:
Druckerei Theiss GmbH, St. Stefan im Lavanttal
ISBN 978-3-7117-2026-9

Informationen über das aktuelle Programm
des Picus Verlags und Veranstaltungen unter
www.picus.at

LH Haider 1950 - 2008

EGYD GSTÄTTNER

Das Freudenhaus

ROMAN ÜBER DAS ABSURDE THEATER

PICUS VERLAG WIEN

Wir sind alle auf der Suche nach etwas außergewöhnlich Wichtigem, von dem man vergessen hat, was es war; ich schreibe die Memoiren eines Mannes, der das Gedächtnis verloren hat. Mir bleibt das Bewusstsein, dass alle Dinge, die ich sage, nur Ersatz sind.

Eugène Ionesco,
Heute und gestern,
gestern und heute

ERSTER TEIL

1
DER AUSSCHLUSS

Der Weltraum. Der einzige von Lebewesen bewohnte Planet in all den Galaxien und Milchstraßen. Die Erdkugel. Die nördliche Hemisphäre. Der alte, der altehrwürdige Kontinent dieses Planeten. Die große Nation dieses Kontinents. Die glanzvolle, die weltberühmte Hauptstadt dieser großen Nation. Die Stadt der Liebe! Die Stadt der Lichter und der Dichter und der Akkordeonspieler! Die Stadt der Eleganz, der Mode, der Musik! Die Malerei! Die Stadt der Schönheit, des Geistes und der Kunst! Die Theater! Das Théâtre du Nouveau-Lancry! Die Museen! Die Galerien! Die Kathedralen! Notre Dame! Montmartre! Montparnasse! Die Rue de la Huchette! Der Jardin du Luxembourg! Das Quartier Latin! Die Seine! Die Rue de l'Odéon. Die Champs Élysées. A sportscar! The warm wind in my hair! Der funkelnde Eiffelturm! Der Eiffelbeinturm! Die Stadt der Concierges und Clouseaus und Clochards und Citroëns, die Stadt der krxx … krwwxx … krrrwxxxxx … Schlblwwwrxrxrxxxx! Plp! Plp! Krx! Krx! Pinnnng! Zinnnnng! Fltsch. Fltsch. Fltsch. Schlabaschlablbschlblb! Filmriss! Sch! Schnell! Spulen Sie zurück! Noch ist nichts passiert! Probieren wir es noch einmal! Halten Sie mir die Daumen! Das wäre peinlich! Ausgerechnet jetzt! Vielleicht geht es noch! Vielleicht merkt es keiner! Also dann: Klappe, die zweite! Film ab!

Der Weltraum. Die Erdkugel. Die nördliche Hemisphäre. Einer der kleineren Kontinente. Einer der kleineren Staaten dieses Kontinents. Eine der kleineren Städte. Vorstadt. Das große Stadion der kleinen Stadt. Die Silberschüssel, die man schon vom Flugzeug oder von der Autobahn aus erkennt. Das Wahrzeichen. Es gibt Städte mit Silberschüsseln und Städte ohne Silberschüsseln. Es gibt Silberschüsseln, in denen es kocht, und Silberschüsseln, in denen es nicht kocht.

Zweiunddreißigtausend Sitzplätze. Einunddreißigtausendsiebenhundert leere Sitzplätze, weinrot. Es sind nur der Unterrang der Westtribüne und der VIP-Balkon darüber geöffnet. Alle anderen Tribünen sind gesperrt. Da darf niemand sitzen. Lauter leere Plätze, wohin man seinen Blick auch schweifen lässt. Tausende und Abertausende leere Stühle! Prächtige Öde! Keine Fernsehkamera. In der Fernsehkameraposition: ich. Erstmals ist dieses prekäre Wort jetzt gefallen. Ich, Egyd Fraundorfer, Bewohner des Weltalls und Teil des Universums, lebe in einer Stadt mit einer Silberschüssel, in der es nicht kocht. Kalte Küche, ein paar Bratwürste ausgenommen. *Der Ort, ich glaube, nannte sich Paris. Paris hat es nie gegeben … in diesem Loch … in all dem hier … in dem großen, ganz schwarzen Loch.* Ah! Diese Aussetzer! Rund um mich ein paar andere Zuseher zwischen vielen, vielen leeren Plätzen. Ich gehöre hier mit niemandem zusammen. Ich bin allein gekommen, ich sitze allein, ich werde allein gehen, und da die übrigen Zuseher gewissermaßen auf meiner eigenen schiefen Ebene sitzen, kann ich sie so gut wie nicht sehen. Ich sehe nur die siebenundvierzig vollkommen leeren weinroten Sitzplatzreihen rundherum, die zu einem gigantischen Sitzplatzteppich verknüpft sind, und das leicht geschwungene, silbern schimmernde Stadiondach darüber. Jeder Stuhl ein Sandkorn einer Wüste. Das Theater der Antike beginnt damit, dass sich einer aus dem Chor löst und sich dem Chor gegenüberstellt. Aber wenn kein Chor da ist?

Hallodria Hintersiebenbergen spielt gegen Kapfenberg, und

obwohl die Nummer vierzehn gleich nach dem Seitenwechsel ausgeschlossen worden ist, führt Hallodria seit der fünfundfünfzigsten Minute mit eins zu null. Jubeln konnte ich nicht, weil ich zum Zeitpunkt des Tores gerade den letzten Bissen meiner Bratwurst in den Mund steckte. Stoffwechsel ist sehr wichtig. Welt hinein, Welt hinaus. Beim Jubeln hätte ich mich wahrscheinlich verschluckt und wäre womöglich jämmerlich erstickt. Welt aus. Das rituelle Verzehren der Bratwurst gehört zu den zentralen Vorkommnissen eines Stadionbesuchs. Mit dem Pappendeckel in der Hand, auf dem Bratwurst, Semmel, ein Batzen Senf und eine Papierserviette liegen, wechsle ich in der Halbzeitpause im Rücken der Leute hinter der Tribüne die Seiten, suche mir ein Plätzchen, setze mich, warte auf den Beginn der zweiten Halbzeit und kann mich beim Essen nicht sattsehen am Anblick der gigantischen leeren Tribünen rund um mich. Würde dieses Ritual durch irgendeinen Umstand durcheinandergebracht, befiele mich wahrscheinlich große Unruhe, die ich womöglich den ganzen restlichen Abend lang nicht wieder aus mir herausbrächte. Auf meine Seele muss ich gut aufpassen. Ich habe nur die eine. Die zweite Halbzeit widme ich hauptsächlich der Verdauung der Bratwurst.

In der fünfundsechzigsten Spielminute bekam ich plötzlich ein intensives religiöses Gefühl. Jedenfalls muss es so ein Gefühl gewesen sein, das religiös veranlagte Menschen vielleicht empfinden, wenn sie am Sonntag den Gottesdienst besuchen und in der Bankreihe der Kirche sitzen, in der sie schon oft – ihr Leben lang! – gesessen sind und auch noch oft (aber was weiß man?) – ihr restliches Leben lang! – sitzen werden. Ob nun Menschen da sind oder nicht: Das nehmen sie kaum wahr. Nicht, dass sie sich etwas Besonderes erwarten würden! Nicht, dass etwas Außergewöhnliches angekündigt worden wäre! Weder Fest noch Wunder. Nein! Sie wollen ganz einfach in dieser Kirche sitzen: Das gehört zu ihrem Leben wie essen und trinken. Sie setzen sich. Sie blicken auf die Wände des Kirchenschiffs. Sie sehen die Fresken, die sie alle schon kennen. Sie sehen die Heiligenstatuen und Barockengel auf der Kanzel, die sie schon längst kennen. Sie atmen durch und seufzen ein wenig: So wird ihre Seele gesund. Sie sehen den Altar und den Tabernakel, die sie schon längst kennen, lehnen sich zurück und sind zufrieden. Denn alles ist, wie es sein soll. Alles, was geschieht, geschieht, damit sich die Schrift erfüllt. Alles ist wie immer. Sie wollen immer wieder in dieser Kirche sitzen, wie ich in meinem Stadion, wie ich immer wieder in diesem meinem Stadion sitzen will. Täte ich es nicht, fehlte mir etwas. Ich sehe die Tore, das Spielfeld, die Tribünen, die Anzeigetafel, das Dach, die Flutlichter. Alles wie es sein soll. Schönheit. Erhabenheit. Dieses Stadion ist meine Kirche. Meine Kathedrale. Mein Dom. Nicht Romanik. Nicht Gotik. Nicht Barock. Neueste Sachlichkeit. Stahl und Beton. Ich habe lange auf seine Errichtung gewartet. Lange. Schwer. Lange hat mir etwas gefehlt. Ich habe Opfer bringen müssen. Große Opfer.

Wenn ich von mir spreche, der in diesem Stadion sein will, und wenn ich von denen spreche, die in ihren Kirchen sein wollen, dann geht es allen diesen dabei gar nicht eigentlich um den Gottesdienst, der eben gewissermaßen nebenbei stattfindet, und um Gott am allerwenigsten. Gott: Was das schon sein soll! Es geht überhaupt nicht um ein Jenseits, überhaupt nicht um Auferstehung oder ein ewiges Leben. Es geht um Einkehr, wortwörtlich um Einkehr. Um das Innehalten, um die Versenkung, um die Stille. Um das Jenseits im Diesseits. Um das Diesseitsjenseits. Die Zeit soll stehen bleiben. Es geht nur um eines: zu sich zu kommen. Zur Ruhe zu kommen. Frieden zu finden. Frieden in sich selbst. Eine Stunde Ruhe pro Woche in seinem Leben. Eine Stunde ohne Zeit. Hier und jetzt. Zweimal fünfundvierzig Minuten Frieden. Sofern der Schiedsrichter nicht nachspielen lässt.

Er lässt drei Minuten nachspielen, aber es bleibt beim Ergebnis, Hallodria gewinnt eins zu null. Das ist schön, aber egal. Was in der Regionalliga passiert, ist egal. Aber auch was in der Nationalliga oder in der Bundesliga passiert, ist egal. Und was in der Europaliga passiert, ist genauso egal. Also schreite ich die große Rampe abwärts, setze mich auf das Fahrrad, das ich an einen Fahnenmast neben dem Kassahäuschen vor dem großen Stadion gesperrt hatte, und radle bei Nacht und Nebel nach Hause und sehe einem plötzlichen Impuls nachgebend in der Bibliothek nach, ob ich vielleicht den Text von »Die Stühle« von Ionesco habe.

Tatsächlich, ich besitze die deutsche Ausgabe! Ein schmales gelbes Reclam-Heftchen aus meiner Gymnasialzeit: Eine schreckliche Zeit ist das gewesen, eine ganz schreckliche Zeit! Ich glaube, dass ich damals verstümmelt worden bin; nicht das Gehirn, nicht der Geist, aber die Seele. Den Geist kann man beschützen, wenn man selber ein Geist ist, die Seele nicht. Meine Verstümmler von einst sind heute ahnungslos oder tot. Und ich bin verstümmelt, unsichtbar, unwiderruflich. Dabei ist mir meine Zerstörung ein Rätsel. Ich bin zerstört worden, indem man mich geweckt hat.

Fünfunddreißig Jahre alt muss dieses kleine Reclam-Heft sein! Das Papier ist im Lauf der Jahrzehnte ein wenig vergilbt und vor allem an den Rändern gebräunt. Aber im Übrigen ist es noch gut erhalten. Der Text unversehrt. Unterstrichen habe ich als Gymnasiast nichts, mit Ausnahme einer Stelle, der Vorrede, die ich mit rotem Kugelschreiber eingerahmt hatte. An diese Vorrede kann ich mich auch heute noch gut erinnern. Sie beginnt so: »Die Welt erscheint mir mitunter leer von Begriffen und das Wirkliche unwirklich …« Ja! Genau! So musste mir als Jüngling die Welt auch erschienen sein! Die Leere des Lebens! Und eingerahmt hatte ich: »Wesen, die in ein Etwas hinausgestoßen sind, dem jeglicher Sinn fehlt, können nur grotesk erscheinen, und ihr Leiden ist nichts als tragischer Spott. Wie könnte ich, da die Welt mir unverständlich bleibt, mein eigenes Stück verstehen? Ich warte, dass man es mir erklärt.«

Ja! Exakt! Goldene Worte über das schwarze Loch! Auch ich war hier in Hintersiebenbergen in ein Etwas hinausgestoßen! Und auch meinem Etwas fehlte jeglicher Sinn! Und deswegen wäre ich am liebsten zu Hause geblieben. Oder ins Stadion gegangen. Ins alte Stadion. Hallodria spielte gegen den Wiener Sportklub. Das alte Stadion stand an derselben Stelle wie heute das neue Stadion, aber es bot bloß Platz für zehntausend Besucher, davon achttausend Stehplätze, von Hartlaubbüschen begrenzt. Plätze und Besucher wurden damals nicht gezählt, sondern geschätzt. Leere Stehplätze schauten gar nicht wie Stehplätze aus, sondern einfach wie Natur. Die Hartlaubbüsche waren gleichzeitig Pissoirs. Die Leere war so ungenau wie die Fülle. Die Stehplatztribüne wuchs nicht in die Höhe und stieg nicht steil an. Es gab kein Dach, dafür mehr Licht, mehr Wind, mehr Wetter. Das Urstadion war gewissermaßen naturbelassen.

»Die Stühle« waren Klassenlektüre. Denn das Stück stand auf dem Spielplan des Stadttheaters Hintersiebenbergen, als Studioproduktion auf der Nebenbühne. Auch Stücke von Musil und Canetti und Beckett wurden auf dieser Studiobühne damals produziert, alles was modern war, unvorstellbar heute! Theater spielte damals noch eine größere Rolle im gesellschaftlichen Leben. Kunst spielte im Gesellschaftsleben eine größere Rolle, Literatur, Kultur … Vormittags gab es geschlossene Sondervorstellungen für Schulklassen, vor allem für die Oberstufe der Gymnasien. Herr Professor Pöhland verteilte auf der Straße vor dem Studio die Eintrittskarten. Am Tag darauf wollte Pöhland das Eintrittsgeld in der Klasse abkassieren. Dreißig Schilling pro Kopf und Nase. Drei Schüler hatten vergessen, das Geld mitzubringen, einer davon war ich. Ich war müde. Traumverloren. Gedankenversunken. In meiner eigenen Welt. Ich machte mir keine Gedanken über das Geld für das Theaterstück – dreißig Schilling: eine Bagatelle letztlich –, weil ich mir den ganzen Tag Gedanken über das Theaterstück machte und über die Verstörung, die von ihm ausgegangen war. Welche Verlorenheit! Welche existenzielle Einsamkeit! So hatte ich die Welt noch nicht gesehen! Meine Welt war ganz anders. Wie elend diese Welt auf dieser Bühne war! Wie elend die beiden Alten waren, die die gesamte Menschheit zu einer Abendgesellschaft eingeladen hatten. Erbärmlich und erbarmungswürdig gleichzeitig. Unentwegt läutete die Türglocke und die beiden schafften eifrig Stühle herbei, auf denen die unsichtbaren Gäste Platz nahmen. Sie trieben Konversation und kündigten die große Rede an, die Aufschluss geben sollte über die noch ungeklärten Fragen des Daseins. Noch ehe die Rede stattfand, stürzten sich die beiden Alten aus dem Fenster. Wozu dann um Himmels willen alles, fragte ich mich.

Außerdem bekam ich über die Welt nachdenkend Zahnschmerzen. Dann kam das Wochenende. Am Samstag in der Nacht radelte ich in die Zahnambulanz des Krankenhauses und ließ mir zur Geisterstunde einen vereiterten Zahn reißen. Am Sonntag klaffte ein blutiges Loch in meinem Kiefer. Am Montag und am Dienstag hatte die Klasse keine Deutschstunde und am Mittwoch hatte ich die dreißig Schilling wieder vergessen. Ich war noch wie narkotisiert. Ach ja, das Geld! Daran hatte ich jetzt nicht gedacht. Denn es war viel Zeit vergangen und mein Kopf voller wesentlicher Dinge die ungeklärten Fragen des Daseins betreffend. Und es war ja nur Geld. Eigenes

Geld hatte ich nicht, woher denn auch? Ich musste den Vater fragen. Ich hätte ihn fragen müssen. Bitten müssen. Aber der Vater hatte wenig Zeit und viele Sorgen: *Das tägliche Brot. Das Dach über dem Kopf.* Es ging schlechter und schlechter mit Vaters Sitzmöbelunternehmen: Einerseits kauften die Leute nun lieber billige Sitzmöbel in den großen neuen Sitzmöbelburgen am Stadtrand als die teureren Qualitätssitzmöbel in seinem kleinen, alteingesessenen Sitzmöbelgeschäft, das er von seinen Eltern geerbt hatte, die es von deren Eltern geerbt hatten, die noch Tischler gewesen waren, Selbermacher, Urgroßvater *und* Urgroßmutter nämlich, er und sie, Tischler *und* Tischlerin, Tischler, die Stühle bauten. Andererseits bezahlten immer mehr Sitzmöbelkäufer ihre Rechnungen nicht, die Leute werden immer ungenierter und rücksichtsloser, schimpfte Papa, und bei Pfändungsversuchen stellte sich immer häufiger heraus, dass die Sitzmöbelkäufer bankrott waren. Die Kreditraten bei der Bank musste Papa aber trotzdem zurückzahlen ... wie viele schlaflose Nächte hatte Papa zu durchleiden, während ich schlief und träumte und träumte und schlief ... den tiefen Schlaf des Zuspätgekommenen, der nichts mehr erben würde, um es zu erhalten ... eine Trickfilmfigur, die die Gesetze der Physik außer Kraft setzend immer weiter durch die Luft läuft, weil sie nicht nach links und nicht nach rechts und vor allem nicht nach unten schaut und ganz einfach nicht zur Kenntnis nimmt, dass sie die Klippen längst hinter sich gelassen hat ..., und eine innere Stimme sagte mir: In der Situation kannst du ihn nicht ausgerechnet um Geld für »Die Stühle« von Ionesco bitten! Das wäre doch geradezu eine Verhöhnung meines Schöpfers gewesen.

Es war mir sehr unangenehm und peinlich, dass ich das Eintrittsgeld für »Die Stühle« am Freitag wieder vergessen hatte, wahrscheinlich eine Fehlleistung, die man gleich hätte analysieren sollen, um ärgeren Schaden zu vermeiden: Wahrscheinlich wäre der Akt des Bezahlens des Eintritts für »Die Stühle« ein Eingeständnis gewesen, dass die Welt nicht so wunderbar und schön ist, wie Papa sie mir immer herbeierzählt hat, sondern so, wie sie ist, so traurig, so sinnlos und so leer, was ich auf gar keinen Fall wollte, wozu ich ausführe, dass ich eine Gestalt war und bin, die im Unzusammenhängenden umherirrt und die nichts ihr Eigen nennt außer ihrer Angst, ihrer Reue und ihrem Versagen – genau wie es in Ionescos Vorrede zu den »Stühlen« heißt, womit ich nun demonstriert zu haben hoffe, dass ich das Wesentliche damals durchaus erfasst hatte. Ich könnte es auch umgekehrt sagen: Das Wesentliche hatte mich erfasst. Das Wesentliche hatte mich auf dem falschen Fuß erwischt. Um Himmels willen! Die Trickfilmfigur schaut nach unten! Außerdem kamen schon wieder Zahnschmerzen dazu, grässliche Zahnschmerzen; Zahnschmerzen von der Art, dass sie im Kopf die ganze Welt auffressen. Das schlechte Erbgut! Wer sonst nichts erbt, erbt schlechte Zähne. Mein Gott, mein Vater, warum kann man nicht gleich mit einer Prothese auf die Welt kommen! Kunst statt Natur! Kunst kann niemals solche Schmerzen zufügen wie Natur! Am Mittwoch hätte ich das Eintrittsgeld für »Die Stühle« von Eugène Ionesco im Grunde gehabt, denn ich hatte die dreißig Schilling bei Papa (der von Ionesco sein Leben lang nie etwas gehört hatte) dann meine eigene Zwangslage beherzigend doch angefordert und gemeinsam mit einem leichten Seufzer bekommen und in meine Geldtasche gesteckt, die ich wiederum in die Gesäßtasche meiner Bluejeans geschoben habe, die ich auch am Mittwoch anziehen wollte, hätte meine Mutter beim Frühstück nicht darauf bestanden, diese schmutzige (wörtlich sagte sie: »vor Dreck strotzende«) Jeans zu wechseln, wodurch dann meine Geldtasche irgendwie … na ja. Es hat nicht sollen sein.

Damit ein solches Malheur nicht noch einmal passieren konnte, habe ich die vermaledeiten dreißig Schilling für Ionescos »Stühle« diesmal griffbereit auf das Nachtkästchen gelegt, den Wecker gestellt und bin so auf die Aufgaben, Pflichten und Notwendigkeiten des nächsten Tages vorbereitet friedlich eingeschlafen. Ich habe geträumt, dass der Wecker läutet und ich aufstehe, frühstücke, mich außerdem an wichtigen Körperstellen ein bisschen wasche, in die Schule gehe, Professor Pöhland in tiefster Zufriedenheit die dreißig Schilling aushändige, der sie freudestrahlend entgegennimmt, und genau in dem Moment, in dem Pöhland mich fragt: »Warum nicht gleich so, Fraundorfer?«, schrecke ich aus dem Traum hoch, blicke auf den Wecker und muss feststellen, dass die Unterrichtsstunde in diesem Moment, den ich noch im Bett zubringe, zu Ende geht. Jetzt läutet es, aber das ist nicht der Wecker, sondern die Zentralpausenglocke des Gymnasiums.

Es gibt im Leben jedes Menschen zwei Zustände, in denen er ein vollendeter Dichter ist: Traum und Kindheit. Beides war bei mir an diesem Morgen der Fall. Aber eine Grundsatzdiskussion über: Der Traum ein Leben, das Leben ein Traum, das Aufgehobensein im Unlösbaren angesichts der Frage: Was ist wirklich? Was ist wirklicher? Die Traumwirklichkeit oder die Wirklichkeitswirklichkeit? – Und besitzen wir Menschen überhaupt ein Instrumentarium, um Traumwirklichkeit und Wirklichkeitswirklichkeit zuverlässig voneinander unterscheiden zu können, all diese Erörterungen, die ich Professor Pöhland in der Stunde darauf zur intellektuellen Untermalung der Gesamtsituation angeboten habe, haben mir nicht wirklich weitergeholfen. Der Traum, ein Leben: Falsches Land. Falsche Zeit.

Die Pomade auf dem Kopf Professor Pöhlands war damals längst nicht mehr – und noch lange nicht wieder – modern. Mein Gott, es ging doch nur um dreißig Schilling! Eine lächerliche Summe. Eine lächerliche Geschichte. Aber als ich gescheiterter Gelddienstbote Professor Pöhland coram publico wirklich zerknirscht die unglückseligen Umstände auseinandersetzte, die schuld daran waren, dass ich das Eintrittsgeld für Ionesco noch nicht bezahlen konnte, begann er ganz oben am Kopf zu schwitzen, was – wofür ich beim besten Willen nichts konnte – irgendwie dazu führte, dass sich Kopfschweiß und Pomade vermischten, ein dünner schwarzer Strom stirnabwärts floss, in eines der Pöhland'schen Augen tropfte und dort ein offenbar schmerzendes Brennen verursachte, worauf der Professor Pöhland das Klassenzimmer verließ, um wenige Minuten später gereinigt, seelisch aber doch seltsam derangiert zurückzukehren. Kann sein, dass etliche Klassenkameraden und vielleicht auch ich die Situationskomik würdigend ein wenig geschmunzelt haben, aber wenn, dann unwillkürlich und ganz sicher ohne Schadenfreude und beleidigende Absicht. Einfach situativ.

»Schlecht erzogen bist du«, sagte Pöhland. »Aber das geht so nicht, so nicht, so nicht …« Und dann brachte er mich um.

Meine letzten Worte waren: »Je mehr man die Kultur ablehnt, desto mehr bereichert man sie, Herr Professor!«

Zwei Monate später händigte mir Professor Pöhland das Jahreszeugnis aus.

In dem stand als Betragensnote: »Nicht zufriedenstellend«. Die Exkommunizierung! Absturz der Trickfilmfigur. Exitus. Abtransport in die Kühlkammer des Leichenschauhauses: -273° C! Im ganzen Gymnasium war ich der einzige Schüler, dessen Betragen mit Nicht zufriedenstellend beurteilt worden war, oder – wie es hieß: – beurteilt werden *musste:* ICH! Der Einzige! Ich war einzigartig! Mein finsteres Schicksal verbreitete sich wie ein Lauffeuer: Ich war, wie sich schnell herausstellte, der einzige Schüler der ganzen Stadt Hintersiebenbergen, ja, des gesamten Bundeslandes Hallodrien, dessen Betragen mit

Nicht zufriedenstellend beurteilt worden war. Der einzige unter Tausenden und Abertausenden! Niemand wusste zu sagen, ob überhaupt schon einmal in der Geschichte des Landes und seines Schulwesens irgendjemand mit Nicht zufriedenstellend beurteilt worden war. Auch die Ältesten der Alten konnten sich nicht an einen derartig schlimmen Fall erinnern. Das war das Kainsmal! Auf meiner Stirn erschienen Leuchtbuchstaben, die sich zu den Worten *Extremely Dangerous!* zusammensetzten, ein anderes Mal zum Wort *Asozial!*, zum resignativen Befund *Nicht therapierbar!* Nicht zufriedenstellend: Das war tausendmal schlimmer als Nicht genügend. Denn das war keine Zensur, sondern ein Urteil. Nicht zufriedenstellend: Das war, in zwei harmlose, unverfängliche Wörtchen gekleidet, das Ungeheuerlichste, das einem jungen Menschen attestiert werden konnte, das war die Aburteilung seiner Gesamtpersönlichkeit, seines ganzen Wesens.

Nicht zufriedenstellend: das Ticket in die Hölle.

Und außerdem war ich durchgefallen. Nicht genügend: Damit das Nicht zufriedenstellend nicht gar so allein war. Mir kam vor: Ich *wurde* durchgefallen. Ich wurde *durchgefällt.* Ich war eine Unperson geworden. Wo konnte ich mich mit einem solchen Zeugnis vorstellen, hochgefährlich, wie ich nun einmal war? Diese Schande! Ich war ausgeschlossen aus der Menschengesellschaft. Hinausgeworfen. Ich war gesperrt. Auf Lebenszeit gesperrt. Von allen Kameraden für immer getrennt. Es gab kein Zurück mehr. Ich war ein Aussätziger. Ich hatte die Betragenspest. Ich war zu Einzelhaft verurteilt worden, zu einem einsamen Marsch durch die Wüste, an dessen Ende der Tod wartete, das ewige Nichts. Exitus statt Abitur. Schockschwerenot! Schädelhirntraumaherzstillstand!!!

Am Anfang war der Chor. Aber das Theater als Gattung beginnt in Wirklichkeit in dem Augenblick, in dem einer aus dem Chor heraustritt, sich dem Chor gegenüberstellt und eine eigene Stimme bekommt. Sagt man. Aber in Wirklichkeit beginnt das Drama in dem Augenblick, in dem der Chor einen aus seinen Reihen hinaustritt und verstößt und der Chor dem Einzelnen gegenübersteht wie eine Armee.

Alles, was bisher in meinem niedlichen kleinen Leben geschehen war, war doch letztlich eine Komödie gewesen. Und jetzt wurde aus der Komödie plötzlich eine Tragödie! Was hatte ich getan? Einen Fehler hatte ich begangen, ja, ein Malheur war mir passiert, eine Fehlleistung. Wenn man so will: ein Malheur in mehreren Etappen. Dass ich verträumt war und verschlafen hatte, konnte man mir vorhalten. Einen Mangel an Pünktlichkeit, Pflichtbewusstsein und Gewissenhaftigkeit konnte man mir vorwerfen. Aber ein Verbrechen? Jemand musste mich verleumdet haben. Hatte ich jemanden umgebracht? Hatte ich jemanden vergewaltigt? Verprügelt? Wehrlose Kreaturen gequält? Gott gelästert? Religiöse Lehren herabgewürdigt? Hatte ich geplündert? Gebrandschatzt? Hatte ich meine Professoren beim Fenster hinausgeworfen, war ich wild brüllend mit einer Kalaschnikow ins Konferenzzimmer eingedrungen und hatte die Professorenschaft wahllos um mich ballernd niedergemetzelt? Hatte ich ein Blutbad angerichtet, hatte ich den Direktor stranguliert? Hatte ich meine Mitbrüder und Mitschwestern zu den Waffen gerufen, das System zu stürzen? Alienatio mentis? Aberratio mentalis? Fixe Ideen? Hatte ich einen Theaterbrand gelegt an den morschen Holzboden der Gesellschaft? Nein, ich hatte ein paar Mal das Eintrittsgeld von dreißig Schilling für »Die Stühle« von Eugène Ionesco vergessen.

Und ich hatte – ein armer Komödiant in seiner Plage und Not – damit begonnen, während sterbenslangweiliger Unterrichtsstunden selbst hübsche Mikrodramen im Geist Ionescos und Arrabals und Audibertis zu schreiben. In meinen Mikrodramen traten Menschen in Wohnlandschaften auf, die einander zu Kaffee und Kuchen Sätze aus Gebrauchsanleitungen für Waschmaschinen, Radiorekorder und Fernsehgeräte an den Kopf warfen. Die Männer und Frauen in meinen Mikrodramen standen auf und tanzten miteinander, während sie sich Aufgaben aus Mathematikschularbeiten ins Ohr flüsterten wie die gewagtesten Intimitäten. Sie koitierten und sagten während des Koitus Sätze aus dem Kapitel Genetik des Biologiebuchs auf und orgasmierten zu Worten wie *Doppelhelix* oder *Desoxyribonukleinsäure*. Bei der Zigarette danach säuselten sie sich Sätze aus dem Alten Testament und aus dem Koran zu, wobei ein Teil der Bühnenfiguren nun in die Rolle von Möbelstücken schlüpfte und der andere Teil der Figuren auf diesen lebenden Sitzmöbeln Platz nahm, sodass Hinterteile sich harmonisch auf Gesichtern niederließen und es sich miteinander plaudernd bequem machten, die einen drohten zu ersticken, die anderen drohten mit Konsequenzen, und am Ende sprangen sie alle aus dem Fenster in die Tiefe.

Wie plastisch ich Machtverhältnisse dargestellt hatte! Wenn das keine Kunst war! Meine Mikrodramen wurden mir von den Professoren aber nicht als anerkennenswerte – sozusagen: sehr zufriedenstellende – Talentproben ausgelegt, sondern als »unterrichtsfremdes Material« abgenommen – mit der Vorhaltung: »Wenn das jeder täte … wenn sich das jeder herausnähme … wenn jeder so eigenmächtig …« Dass jeder tun könnte, was ich tat und tue, war und ist freilich ein sehr hypothetisches, ein »akademisches« Problem: Denn ich war ja schon attestiert einzigartig. Bis heute ist mir mein abgenommenes Frühwerk von der Direktion des Gymnasiums nicht rückerstattet worden. Ich warte.

Als renitent werde ich sicherlich gegolten haben: Das konnte schon sein. Mein Betragen wird den eisernen Professoren missfallen haben. Man wird meine Antworten als frech und meine ironischen Kommentare als Versuche empfunden haben, die Lehrer zu ärgern, ihre Autorität zu unterwandern und die Klasse aufzuwiegeln. Dass ich vor der Klasse gesagt habe, unser Leben zerfalle in zwei Hälften – in der ersten würde uns eine Menge von Ansichten, Urteilen und Meinungen mitgeteilt, und wir hätten die Aufgabe, diese Ansichten teils zu vergessen, teils durch ihr Gegenteil zu ersetzen –, das wird die Lehrer sicher gegen mich aufgebracht haben. Diese meine Weisheit quittierte Professor Pöhland mit der Bemerkung, noch nie habe er so viel Anmaßung getroffen und so wenig, das sie gerechtfertigt hätte. Ich glaube, ich habe sogar gehöhnt, das schlimmste Vorurteil, das wir aus unserer Jugendzeit mitnähmen, sei die Idee vom Ernst des Lebens. Daran sei nur die Schule schuld. Lehrer seien Spielverderber. Alles wirklich Wertvolle sei aus einer Spielerei hervorgegangen.

Oder hatte ich gar etwas getan, das so unsagbar schlimm gewesen ist und durch das ich so große Schuld auf mich geladen habe, dass ich es, um überhaupt weiterleben zu können, aus meinem Bewusstsein verdrängt habe? Vielleicht müsste ich schürfen und schürfen und schürfen, Schicht um Schicht um Schicht abtragen, graben, graben, graben, zahlen, zahlen, zahlen. Aber womit?

Ich machte mich samt meinem Zeugnis mit der niederschmetternden Zensur auf den Heimweg zu Sitzmöbelvater und Sitzmöbelmutter. Auf dem Bürgersteig bildete sich eine Menschenschlange, die mit zahllosen Fingern auf mich zeigte und rief: Schaut, das einzige Nicht zufriedenstellend von Hintersiebenbergen! Das einzige Nicht zufriedenstellend von Hallodrien! Schaut! Der Sitzenbleiber! Seltsamerweise muss der Sitzenbleiber aufstehen und gehen und darf nicht sitzen bleiben, während alle Zufriedenstellenden, die nicht sitzen geblieben sind, sitzen bleiben dürfen. (Vielleicht schreibe ich noch einmal einen großen Racheroman und nenne ihn »Sitzen bleiben«.)

Ich unterbrach den Heimweg und besorgte mir beim Greißler ein paar Flaschen des nationalen Niederlagengetränks. So streifte ich, in der linken Hand mein Bier, in der rechten mein Nicht zufriedenstellend, ziellos durch die Straßen Hintersiebenbergens (in einer späteren Ausgabe werde ich vielleicht schreiben: Ich mäanderte durch die Stadt ...), den ganzen Tag und die ganze Nacht lang. Bei Sonnenaufgang landete ich – ich weiß nicht wie – auf einer Parkbank zwischen zwei Kastanienbäumen gleich hinter dem Gymnasium, diesem geheimnisvollen Ort meiner plötzlichen Zerstörung. Währenddessen fuhr mein verzweifelter Vater kreuz und quer durch die Stadt und suchte mich und fand mich nicht. Wie groß die Stadt war! Wie groß das Land! Wie hoch der Himmel! Meine Augen zeigten mir, wie riesig der Weltraum war und wie winzig ich. Ich war allein. Ich verlor die Dimensionen. Die Morgensonne blinzelte durch die Baumkronen. Dieser Tag konnte herrlich werden, aber leer. Der Tag konnte prächtig werden, aber sinnlos. Ohne Bedeutung. Ohne Aufgabe. Der Tag konnte wunderbar werden, aber nicht für mich: Eintritt verboten!

Da erschien der Engel des Herrn und sprach: »Siehe! Aus der Gemeinschaft ausgeschlossen, wirst du nie wieder innerhalb einer Gemeinschaft sein, Egyd Fraundorfer! Aus dem System geschleudert, wirst du niemals Teil des Systems sein bis zum Tag deines Absterbens. Dein Schicksal wird sein: Du musst draußen bleiben. Du sollst allein bleiben! Siehe: Dies ist dein Weg: die Wüste!«

Das soll ein Engel sein?, dachte ich. Engel hatte ich mir anders vorgestellt. Netter. Lieber. Einfühlsamer. So wie die von früher. Nicht so sterile, weisungsgebundene Verwaltungsbeamte ohne Befugnisse, Kompetenzen und Rückgrat. Das war keiner der Engel, die im Himmel schöne Häuser bauen!

»Die Wüste? Vierzig Tage?«

»Vierzig Jahre, du Idiot! Du sollst nicht haben Freund und Feind, nicht Vorgesetzte, Untergebene, nicht Arbeit, nicht Urlaub, nicht Wochenende, nicht Frau und Kind. Du sollst haben eine Haushälterin. Du wirst überall draußen bleiben. Dein Schicksal wird sein: Warten und warten und warten, bis eines Tages der eine kommt, der ein Licht in dir aufgehen lässt. Sei wachsam, damit du ihn erkennst!«

Was für ein Engel! Schon flatterte er davon.

Alles war anders geworden auf der Parkbank zwischen den Kastanienbäumen. Ich existierte noch, aber sonst existierte nichts mehr. Kein Himmel über mir. Kein Boden unter meinen Füßen. Und keine anderen Wesen. Alles wurde unscharf. Alles in Zeitlupe. Ich existierte noch, und alles andere war Bier. Über mir, unter mir, rund um mich Bier, ein Weltraum aus Bier. Mir wurde schwindlig, mir wurde schlecht und ich spürte das Verlangen, mich selber auszuschütten, mich mit dem Weltbier zu vereinen und wegzurinnen, abzufließen bis ins große Meer hinein auf Nimmerwiederkehr. Es war nicht schade um mich. Manche andere Wesen beugten sich zu mir, wie ich zusammengekauert auf meiner Parkbank lag. Sie redeten auf mich ein, aber ich verstand sie nicht mehr, ihre Worte waren bloßes Geräusch, ihre Körper verschwammen mit den Kastanien, ihre Gesichter wurden Fruchtfratzen und verschwanden in den Baumkronen. Es gurgelte bloß ein wenig, wenn die Fruchtfratzen ihre Lippen bewegten, die anderen Wesen drifteten vor meinen Augen in ein Paralleluniversum ab.

Nur ich existierte noch wirklich, der Komödiant in seiner Plage und Not. Alles andere war undeutlich, umschlossen von einer Mauer des Unbegreiflichen. Das Wirkliche wurde zu einem leeren Raum, den ich ausfüllte. Ich lächelte die neuen Parallelirdischen durch die gläserne Wand müde an und sagte ihnen, lasst das Gurgeln sein, das hat keinen Sinn! Ihr dringt nicht zu mir durch! Ihr lebt ja in einem anderen Weltraum. Während diese anderen Wesen in ihr Paralleluniversum abdrifteten, um dort gewissenhaft ihre Pflicht zu erfüllen, muss es ihnen so vorgekommen sein, als driftete ich direkt von meiner Parkbank weg in ein Paralleluniversum der gewissenlosen Pflichtvergessenheit ab, und als wäre alles, was ich hervorbrächte, bloß ein Gegurgel. Es schien den anderen Wesen, als ränne ich aus und plätscherte weg auf Nimmerwiedersehen.

Rinne ich jetzt aus? Plätschere ich jetzt weg?

»Aber nein, Schisserle!«

Halt! Wer war das jetzt? Das war nicht das Gegurgel eines anderen Wesens zwischen Kastanienbäumen hinter dem Gymnasium. Das war auch nicht der Engel des Herrn. Das war meine innere Stimme!

»Wie viel Besuch ich heute bekomme, Schätzchen, dabei möchte ich eigentlich ausrinnen und wegplätschern in den Ozean des Nichts ...«

»Nein. Das erlaube ich dir nicht. Das darfst du nicht. Du bist noch zu jung. Du mäanderst jetzt noch ein bisschen!«

»Mir ist zu übel zum Mäandern! Ich bin in ein Theaterstück hineingeraten, in ein Drama, in dem ein einsamer Alter und seine einsame Alte auf einer einsamen Insel in einem einsamen Turm leben und sich am Ende des Stückes aus dem Fenster des Turms ins Meer stürzen, um Platz zu schaffen für eine neue Welt. Ich bin aus eigener Schuld, aber auch unschuldig in diesem Drama gefangen, Schätzchen, und ich kann aus diesem Gefängnis nur ausbrechen, indem ich selbst wegplätschere! Hinaus aus diesem Universum ...«

»Ah, der Schüler will ins Paradies fahren! Das kannst du natürlich tun«, erwiderte die innere Stimme, »aber dann wirst du nie erfahren, wie Hallodria heute Abend gegen Kapfenberg spielt.«

Um Himmels willen! Stimmt! Das hatte ich in meinem Elend ganz vergessen. Heute Abend war ja das Match! Der Höhepunkt der Woche! Schon damals spielte Hallodria in der Meisterschaft gegen Kapfenberg, und wie Hallodria gegen Kapfenberg spielte, das wollte ich schon noch wissen. Zwar hatte mich der Engel des Herrn zu ewiger Einsamkeit verurteilt. Zwar hatte er gesagt, ich würde weder Freund noch Feind, weder Frau noch Kind noch Familie haben. Aber vom Verein und vom Stadion hatte er nichts gesagt. Das war gut.

Das Tor gegen die Kapfenberger von diesem Freitag habe ich sofort wieder vergessen. Aber die Tore von Hallodria vor vierzig Jahren könnte ich alle heute noch nacherzählen, die Entstehung, die Spielzüge, die Flugbahnen, die Einschläge, natürlich die Namen der Torschützen, ihre Rückennummern, die Farbe der Dressen. Alles habe ich noch immer im Kopf. Der deutsche Bulle, der Emma hieß und einen unglaublichen linken Hammer hatte! Vom Kopftumor hinweggerafft im letzten Jahr. Der Hase, der am Ball balancierend salutierte, Millionen verdiente, im Casino wieder verspielte und Trafikant wurde! Gogo, der grimmige Gartenzwerg mit Vollbart und den famosen Fallrückziehern, die schwarze Perle aus Tansania, der Whisky-Boy hieß und stets Schabernack trieb, der King, der Goofy, der Dago: Die alle brauchten mich. Als Zeugen.

»Und dann darf ich dich bitte daran erinnern, dass du noch andere Termine hast, mein Schisserle: In vierzehn Tagen Argentinien! Der Fliegende Friedrich in Buenos Aires! Schubert und Schoko in Mar del Plata! Und Jakobs Monarch in Córdoba! Darauf warten wir seit zwanzig Jahren! Darauf warten wir länger als wir leben! Da geht doch ein Weltraum auf! Wir bestehen ja nicht nur aus unserem kleinen Eigen-Wir, sondern auch aus einem größeren Gesamt-Wir! Wir werden gegen Spanien spielen! Gegen Schweden! Gegen Brasilien! Gegen Italien! Gegen Holland! Gegen die ganze Welt! Wir werden gegen Deutschland spielen! Das werden wir uns nicht entgehen lassen, bloß weil wir inferior sind und die Pest haben! Auf diese kleine Lücke hat der strenge Engel vergessen. Schlag das gelbe Heftchen jetzt einmal zu und leg es weg. Das kannst du dir für später aufheben, Schisserle. Da machen wir was draus. Alles zu seiner Zeit!«

Stimmt! Da hatte mein Schätzchen recht. Aus dem Fenster stürzen und wegplätschern ins Nirgendwo konnte ich später auch noch. Errettet. Die Erde hatte mich wieder. Fürs Erste. War das jetzt wieder Himmel über mir? Himmel? Wohl doch noch nicht. Blauer Himmel zuckt nicht so. Blaulicht zuckt so.

2
HALLODRIAS HERBSTSAISON

Mein Todfeind hat mir ein Fußballstadion gebaut und sich gleich anschließend erschlagen: Was kann man mehr vom Schicksal verlangen? Seine Feinde muss man für sich arbeiten lassen. So hätte der erste Satz meines Romans lauten sollen! Das wäre ein Raketenstart gewesen, in den Himmel über Hintersiebenbergen! Aber ich bin ja schon am Anfang des zweiten Kapitels, und deswegen fängt eben das zweite Kapitel so an. In diesem Superstadion dieses elenden Provinzlochs, in dem ich den Rest meines kümmerlichen Lebens vertue, spielt Hallodria heute nämlich nicht gegen irgendwen, sondern – doch, doch, das ist die Wahrheit, die ganze Wahrheit und nichts als die Wahrheit: gegen Union St. Florian. Ja, wirklich!

Wie immer waren dreihundert Leute da, das hieß einunddreißigtausendsiebenhundert leere Tribünensitze, prächtige Öde – nur für mich! Haltet Abstand! Man muss meinen Willen zur Distanz respektieren, mein Nicht-Mitmachen. Absoluter Höhepunkt des Abends: In der siebenundsechzigsten Minute kam bei St. Florian für die Nummer neunzehn Himmelfreundpointner die Nummer einundzwanzig Wurmlinger. So kann es für immer bleiben!

Auf den einunddreißigtausendsiebenhundert leeren Tribünensitzplätzen könnten einunddreißigtausendsiebenhundert Persönlichkeiten Platz nehmen, die dieses Land zu einem eindrucksvollen Land machen könnten, ich muss dazu nur die Augen schließen. Wenn schon nicht die ganze Menschheit, so könnten auf den einunddreißigtausendsiebenhundert Plätzen herausragende Repräsentanten der Menschheit Platz nehmen.

Aber ich schließe die Augen nicht und die einunddreißigtausendsiebenhundert steil ansteigenden weinroten Tribünensitzplätze bleiben auch heute wieder geschlossen leer.

Da stand ich eliminiertes Subjekt mit Oberlippenflaum nun wie ein Monolith des pubertären Bösen nicht zufriedenstellend in der Steppenlandschaft der Zufriedenstellenden! Ich stand unter Schock und unter Quarantäne vor dem Nichts. Avant le néant. Das Nichts war hier leicht zu finden, alles andere schwer. Die einzige wirkliche Möglichkeit, die klassische Tragödie der Jugend zu vermeiden, nämlich den falschen Beruf zu ergreifen: keinen Beruf zu ergreifen.

Wo war ich stehen geblieben? Genau: vor dem Nichts!

Setz dich hin und lerne!

Lehre! Leere! Leere Lehre! Ich kann nicht lernen, Mutter! Lernen ist unmöglich, Mutter, es ist weder möglich, lernen zu lernen noch lernen zu lehren noch lehren zu lernen. Denn es ist nichts! Und selbst wenn etwas wäre, könnte man es nicht erkennen! Und selbst wenn etwas wäre und man könnte etwas erkennen, könnte man anderen nichts darüber mitteilen, Mutter. Die Wissenschaft lügt! Die Lehrer lügen! Wir kommen an die Dinge nicht heran. Es ist alles nicht wahr. Die Lehrer sind nur Handlanger der Macht! Das Wissen ist ein Instrument der Macht und ihr Disziplinierungsmittel. Der Stoff ist ein Instrument der Unterwerfung. Die Sprache ist ein Instrument der Unterdrückung! Die Worte, Mutter, reichen nicht an die Dinge heran! Die Welt ist leer von Begriffen!

Du bist faul!

Ich komme nicht an die Dinge heran, Frau, die eine tote Sprache spricht! Ein fundamentaler Unterschied. Was soll man lernen, nachdem die Namen der Dinge sich von den Dingen getrennt haben? Ich irre im Unzusammenhängenden umher.

Gescheit daherreden, das ist alles, was du kannst.

Ich könnte auch dumm daherreden. Ich könnte sagen, dass die eingeschlechtliche Fortpflanzung bei Wasserflöhen der bei Blattläusen ähnelt. Ich könnte sagen, dass Chromosomen am Beginn der Meiose noch als Knäuel fein verschlungener Fäden vorliegen, die sich im weiteren Verlauf verkürzen und verdicken. Aber was hätte ich gelernt, wenn ich das gelernt hätte? Du, Frau, die mich geboren hat, könntest zu Recht zurückfragen, ob ich von haploiden oder von diploiden Chromosomen spreche; ich würde darauf aber gar nicht eingehen, sondern dir mitteilen, dass die homologen Chromosomen als zusammengehörige Paare in die Teilungsebene rücken, während unter Verkürzung der Spindelfasern die gepaarten Kernschleifen zu den Polen gezogen werden. Aber was wüsstest du, Frau, die mich faul nennt, wenn du das wüsstest? Oder ich könnte sagen, dass zu den wichtigsten Organellen der Nukleus gehört, der stets von Plasma umgeben ist.

Spätestens in diesem Stadium würden dir die Worte fehlen.

Ich habe immer das Gefühl, dass es ausgeschlossen ist, sich einander mitzuteilen, Mutter. Man ist isoliert. Man ist eingeschlossen. Die falschen Worte vermitteln das Wahre, und die echten sind dunkel!

Du bist eine taube Nuss! Wenn du nicht lernen willst, dann geh arbeiten!

Ich kann nicht arbeiten gehen. Geh arbeiten: Das klingt wie: Verkauf dich selbst wie ein Stück Fleisch!

Aber du wirst müssen!

Ich werde gar nichts müssen.

Wach auf! Alle verkaufen sich wie ein Stück Fleisch!

Ich weiß. Alle verkaufen ihre Seele wie ein Stück Fleisch, um zu überleben. Bei den meisten *ist* die Seele ein Stück Fleisch. Bei jedem Sechsjährigen der nördlichen Hemisphäre klingelt der Teufel. Das ist gar nichts Besonderes. Es ist kein großer

Plot und kein großer Stoff, wie die Deutschprofessoren einen glauben machen wollen, wenn einer einen Teufelspakt schließt und seine Seele verkauft. Es ist üblich und gewöhnlich, und in der Regel erzielt so eine Seele einen jämmerlich niedrigen Preis. Ein großer Plot und ein großer Stoff ist es ganz umgekehrt, wenn einer seine Seele *nicht* verkauft. Partout nicht: Damit handelt er sich ein Drama ein! Von Anfang an tun alle Menschen immer das, was sie nicht tun wollen, weil sie gezwungen werden. Sie hören zu träumen auf, werden wach und klein und praktisch. Ich verkaufe meine Seele nicht, Mutter!

Und was willst du dann tun?

Ich will gar nichts tun.

Aber irgendetwas musst du tun.

Nein, ich muss gar nichts tun, und ich werde gar nichts tun. Ich muss nur draußen bleiben, hat der strenge Engel gesagt. Was ich unannehmbar finde, sind eben die Bedingungen unserer Existenz. Auf der Erde zu sein ist nicht annehmbar.

Blöd daherreden, das ist alles, was du kannst.

An dem Punkt waren wir bereits, Frau, die meiner Seele fern ist. Ich gehe jetzt ins Stadion.

Nach meinen ersten dramatischen Versuchen über das Geplapper von Menschen auf menschlichen Möbelstücken wollte ich nun Prosa probieren. So schrieb ich die Geschichte einer kleinen Stadt, in der es zu schneien begann und jahrelang nicht wieder zu schneien aufhörte. Das Schneien verzauberte die Welt, das Schneien machte die Welt stiller und langsamer und müder und versetzte sie in ein Jenseits. Aber alle Wege hörten zu existieren auf, alle Verbindungen. Das Leben wurde zu einem Schneegefängnis, aus dem es kein Entkommen gab. Außerhalb des Gefängnisses wäre wieder nur Gefängnis gewesen. Regeln und Gesetze hörten zu existieren auf. Das Leben erstarrte. Das Begräbnis war jetzt vollendet. Mein Held

Die Wand (M. Haushofer)

sagt: *Ich nähre die unmögliche Hoffnung auf eine weltweite Katastrophe, die uns alle vertilgen würde. Es schneit seit einiger Zeit, zwei, drei Tage hindurch ohne Unterbrechung. Dann hört es auf zu schneien. Das ist eine ungeheure Enttäuschung, weil ich nicht mehr hoffen darf, der Schnee könnte wochen- und wochenlang fallen und uns alle begraben. Ach, einzig unsere Verzweiflung ist ohne Maß, ich bin verloren. Ich bin sehr, sehr weit, ich bin in endlose Finsternis getaucht.*

Stimme? Wer da? Aussetzer? Aussetzer.

Meine Geschichte betitelte ich klassisch, einfach »Der Schnee«, und sie wäre eine große Sensation gewesen, hätte ich sie jemandem gezeigt, dachte ich damals. Der Nichtzufriedenstellende hatte ein Werk geschaffen – ich nannte die Etüde in meinem Überschwang gar nicht erst »Geschichte« oder »Text«, sondern gleich »Buch«, denn »Der Schnee« bestand ja aus Dutzenden maschinenbeschriebenen Blättern, die ich zwischen zwei Hemdenkartons gelegt hatte, die für mich Buchdeckel und Umschlag waren, die ich mit Filzstiften farbig gestaltete, beschriftete und mit drei verzinkten Heftklammern zusammenzwickte. Die Kartons gehörten zu den weißen Hemden meines Vaters, der sie darauf glatt gespannt und gebügelt aus der chemischen Reinigung abholte. Sie waren ein wichtiges Requisit meiner literarischen Herkunft und Entwicklung.

Gezeigt habe ich mein »Buch« damals zwar niemandem. Aber übers Jahr entwickelte ich das Bewusstsein, dass ich kein verkrachter Gymnasiast war, sondern ein Schriftsteller! Kein Totalversager, sondern ein Totalverweigerer! Ein Schriftsteller ist weder sehr zufriedenstellend noch nicht zufriedenstellend, sondern Schriftsteller. Ein Schriftsteller ist einer, der kein Gesetz über sich duldet. Ein Schriftsteller ist einer, der Ministranten unter sich duldet. Und was ist so ein Deutschprofessor schon anderes als ein Ministrant?, fragte ich Gymnasiast mich. Ein Ministrant der Literatur ist er! Aber sagen lassen muss man sich von so einer Disziplinierfigur nichts als Genie! Die Freiheit der Kunst ist auf den Schriftsteller anzuwenden, meine Damen und Herren Professores, nicht die Unfreiheit der Schulordnung oder ministeriellen Erlässe. Und die Freiheit der Kunst ist auf den lässigen Künstler anzuwenden, nicht auf seinen emsigen Wissenschaftler! Zur Freiheit der Kunst, meine Damen und Herren, gehört die Freiheit, immer und überall fünf Minuten zu spät zu kommen. Die Freiheit, vergesslich, zerstreut, ein wenig geistesabwesend und weltfremd zu sein. Die Freiheit nehme ich mir. Und wem das nicht passt, den bestraft die Geschichte. Den Zumutungen und Demütigungen eures Verwaltungsapparats beuge ich mich nicht!

Eine andere Klasse, eine andere Deutschprofessorin, Berta Milzbrand, eine Dame mit Krokodilslederhandtäschchen, ihre Stöckelschuhe bestanden, glaube ich, aus Meißner Porzellan, zwei Seelen ach in ihren zwei Brüsten, links die von Schiller, rechts die von Goethe, und ich beschloss, sofort einmal eine ganz herausragende Deutschschularbeit zu schreiben, keine dieser austauschbaren Schülerschularbeiten, sondern eine noch nicht dagewesene, alle Bahnen brechende, alle Grenzen sprengende VIP-Schularbeit.

Zwei Stunden lang schrieb ich very important poet wie manisch – littérature automatique sozusagen –, ohne den Ballograf auch nur einmal abzusetzen – und meine Schularbeit wurde zehn Seiten lang, mehr als doppelt so umfangreich wie die zweitlängste in der Klasse! An das Thema kann ich mich nicht mehr erinnern. Aber es wird wohl mit dem deutschen Idealismus zu tun gehabt haben, mit Goethe und Schiller. Denn um meine beiden Kollegen war es bei Berta Milzbrand ja das ganze Unterrichtsjahr lang gegangen.

Wir lernten: Einteilung der Schönheit: 1. Architektonische

Schönheit = ein Geschenk der Natur. II. Moralische Schönheit = eine eigene sittliche Leistung. Ad II.: Moralische Schönheit tritt in Erscheinung als

1a) Anmut (Pflicht und Neigung decken sich).

2a) Würde (Sie kämpfen miteinander. Pflicht siegt).

3a) Erhabenheit (Der Sieg der Pflicht ist mit äußerem Untergang verbunden).

1b) Anmut erweckt in den Mitmenschen: 1c) Liebe.

2b) Würde erweckt in den Mitmenschen: 2c) Achtung.

3b) Erhabenheit erweckt in den Mitmenschen: 3c) Tragisches Mitgefühl.

Ja doch, je länger ich meine Erinnerungen sickern lasse, desto besser kann ich mir vorstellen, dass das Schularbeitsthema etwas mit dem »hohen deutschen Ideendrama« »Don Carlos« zu tun gehabt haben mag, in dem sich das »hohe sittliche Lebensgefühl des deutschen Idealismus ausdrückt«, das für »Humanität und Toleranz kämpft« (Plattitüde!), die »Freundschaft verherrlicht« (Plattitüde!), »Menschenrechte und Gedankenfreiheit« fordert (vor allem in der berühmten Audienzszene – 3. Akt, 10. Szene, Zeile 25!!) und somit zu den »gewaltigsten Freiheitsbekenntnissen« der »Weltliteratur« zählt. (Plattitüde! Plattitüde! Plattitüde!)

Ich werde also geschrieben und geschrieben haben (sozusagen Geschichte geschrieben haben), Seite um Seite wie in einem Rausch, über »die Tragik und Einsamkeit des Königs, dessen pessimistische Menschenverachtung (Pleonasmus!) sich stets neu zu bestätigen schien«, über diesen sonderbaren König, der glaubt, »einem wohldurchdachten Regierungssystem grundsätzlicher Unterdrückung verpflichtet zu sein. (Auf welch absurde Weise man sein einziges Leben verschwenden kann …) Denn er ist überzeugt, dass der Mensch die Freiheit nicht ertragen könne, dass er weder für die Freiheit des Gedankens noch für die des Handelns befähigt sei.« Oioioi! Und ebenso werde ich meine Gedanken über den optimistischen Springinsfeld Posa (Marquis) breitgewälzt haben, über seine »weltbeglückenden Humanitätsideen«, über »politische Freiheit« und über seine »Heldentragödie«.

Manches werde ich meinem unglückseligen Kollegen Schiller zugestanden, manches aber auch verworfen haben, um neue Modelle zu etablieren, die meiner – unserer – Zeit und Gesellschaftsordnung und Gesellschaftsunordnung entsprachen: Schließlich war es ein weiter Weg vom deutschen Ideendrama bis zu den Stühlen und den Nashörnern und dem Schnee. Ja, so einer war ich damals, und womöglich werde ich mit dem wahrhaft edlen Satz »Geben Sie Gedankenfreiheit für Nichtzufriedenstellende, Sire!« geschlossen haben. Den Ballograf niedergelegt haben. Aufgeatmet haben. Stoßgeseufzt haben. Feiern oder vernichten würde man mich für diese Schularbeit, dachte ich, aufs Podest stellen oder in den Abgrund stoßen! Held oder Märtyrer: Andere Rollen hatte ich für mich nicht offengelassen. Eine Woche ließ sich Berta Milzbrand mit der Rückgabe Zeit, eine ganze Woche: Aufs Alleräußerste gespannt, geradezu bebend, mit Schiller gesprochen, schlug ich nach der Wiederaushändigung mein zehnseitiges Sensationswerk auf, fand ein paar Beistrichfehler bemängelt, ein paar Formulierungen rot unterwellt, ein paar Gedankensequenzen am Textrand mit lapidaren roten Fragezeichen garniert und am Ende der zehn Seiten unter meinem Text mit rotem Stift kommentarlos, lustlos, ja achtlos »Befriedigend« als Zensur.

Das war jetzt wirklich das Letzte! So nicht, Elende! Nicht zufriedenstellend: Das war wenigstens ein Urteil gewesen; ein vernichtendes Urteil, aber ein Urteil. Eine Attacke. Ein Anschlag! Staatsterror!

Befriedigend: Das war überhaupt nichts. Mich dem Durchschnitt zuzuordnen: Das war einfach eine Beleidigung. Ein Totenschein! Nach dem Todesurteil von Pöhland jetzt der Totenschein von Milzbrand! Diese demonstrative Desinteressiertheit! Dieses hochnäsige Über-mich-Hinweggehen! Als wäre ich einfach irgendwer! Das konnte und würde ich mir nicht bieten lassen! Ich war nicht irgendwer. Ich war ein besonderer Mensch mit besonderen Bedürfnissen! Ich schrieb die obligate »Verbesserung«, indem ich jede einzelne noch so nichtige Korrektur von Berta Milzbrand korrigierte und auf meinem Original beharrte, jede einzelne rote Unterwellung befußnotete, zurückwies, kritisierte und knallhart wegargumentierte, jedes einzelne rote Fragezeichen mit einem Rufzeichen und einem kleinen vertiefenden Essay beantwortete, einer These, einer Theorie, einem Manifest, in dem ich meine Motive erklärte und Milzbrands Zweifel entkräftete. Zwei volle Nachmittage verbrachte ich mit dieser schönen Arbeit. Insgesamt wurde die Verbesserung meiner Schularbeit dreißig Seiten lang, sodass das Schularbeitsheft, das bei allen anderen Schülern für ein Schuljahr reichte, bei mir nach der ersten Schularbeit vollgeschrieben war.

In der nächsten Stunde beorderte mich die gewitternde Dame Milzbrand mit hochrotem Kopf (rot ist die Farbe des Lehrers) zum Katheder vor, blätterte mein vollgeschriebenes Schularbeitsheft demonstrativ vor der ganzen Klasse von vorn nach hinten durch – verhaltenes Schmunzeln aus dem Parkett – und fragte mich dann glaubhaft empört: »Wohin, denkst du, kämen wir, wenn das alle täten …?«

»Ah!«, antwortete ich geistesgegenwärtig vor versammeltem Publikum, »Frau Professor wollen mit mir über Immanuel Kant fachsimpeln. Also, was den kategorischen Imperativ betrifft, denke ich, dass …«

Daraufhin schickte mich die Frau Professor – Licht der Aufklärung hin, Aufbruch aus selbstverschuldeter Unmündigkeit her – sofort wieder auf meinen Platz zurück und verbat mir im Rahmen des Abbruchs des Aufbruchs die Selbstbedienung des Verstandes und den Mund. (Seltsam, jemandem einen Körperteil zu verbieten, noch dazu einen, der sich weder extrahieren noch amputieren noch abschneiden lässt ...) In der nächsten Pause trug ich die Frau Professor unter »Besondere Vermerke« ins Klassenbuch ein, wie ich selbst oft und oft ins Klassenbuch eingetragen worden war, weil ich fünf Minuten zu spät gekommen war: »Frau Prof. Milzbrand fragt mich nach Immanuel Kant, lässt mich aber nicht antworten. Gez. Egyd Fraundorfer«.

Ich musste mich – nicht besonders überraschend – beim Direktor zu einem »klärenden Gespräch« melden, einem humpelnden Kriegsveteranen knapp vor der Pensionierung, der, wie man sich erzählte, den ganzen Tag und das ganze Leben lang starke Schmerzen hatte, die sich nicht anders als mit dem Flachmann in der Brusttasche behandeln ließen. Irgendwo in seinem malträtierten Körper verschanzte sich noch eine russische Kugel. Die arme, arme Autoritätsperson brüllte aber nicht deswegen eine halbe Stunde lang auf mich fidelen Unterwanderer ein, sondern um mich laut und deutlich wissen zu lassen, dass es einem Schüler verboten ist, seine Lehrer ins Klassenbuch einzutragen. Eine kurze, atemnotbedingte Sprechpause nutzte ich damals noch ziemlich schmerzfreier Dandy in meinem lässigen winterweißen Leinenanzug dazu zurückzufragen, wo denn dieses Verbot konkret vermerkt sei und falls es tatsächlich explizit existiere, welchen Sinn und welche Berechtigung es in einer demokratischen, aufgeklärten Gesellschaft und Schulgemeinschaft habe. Solche Fragen müsse sich jeder nach höherer Bildung strebende Mensch doch immer stellen! Das verstehe sich doch von selbst (hohle Phrase) und es sei nicht üblich, seine Professoren ins Klassenbuch einzutragen, schnaubte der Direktor. »Das Übliche?«, wiederholte ich ungläubig im Direktorzimmer, lächelte charmant und schwang meinen Spazierstock mit dem Elfenbeinknauf (und mit der guten Gewissheit des Verlorenen, nichts mehr zu verlieren zu haben), »das Übliche ist nicht meine Bestimmung.«

So gelang es mir mühelos, das Brüllen des Direktors an einen neuen Dezibelrekord heranzuführen. Die ganze Schule hörte mit, was mich a) berühmt, b) berüchtigt machte. Eigentlich hätte gerade er als Leiter einer Bildungsorganisation auf meine moralische Schönheit (II/3a: Erhabenheit) mit 3c) tragischem Mitgefühl reagieren müssen. Er sonderte aber bloß die üblichen Phrasen ab, mit denen eine Autorität ihre Autorität zu behaupten und den »äußeren Untergang« eines moralisch schönen Rebellen einzuleiten versucht, und die üblichste und übelste Phrase im Rahmen dieser berühmten Audienzszene lautete: »Was bilden Sie sich überhaupt ein, wer Sie sind?« (Ein Klassiker!)

»Herr Direktor, ich bin Schriftsteller!«

Mit einem Mal verstummte das Brüllen und es war still in der Direktion. Ganz still. Es war still im Gymnasium, im ganzen Haus, in der ganzen Stadt. Sonne, Mond und Sterne verschwanden vom Himmel und gingen in den Keller lachen. Als hätte die berühmte Audienzszene gar nicht stattgefunden, sah mich der Direktor groß an, lehnte sich zurück, schüttelte den Kopf und begann asthmatisch zu kichern.

»Sie sind kein Schriftsteller. Sie sind ein Hallodri!«

Jetzt hatte ich plötzlich gute Lust, im Rahmen dieses »klärenden Gesprächs« einfach loszubrüllen, zurückzubrüllen, wusste aber nicht was. Heute, fast vierzig Jahre später, wüsste ich es: Alle Schriftsteller sind Hallodris, Herr Direktor, von Homer weg! Von Heraklit weg. Alle! Keiner, der kein Hallodri war, kann ein Dichter werden! Herr Direktor, haben Sie zum Beispiel schon einmal etwas von einem François-Marie Arouet gehört? Von diesem jungen Mann, der schnell Aufmerksamkeit in seiner Stadt erregte, indem er die wichtigsten Würdenträger im Land zum Ziel seiner Satiren machte. Nicht? Na hören Sie, Herr Direktor, Sie als Direktor einer Bildungseinrichtung! Die großen Herren hatten für die Respektlosigkeiten des jungen Mannes freilich wenig übrig, und der junge Mann wurde aus der Stadt verbannt. Aber ohne den Frechdachs wurde es langweilig, und man erlaubte seine Rückkehr. Er bedankte sich für diese Gunsterweisung mit der nächsten, noch viel schärferen Satire. Diesmal wurde er ins Gefängnis gesteckt und begann dort prompt, Bühnenstücke zu verfassen. Es dauerte fast ein Jahr, bis er freigelassen wurde, aber jetzt war er berühmt. Die Stadt, von der ich spreche, Herr Direktor, heißt Paris. Das Gefängnis Bastille. Und der junge Dramatiker nannte sich nach seiner Haftentlassung Voltaire.

Jaja, hätte mir der Direktor natürlich erwidern können, deswegen haben die Revolutionsmänner Voltaire für sich reklamiert und ließen seinen Leichnam unter ungeheurem Gepränge ins Panthéon überführen. Aber wenn Voltaire die Jakobiner noch erlebt hätte – hätte mir der Direktor erwidern können –, so wäre er vermutlich zur Feier seines hundertsten Geburtstags guillotiniert worden. Dieser Voltaire dachte nämlich, wenn er von Freiheit redete, immer nur an sich; vom Volke aber sagte er: »Es wird immer dumm und barbarisch sein; es sind Ochsen, die ein Joch, einen Stachel und Heu brauchen …« Hätte der Direktor sagen können … aber er konnte nicht. Der Direktor des Gymnasiums war – nicht weiter überraschend – völlig ungebildet, nicht einmal kompetenzorientiert war er, sondern einfach eine von der Proporzpolitik hochgespülte Figur, ein leerer, lähmend langweiliger, wenn auch aufbrausender Funktionär der Macht.

Alle Schriftsteller fangen als Hallodris an. Es ist immer so, Herr Direktor: Zuerst grinsen Sonne, Mond und Sterne. Dann drehen sie sich weg und schweigen. Und am Ende verneigen sie sich.

Bevor Wurmlinger für Himmelfreundpointner kam, dachte ich, immer die Stuhlwüste vor Augen, daran, dass hier in Hintersiebenbergen einmal ein Theaterstück von Julien Green aufgeführt worden und der Pariser, der freilich kein Pariser war, über neunzigjährig zu dieser Aufführung angereist kam und sich dabei so in dieses Städtchen verliebt haben soll, dass er hier in einer Gruft der Stadtpfarrkirche von Hintersiebenbergen bestattet werden wollte, nicht in Notre Dame, nein, in der Stadtpfarrkirche von Hintersiebenbergen, allerdings natürlich gegen entsprechendes Entgelt. Und tatsächlich kam es so. Julien Green liegt hier begraben, und ein anderer Hintersiebenberger Schriftsteller, Dr. h.c. Kaspar Exhauser, kommt regelmäßig, um sein Grab in der Stadtpfarrkirche zu besuchen. Wie schade, dass Ionesco nicht nach Hintersiebenbergen gekommen war und sich hier hatte beerdigen lassen. Denn *sein* Grab würde *ich* besuchen. Ein pensionierter Kulturredakteur, mit dem ich darüber sprach, wies mich auf meinen Irrtum hin: Ionesco *war* nämlich damals zur Aufführung der »Stühle« nach Hintersiebenbergen gekommen und er hatte gleichzeitig auch noch eine Ausstellung seines letzten Bilderzyklus in einer Galerie ganz in der Nähe. Ein Bild Ionescos habe er sogar bei sich zu Hause im Wohnzimmer hängen, das Bildnis eines Clowns. Wenn ich das gewusst hätte! Wenn ich damals als verwüsteter Sohn eines Sitzmöbelunternehmers überhaupt auf den Gedanken und die Idee gekommen wäre, den großen Ionesco anzusprechen! Wahrscheinlich wäre ich wohl gar nicht an den Berühmten herangekommen, ich habe damals nicht einmal gewusst, wie Ionesco aussieht. Aber warum war ich nicht später in den Zug gestiegen und nach Paris gefahren? Warum habe ich nicht die Rue de Rivoli aufgesucht, an der Tür geklingelt und Ionesco um Hilfe gebeten? Es ist nämlich so, lieber, verehrter Meister, dass ich wegen der »Stühle« sitzen geblieben und in die Verbannung geschickt worden bin. Genau schulde ich Ihnen dreißig Schilling. Bitte lesen Sie Herrn Professor Pöhland die Leviten! Er verwendet nämlich ausgerechnet Sie, um ausgerechnet mich gefügig zu machen!

Vielleicht hätte mir Monsieur Ionesco gar nicht persönlich geöffnet, sondern seine Frau oder seine Tochter vorgeschickt, und die hätten mir an der Türschwelle gesagt, sie bedauerten, aber Ionesco sei nicht zu Hause, er sei mit seinen rumänischen Freunden im Park, er schwatze unter den Platanen, trinke Cinzano oder spiele Boule oder Schach. Oder die Frauen bedauerten, der Meister sei fußleidend und müde und ruhe und dürfe nicht gestört werden. Oder sie bedauerten, der Meister sei alt und weltangeekelt und depressiv, er empfange prinzipiell keine Besuche mehr, denn er verwandle sich gerade in Schlamm. Das sei ein sehr kompliziertes Verfahren, bei dem er niemanden sehen wolle. Oder es hätten mir weder Ionesco noch Rodica noch Marie-France geöffnet, sondern die Concierge, und die hätte mich angeraunzt, dass die Ionescos gar nicht mehr hier lebten, die Ionescos seien schon vor Jahren weggezogen. Aber wohin, sagte sie und hielt die linke Hand auf, das falle ihr im Augenblick nicht ein. Nachdem ich einen zusammengefalteten Zehn-Francs-Schein in ihre flache Hand gelegt hätte, wäre ihr geschäftstüchtiges Gedächtnis wieder zurückgekehrt und sie hätte gesagt: Boulevard du Montparnasse 96.

Nur, woher hätte ich damals den Zehn-Francs-Schein nehmen sollen? Woher das Geld für die Reise? Die Zeit für die Reise? Und den Mut, den großen Ionesco zu bitten, mein Kainsmal von der Stirn zu putzen? Undenkbar. Unmöglich.

Ich war nie ein abenteuerlustiger Mensch. Ich war immer ein abenteuertrauriger Mensch. Jedes Mal, wenn ich, egal in welchem Zusammenhang, etwas von Paris hörte, dachte ich mir, dass ich dort etwas zu erledigen hätte. Aber immer kam etwas dazwischen, und ich schob die Reise immer weiter hinaus. Am Anfang meines Studiums fand in Frankreich die Fußballeuropameisterschaft statt, und die famose Équipe tricolore wurde Europameister im Parc des Princes in Paris! Platini! Genghini! Giresse! Battiston! Fernández! Amoros! Tigana! Muss ich mehr sagen? Ausgerechnet während der Europameisterschaft wollte ich nicht nach Paris fahren, um dem Wirbel zu entgehen, aber danach!

Nach der Europameisterschaft kam freilich wieder einiges dazwischen. Mein Studium, Seminare, Prüfungen, Besäufnisse, ein Reaktorunfall, zahlreiche Zahnarzttorturen. Dann kamen die Revolutionen dazwischen, zuerst das Zweihundert-Jahre-Jubiläum der Französischen Revolution und gleich darauf die deutsche.

Die Polizei, die bereitstand, Demonstranten zu verhaften und abzuführen, hieß Volkspolizei, die Armee, die auf das Volk geschossen hätte, wenn der Befehl aus Moskau noch gekommen wäre, hieß Volksarmee. Von Volkskammer und Volkspolizei und Volksarmee umzingelt rief ein Volk »Wir sind das Volk«, sodass die Volkskammer und die Volkspolizei und die Volksarmee vor lauter Volk zusammenbrachen. Die Mauer fiel, der Eiserne Vorhang fiel, und was das eine Volk konnte, konnte auch das andere und das nächste und das übernächste und am Ende sogar die Sowjetunion … Auch die Rumänen revoltierten. Sie stellten ihren Tyrannen Ceaușescu, nachdem sie ihn in einem Panzer tagelang kreuz und quer durch Bukarest geführt und dann einen kurzen Geheimprozess mit ihm gemacht hatten, an einem geheimen Ort an die

Wand und erschossen ihn, der nur abfällig und ungläubig den Kopf dazu schüttelte, gemeinsam mit seiner Frau Elena, die während ihrer Exekution hysterisch lachte, am Weihnachtstag, wozu der Papst verhalten gratulierte, bevor er seinen Segen urbi et orbi spendete. Am Tag darauf, dem zweiten Weihnachtsfeiertag, wurde in Montparnasse in aller Stille Samuel Beckett begraben. Ionesco wird in seinem grauen Staubmantel zu dieser stillen Beerdigung auf den Friedhof gegangen und sehr deprimiert gewesen sein. Ich hätte wieder nur gestört …; in Prag kam Havel aus dem Gefängnis, wurde Staatspräsident der Tschechen und Slowaken. Er besuchte Paris und wurde vom französischen Kulturminister auf das Herzlichste bei einem Staatsbankett empfangen, zu dem alles geladen war, was in der französischen Kultur Rang und Namen hatte.

Währenddessen wurde ich in absentia spondiert. Ich kam nirgends unter – ich wollte auch nirgends unterkommen –, also blieb ich an der Universität und machte mit irgendeiner Unsinnsschrift meinen Doktor. Die Promotion in absentia. Nur keine Menschen. Keine Wölfe. Keine Pfauen. Dann gab ich eine Annonce auf und stellte Marion Gibraltar ein, die mir bis heute den Haushalt führt. Ich hatte ja während meines ganzen Studiums so gut wie keinen Kontakt zu Lebenden, nur zu Toten.

Vielleicht hätte Ionesco auch am Boulevard du Montparnasse die Wohnungstür nur einen Spaltbreit geöffnet und mir mit einer Grabesstimme zugeflüstert: »Ich kann nichts für Sie tun! Ich bin ein alter Mann, junger Mann, zwischen unseren Geburten liegt über ein halbes Jahrhundert. In Wirklichkeit habe ich kein Ziel mehr. Das Leben ist ein Albtraum, junger Mann. Wenn Sie mir einen Gefallen machen wollen, gehen Sie in den Park und füttern Sie die Tauben!

Wissen Sie, junger Mann, ich weiß nicht, welche alte Gewohnheit mir den Gedanken eingibt, dass es eine Pflicht ist, an die Tür zu gehen, wenn es klingelt. Im Grunde nämlich dringt das doch alles gar nicht bis zu mir durch. Und außerdem ist es sehr, sehr mühsam, aus mir selbst herauszugehen. Nur meine Frau und meine Tochter finden einen Weg zu mir, nur ihre Liebe dringt noch manchmal zu mir durch. Ich kämpfe gegen den Impuls, alles im Stich zu lassen, selbst mich im Stich zu lassen. *Wie schaffen sie es alle nur, dass sie existieren?* Ich kann Ihnen nichts sagen, junger Mann, gehen Sie weg, ich verbreite nur Düsternis!«

Vielleicht hätte auch wieder seine Frau Rodica aus dem Türspalt hervorgelugt und bedauernd gemeint, ein Treffen sei leider ganz und gar ausgeschlossen, ihr Mann tauche immer tiefer ins Dunkel. Wenn er auf der Straße sei und Leute herumgehen sehe, habe er den Eindruck, dass es nur Schatten seien, Gespenster. Er gehe spazieren und lasse seine Augen über die Landschaft schweifen und sage sich, sie sind nicht echt, diese Landschaften, sie sind Halluzinationen, bloße Lichterscheinungen, äußerliche Formen, die im nächsten Augenblick zerfallen werden. In dem Moment erscheint aber im Rücken seiner Frau Ionesco doch höchstpersönlich und ruft mir über ihre Schulter hinweg zu: »Die Existenz ist nicht wirklich, junger Mann! Hören Sie! Das Nichts ist wirklicher als die Existenz, finden Sie nicht?« Aber jetzt hängt ihm die Zungenspitze zwischen den Lippen heraus, und er bringt sie nicht wieder in den Mund zurück. Ein Bild des Jammers.

Rodica beruhigt ihren Mann, streichelt ihm mit der Hand über den Kopf, »Schätzchen«, sagt sie, »ganz ruhig, Schätzchen«, und führt ihn zurück ins Schlafzimmer, er aber ruft: »Ich bete, aber zu wem? Ich bete, dass ich meine Eltern und meine toten Freunde wiederfinde. Mehrere meiner Freunde sind kürzlich unerwartet gestorben, junger Mann, zwei haben sich umgebracht, ein dritter ist im Schlaf gestorben. Bei drei anderen Freunden sind ganz plötzlich schreckliche Krankheiten aufgetreten. Ganz allein wandle ich zwischen den Gräbern auf einem riesigen Friedhof. Nein, nicht allein, junger Mann, du hältst mich ja bei der Hand, Schisserle, Liebes. Meine Frau ist stark, junger Mann. Sie hat Mut. Was würde aus mir, wenn ich sie nicht hätte? Aus meiner Schwäche schöpft sie Kraft …

Gräber, Schatten und Gespenster. Mein Gott, sind der Himmel, sind die Leute, sind die Landschaften grau! Wie ist das Leben grausam! Die Revolutionäre dürften sich in Wirklichkeit gar nicht gegen die Menschen empören, sondern gegen die Schöpfung.«

»Aber Eugène, Schätzchen, hier ist ja gar keine Landschaft!«, beruhigt Rodica ihren Mann und schiebt ihn sachte zurück, »wir sind zu Hause.« Mich blickt sie über die Schulter kurz an und zischt: »Sehen Sie! Gehen Sie!«

Es wäre kein guter Zeitpunkt für einen Besuch gewesen. Welcher wäre ein guter Zeitpunkt?

»Ich habe doch alles gesehen. Ich habe alles kennengelernt, was meine mittelmäßige Intelligenz hat erfassen können. Jetzt interessiert mich nichts mehr. Alles ist abgenützt, verschlissen. Alles, was ich geschaffen habe, ist ein sinnloses Werk. Es wird zu nichts nütze gewesen sein. Für diese Düsternis, die ich verbreite, wird man bald einmal das Wort Depression verwenden, junger Mann. Aber die Depression hat recht. Ein Mensch, dessen Geist gesund ist, täuscht sich, denkt nicht daran, vergisst, ist sich nicht bewusst … es sei denn, er weiß es auf andere Weise. Es sei denn, er hat das Gefühl, dass ihn selbst und die Welt heilige Säulen des Übernatürlichen tragen. Säulen einer Überrealität. Darin besteht Gnade.«

Seinen Tod habe ich verschlafen und übersehen.

1994 Zwanzig Jahre sind eine lange Zeit. Vor zwanzig Jahren, als

Ionesco starb, war ich ein Mann von dreißig Jahren. Als ich »Die Stühle« gelesen und gesehen habe, da war ich noch viel jünger, und Ionesco hat noch gelebt, noch lange! Als Ionesco »Die Stühle« geschrieben hat, als sie in Paris uraufgeführt worden sind, habe ich noch gar nicht gelebt! Da war ich nicht auf der Welt. Aber diese Uraufführung hätte ich gerne gesehen, und das Drumherum: den Dichter, wie er vor der Vorstellung nervös im Bistro schräg gegenüber sitzt, die Journalisten, die sich um Pressekarten anstellen, manch eine elegante Dame, die sich Erbauung verspricht, der fünfundneunzigjährige Inselhausmeister und die vierundneunzigjährige Inselhausmeistersgattin, wie sie einander hinter der Bühne über die Schulter spucken. Wie werden die wohl den ganzen Tag verbracht haben? Im Kreis gehend, den Text memorierend? *Fünfundsiebzig Jahre sind wir jetzt verheiratet, und jeden Abend, absolut jeden Abend soll ich dir dieselbe Geschichte erzählen, soll ich dir dieselben Leute nachmachen … ich will zu meiner Mama, du bist nicht meine Mama, wo ist meine Mama? Ich habe keine Mama mehr … ich bin deine Frau und bin jetzt deine Mama … putze dir die Tränen ab, heute Abend kommt dein Besuch, der darf dich nicht so sehen. Du sagst alles, du erklärst alles. Du hast eine Botschaft* … Wie sie vor der Vorstellung durch den Vorhang lugen, ob schon Publikum anwesend ist. Niemand da. Nach wochenlangen Proben zehn Minuten vor Spielbeginn: Niemand da! Nur die Journalisten. Überhaupt keine eleganten Damen! Dreihundertfünfzig Plätze. Dreihundertfünfundvierzig leere Stühle. Ganz hinten in der letzten Reihe Manès Sperber. Der schläft. Man wird ihn noch rechtzeitig wecken. Und oben auf dem Balkon Arthur Adamov.

Vielleicht sitzen die Menschen noch alle vor ihren Fernsehgeräten. Das amerikanische Fernsehen überträgt erstmals live die Zündung einer Atombombe. Ausgerechnet heute! Ausgerechnet am Tag der Uraufführung! Das zieht natürlich Millionen Zuschauer in den Bann. Millionen, die deswegen jetzt nicht hier im fast leeren Théâtre du Nouveau-Lancry sein können. Aber irgendetwas ist immer, Schisserle. Wenn sonst nichts, dann Fußball. Paris Saint-Germain spielt gegen Olympique Marseille und das bundesdeutsche Ministerium für Landwirtschaft und Ernährung gibt in Bonn die sogenannte Eier-Verordnung aus, Schätzchen, das darf man auch nicht vergessen. Diese Eier-Verordnung legt fest, dass Geschäfte und Marktverkäufer in Zukunft nur Hühnerprodukte verkaufen dürfen, deren Unterschiede anhand von Handelsklassen nachvollziehbar sind. »Niemand auf der Bühne, niemand im Parkett«, ruft Adamov vom Balkon aus und klatscht begeistert in die Hände, »herrlich, das sieht nach was aus!« Ionescos Gesicht ist versteinert. Die Gedanken dahinter sind nicht ablesbar. Sperber stellt sich nach dem Vorhang zu Ionesco und lädt ihn ein, ihn ins Terrassencafé auf der anderen Straßenseite zu begleiten. Sagen Sie, warum fügen Sie zum Chaos noch das Chaotische? Was haben Sie sich denn dabei gedacht, Ionesco? Vor dem Spiegel arbeitet man sein Leben lang an der Versteinerung seines Gesichts.

Ich würde gerne einen Roman über das Leben Ionescos schreiben, zwei Stunden Arbeit jeden Tag, so einen richtig schönen, dicken Wälzer für lange Winterabende am Diwan bei Tee und Keksen, am offenen Kamin, wenn ein Feuerchen leise knistert, sodass man sich versenken kann, tiefer und immer tiefer, bis man ganz und gar in diesem Buch versunken ist. Das Buch ist ein gutes Versteck: Hier wird einen niemand finden. Ganz nah an der Heizung, ein gutes Pfeifchen vielleicht, dazu die Erinnerungen eines ganzen Lebens ... Am schönsten ist das Leben, wenn es vorbei ist. Die schönsten Romane beginnen am Grab. Die schönsten Romane sind die, die die Grabplatte wieder wegschieben und hinunterschauen, wer denn dort unten liegt. Die schönsten Romane sind die, die an seinem Grab die Geschichte des kleinen Jungen zu erzählen beginnen, der in Slatina in Rumänien geboren wurde.

Seine Eltern nannten den Buben Eugen. Als er vier war, verließ Papa Mama. Sie, die aus Paris stammte, ging mit ihrem kleinen Sohn nach Frankreich zurück. Dort hieß Eugen Eugène und lebte zwölf Jahre lang, im Dorf La Chapelle-Anthenaise und in Paris. Mit sechzehn Jahren musste er wieder zurück nach Rumänien zu seinem Vater, dem Polizeipräfekten. Er studierte in Bukarest Französisch und wurde Französischlehrer an einem Bukarester Gymnasium. Zerrissen zwischen Vater und Mutter, zwischen Frankreich und Rumänien, war sein größter Traum, nach Frankreich zurückzukehren, in das Land seiner Kindheit. Aber es sollte über zwölf Jahre dauern, bis dieser Traum in Erfüllung ging. Da war Ionesco dreißig, seine Mutter gestorben und die Philosophiestudentin Rodica seine Frau. Der fahrende Lehrer ins Paradies. Den Roman dieses Lebens würde ich gerne schreiben. Das Leben des Mannes würde ich gerne erzählen, dem die Atombombe und die Eier-Verordnung in die Quere kamen und der ein anderes Theater baute auf dem Schrotthaufen des Welttheaters. Das Weltantitheater. Das Antiwelttheater. Aber mir fehlen alle Voraussetzungen für ein solches Werk. Ich bin kein Biograf. Ich bin kein Franzose, kein Pariser. Ich habe keinen offenen Kamin und nicht einmal einen Diwan. Ich bin in mir gefangen. Ich stehe vor dem Spiegel und arbeite an meiner Totenmaske.

Für die Kirche gilt, was für das Kabarett gilt: Volle Kathedralen bedeuten schlechte Zeiten, leere Kathedralen gute Zeiten. Das heißt, jetzt ist die Zeit gut. Aber eine gute Zeit bedeutet nur, dass die Menschen satt und dumm und gierig sind und vor lauter Sattheit und Dummheit und Gier keinen

Zusammenhalt und keine Gemeinschaft und keine Hoffnung wollen und brauchen. Hoffnung worauf? Egal. Einfach Hoffnung. Einfach so. Aber schlechte Zeiten wären auch schlecht, denn in schlechten Zeiten herrscht Unruhe.

Einstmals war die Kathedrale voll, jetzt ist sie leer, immer leer. Das muss so sein: Entweder ganz oder gar nicht. Einmal war ganz, jetzt ist gar nicht, und ganz wird es nie wieder geben. Voll ist schön und leer ist schön. Nur so halb voll oder viertel voll oder verstreut achtel voll, das wäre nichts, das wäre unästhetisch und unbefriedigend und genau genommen auch aussagenunlogisch.

Wenn man will, dass Menschen kommen, müsste man sie einladen. »Alle Besitzer und Gelehrten.« Herbeichauffieren müsste man sie! Herbeischaffen! Die *Besitzer* würden schon kommen, wenn es etwas gratis gibt und wenn die Allgemeinheit ihnen das Buffet in der VIP-Lounge bezahlt. Bei den *Gelehrten* wäre es wieder eine andere Sache. Die müsste man für ihr Kommen schon bezahlen. Denn der Grundzustand des Gelehrten ist ja die Abwesenheit. Man kann das Stadion von Hintersiebenbergen als die Abwesenheit von zweiunddreißigtausend Gelehrten interpretieren. Dieses große, frei schwebende Weltraumwissen! Zunächst müsste man die Frage klären, was ein Gelehrter ist und ob es hier überhaupt Gelehrte gibt. Die Sorbonne ist die Hintersiebenbergen'sche Plattenbauuniversität nicht gerade, aber dafür ist sie nur einen Katzensprung vom Stadion entfernt. Als wäre sie bloß ein Zubau. Die Frage ist, ob die Universitätsmenschen Gelehrte sind oder bloß Professoren? Gelehrte oder Gelehrtenschauspieler, Plattenbauintellektuelle, Plattenbauphilosophen? Wissende oder Unwissende, Denker oder Schwätzer, Weise oder eingewanderte eitle Gecken, Hochstapler, Intriganten, Zwangsneurotiker? Wandert man Hallodrien zu, weil man weise ist? Eine Universität ist eine

Universität nach tausend Jahren. Die hier ist fünfundvierzig. Aber einmal muss man ja anfangen.

Sollen die Briefträger, die Bankiers, die Proletarier ins Stadion kommen? Die Beamten? Die Militaristen? Die Revolutionäre? Die Reaktionäre? Die Irrenärzte und die Irren? So heißt es doch im Drama Ionescos, und die Antwort ist: »Aber ja, alle, alle. Das sind ja alles Gelehrte und Besitzer.«

Die Reaktionäre: Hereinspaziert! Ein Tusch! Die Revolutionäre: Hereinspaziert! Ein Tusch! Die Irrenärzte: Hereinspaziert! Die Irren: Hereinspaziert! Hereinspaziert! Hereinspaziert!

Ich selbst bevorzuge aber die leere Kirche für meine Andacht, diese herrlichen leeren Plätze! Hier bin ich Mensch. Hier darf ich's sein.

»Du hättest Chefkönig werden können«, sagt das Schisserle Semiramis seinem Schätzchen, »oder Chefpräsident. Oder Chefmarschall.« Ich bin Chefzuschauer und Chefbratwurstesser. Chefsubjekt. Chefschweiger. Chefunbedeutender, Chefbeliebiger, Chefirgendwer, Chefniemand!

***

Heute geht es vor einunddreißigtausendsiebenhundert leeren weinroten Sitzen gegen Kalsdorf. Es ist das letzte Spiel vor der Winterpause.

Als der Schiedsrichter im Mittelkreis die Pfeife in seinen Mund steckte, dachte ich mir, gähnend die gähnende Leere musternd, jedes Mal, wenn ein Spiel angepfiffen ist, ist die Uhr des Stadions aufs Neue aufgezogen, um ihr jetzt schon zahllose Male abgespieltes Leierstück abermals zu wiederholen, Spielzug um Spielzug, Pass für Pass, mit unbedeutenden Variationen. Es ist wirklich unglaublich, wie nichtssagend und bedeutungsleer, von außen gesehen, und wie dumpf und besinnungslos, von innen empfunden, das Spiel dahinfließt. Das Spiel jedes Einzelnen, ob unten auf dem Rasen oder hier auf der Tribüne, ist, wenn man nur seine bedeutsamsten Züge heraushebt, eigentlich immer ein Trauerspiel. Aber im Detail durchgegangen, hat es den Charakter des Lustspiels. Die Fehlpässe, die Tunnel und Gurken, die falschen Abseitsentscheidungen, die Pressbälle, die Lattenpendler und die foulen Einwürfe, das unbeholfene Attackieren, die Blutgrätschen, das sind alles rustikale Komödienszenen. Aber die nie erfüllten Wünsche, das vereitelte Streben, die vom Schicksal unbarmherzig zertretenen Hoffnungen mit der Niederlage, dem Ausscheiden oder dem Abstieg am Ende geben immer ein Trauerspiel. So muss, als ob das Schicksal zum Jammer noch den Spott fügen wollte, unser Dasein alle Wehen des Trauerspiels enthalten. Wir dürfen dabei in unserer Riesensilberschüssel aber nicht einmal die Würde tragischer Personen behaupten, sondern sehen als läppische Lustspielcharaktere zu, wie Hirneder in der dreiundvierzigsten Minute das Eins-zu-Null erzielt und mich aus meinen Träumen und Gedanken reißt.

Ich wollte niemals arbeiten und keinem dienen, sondern lieber zu einer besonderen Persönlichkeit heranreifen. Vor allem in jungen Jahren wurde mir dieser Lebensplan als purer Größenwahn ausgelegt. Denn hier herrschte kein Bedarf an besonderen Persönlichkeiten, und dementsprechend gering waren auch die Nachfrage und das Willkommen. Wer soll denn da draußen in der Welt einen in Hintersiebenbergen Gebliebenen ernst nehmen, der eine besondere Persönlichkeit werden will. Ich würde eine besondere Persönlichkeit doch auch nicht ernst nehmen, wenn sie in Kalsdorf lebte. Wo immer das auch sein mag. Die Besonderswerdenwollenden sollten sofort wegziehen und das Land verlassen, am besten gleich pränatal. Grundvoraussetzung für das Besonderswerdenwollen ist das

Zusammenrotten der Besonderswerdenwollenden in irgendeiner Metropole.

Gewünscht waren hier Wesen, die sich von klein auf kleinhalten und abrichten ließen, Wesen, die sich widerstandslos unterwerfen, ausnutzen und auspressen, ausbeuten und ausschlachten ließen, Wesen, die sich mit geringem Verwaltungsaufwand von ihrer naturgegebenen Minderwertigkeit oder Wertlosigkeit überzeugen ließen und sich fügten. Subjekte. Um solche Subjekte in Zaum halten und führen zu können, bedurfte es bloß ein paar harter Herrscher und Verwalter, die heute zwar allesamt tot, aber durch andere harte Herrscher und Verwalter ersetzt sind. Sobald einer den Anschein einer Persönlichkeit erweckte, machte er sich sofort auf und davon und kehrte nie wieder zurück. Dafür bekam er hier Applaus. Es hat sich nichts geändert. Ich bin allein.

Die Meilensteine und großen Kapitel jeder Existenz, die die Verwaltungsmacht ausgegeben hatte, lauteten: BIRTH. SCHOOL. WORK. DEATH. Mein Modell lautete aber: BIRTH. HELL. PLAY. HEAVEN.

Am Rand der Vorstadt stand im trockengelegten Sumpf, von rostigem Maschendrahtzaun umgeben, schon lange bevor die Universität gebaut wurde, das kleine alte Stadion, wo Hallodria Hintersiebenbergen spielte. Ein Dach hatte nur die Haupttribüne: Sitzplätze gab es gar nicht, nur acht hölzerne Bankreihen, auf die Ziffern gemalt waren. Aber wo ein Platz anfing und wo er wieder aufhörte, das ließ sich nicht so genau sagen und hing in erster Linie von der Körpermasse und dem Gewicht eines Besuchers ab. Die Matchuhr hinter dem Nordtor funktionierte so gut wie nie. Die Anzeigetafel darunter bedienten Ballbuben mit den Händen, was aber selten gelang, weil die Hälfte der Zifferntäfelchen verloren gegangen war. Unter »Heim« stand meistens »0«, unter »Gäste« nichts. Unter dem porösen Beton der Stehplatzrampe hausten Clochards, die hier Sandler oder Unstete heißen. Wenn man unter die Stehplatzrampe hineinkroch, fand man modernde Matratzen auf dem Erdboden, alte Kleider und Fetzen, Plastiktragetaschen voller Krimskrams, Lebensmittelreste, leere Bierflaschen und Weinflaschen und Schnapsflaschen, massenhaft Zigarettenstummel, Kerzen, auch Überbleibsel von Feuerstellen. Es roch ekelhaft.

Ich stand vor dem Nichts. Ich hatte, wie ich oft und oft zu hören bekam, noch mein ganzes Leben vor mir, und dieses nichtige, unverwendbare Leben schleppte ich wie einen über die Schulter geworfenen Zementsack ins Stadion, wo ich, wenn die violette Hallodria spielte, mein nichtiges, unverwendbares Leben zwischen anderen Untertanenleben eingequetscht vergaß. Wenn Hallodria einen Rückstand aufholen musste, zitterte ich. Wenn Hallodria einen Vorsprung verteidigen musste, zitterte ich. Wenn Hallodria übel mitgespielt wurde, ärgerte ich mich, als wäre mir selbst übel mitgespielt worden. Wenn Hallodria am Ende gewann, freute ich mich innerlich, als hätte ich selbst gewonnen. Wenn Hallodria verlor, grämte ich mich, als hätte ich selbst verloren. Hallodria, das war nicht bloß Untertanenunterhaltung. Hallodria, das war ich selbst in anderen Körpern. Lieber wäre ich von vornherein etwas anderes als Hallodria gewesen, etwas Größeres und Glorreicheres, etwas Berühmteres und Besseres, aber das kann man sich so wenig aussuchen wie den Ort und die Zeit und die Tatsache seiner Geburt. Man muss das Beste daraus machen. Es gab Saisonen, in denen Hallodria gut spielte und oft gewann und am Ende aus der zweiten in die erste Liga aufstieg: eine besondere Freude. Aber die besser werdenden Spieler wurden auch teurer. Hallodria musste diese Spieler an die Konkurrenz verkaufen, wodurch Hallodria schlechter wurde und wieder abstieg: Es war ein besonderer Jammer zu wissen, was Provinz wortwörtlich heißt: für andere gewinnen! Nie für sich selbst! Die sehr unwichtigen Personen gewinnen immer für die sehr wichtigen Personen, und wenn die sehr unwichtigen Personen verlieren, sind die sehr wichtigen Personen wieder weg. Wenigstens was ich in anderen Körpern tue, möchte ich für mich selbst tun!

Zurück in der Bedeutungslosigkeit hatte ich zumindest die Hoffnung, Hallodria würde eines Tages wieder stärker werden und aufsteigen, dann aber, aus Erfahrung klüger geworden, die besten Spieler nicht gleich wieder verkaufen, sondern behalten und fördern und dadurch immer besser werden, sodass die ganze Stadt und das ganze Land stolz auf Hallodria wären und die ganze Republik und die ganze Welt Hallodria bewundern würden, wodurch immer mehr Menschen hierherpilgern und -strömen würden, wodurch man ein neues großartiges Stadion würde bauen müssen. Und so wie ihr Aushängeschild Hallodria würde auch die Stadt Hintersiebenbergen über sich hinaus und in den Himmel wachsen, von mir beobachtet und begleitet immer größer und immer bedeutender werden, alle anderen Städte dieses Landes überflügeln, alle anderen Städte des Kontinents, alle anderen Städte der Welt, ein Paradies würde sie werden, sodass ich nicht würde weggehen müssen, sondern bleiben, sitzen bleiben, ganz einfach sitzen bleiben und mitwachsen können! Die größten Weltkonzerne und Unternehmen würden sich selbstverständlich in Hintersiebenbergen niederlassen, die größten Musiker und Maler, die größten Architekten und Dichter und Denker würden wie magisch angezogen ins pulsierende Paradies Hintersiebenbergen ziehen.

Zwei zu null! Achtung! Achtung! Zwei zu null! Unser Mittelstürmer Manuel Osterey hat soeben eingeschossen. Ein herrlicher Treffer, auch wenn ihn niemand gesehen hat. Sozusagen ein überflüssiger herrlicher Treffer. Der Platzsprecher greift sich das Mikrofon, marschiert zur Outlinie, verkrümmt sich, dreht sich, geht in die Knie wie Elvis Presley am Ende eines Liedes live on Stage und brüllt, den Weltrekord seines mexikanischen Kollegen im Aztekenstadion locker überbietend: TOOOOOO-OOOOOOOOOOOOOOOOOOOOOOOOOOOOO-OOOOOOOOOOOOOOOR FÜR HALLODRIA!!!!!!!!!!!!!!!!!!!!!!! Aus der epileptischen Kniebeuge wieder hochgeschraubt nennt er den Torschützen dreimal beim Vornamen MANUEL!(?) MANUEL!(?) MANUEL! (Du musst es dreimal sagen!) in der Hoffnung, die paar Jammergestalten auf der Westtribüne würden den Nachnamen »Osterey« ergänzen, was aber ziemlich in die Hose geht, worauf er mit einer Koloratur zur interaktiven Verkündigung des neuen Spielstands übergeht: »Hallodria?«, fragt der Platzsprecher, und die paar Untertanenfiguren antworten jubelnd: »Zweiiiiii!!!« »Und Kalsdorf?«, lautet die nächste Frage, und die Untertanen höhnen: »Nuuuuull.« Privat ist der Platzsprecher übrigens Pfarrgemeinderat. Es ist nicht leicht, in einer leeren Riesensilberschüssel Stimmung zu erzeugen. Ich persönlich brauche auch keine Stimmung. *Die allermeisten Herrlichkeiten sind bloßer Schein, wie die Theaterdekoration. Unsere Freudenäußerungen sind gewöhnlich nur das Aushängeschild, die Andeutung, die Hieroglyphe der Freude, sie haben bloß den Zweck, andere glauben zu machen, hier sei die Freude eingekehrt, aber sie allein hat beim Feste abgesagt.* Diese Stimmen. Diese Aussetzer.

Die Spieler von Kalsdorf stehen konsterniert da, stemmen die Hände in die Hüften, keuchen und lassen die Köpfe hängen. Das hat vielleicht gar nicht nur mit dem »Zweiiiiii« und dem »Nuuuuull« zu tun. Ohne irgendetwas von Kalsdorf zu wissen, bin ich mir doch sicher, dass ganz Kalsdorf nicht so viele Einwohner hat wie dieses Stadion leere Sitze: Die Kalsdorfer müssen sich wie nach dem Genozid vorkommen. Sie müssen denken, die Menschheit sei ausgestorben. Das Spiel finde am Jüngsten Tag statt.

Die Leute hier hassen dieses Stadion, weil sie so viele leere Sitze nicht ertragen und weil es ihnen zu groß ist und sie daran erinnert, dass auch das All zu groß für sie ist. Sie möchten das All verkleinern, Milchstraßen rückbauen, Sonnensysteme abspecken und redimensionieren, Paralleluniversen generell privatisieren, und es ist ihnen von der Geburt bis zum Tod ein Stachel im Fleisch und ein Dorn im Auge, dass die Verzwergung des Alls nicht möglich ist. *Die Pflicht des Einsamen ist es, noch einsamer zu werden.* Das geht nirgendwo besser als hier.

In dem Moment ertönt der Schlusspfiff, Hallodria hat zwei zu null gewonnen, und während die Handvoll Zuschauer zum Ausgang strömt, schaltet der Platzsprecher-Pfarrgemeinderat das Tonband ein, sodass in der sich endgültig leerenden Wüste leicht krächzend »Oh, wie ist das schön, oh, wie ist das schön« ertönt, »so was hat man lange nicht geseh'n, so schön, so schööön.« Darauf: »So ein Tag, so wunderschön wie heute, so ein Tag, der dürfte niiiieeee vergeh'n.« Und darauf wieder: »Oh, wie ist das schön, so schööön!«, während hundertdreiundachtzig anwesende und einunddreißigtausendachthundertsiebzehn abwesende Personen mit mürrischen Blicken die lange Rampe hinuntersteigen und sich im Nebel und im Nichts verlieren.

3
HALLODRIAS FRÜHJAHRSSAISON

»Sehr geehrter Herr Doktor Fraundorfer«, mailt Frau Magistra Heidi Hupfauf-Zabuschnig aus der Abteilung für Innovationsmanagement und Unternehmensgründung an der Fakultät für Wirtschaftswissenschaften der Universität Hintersiebenbergen, »stellen Sie den StudentInnen für Ihren Vortrag Unterlagen zur Verfügung? Wenn ja, schicken Sie mir diese bitte bis Montag zu, damit wir sie ins Moodle stellen können. Brauchen Sie für Ihren Vortrag einen Laptop oder anderes Equipment wie Flipchartständer, Moderationskoffer et cetera? Danke für eine kurze Antwort und liebe Grüße Heidi Hupfauf-Zabuschnig.«

Das Universitätssportinstitut hat mich nämlich zu einem Gastvortrag im Rahmen eines Lehrgangs *Sport und Wirtschaft* eingeladen, obwohl ich von Wirtschaft nichts verstehe. Also muss es wohl am Sport liegen. Mein Thema lautet *Literatur und Sport.* Darüber könnte ich ganze Bücher schreiben, die sich aber schwer verkaufen ließen: Literatur ist etwas für Frauen, Sport etwas für Männer – und für die Zeitung. Die gemeinsame Menge geht also gegen null: Literatur über Sport lesen weder Frauen noch Männer. Deswegen lasse ich es bleiben. Alle anderen Universitätsinstitute haben mich überhaupt nie wahrgenommen und die Weisung des strengen Engels befolgt, nur das Sportinstitut, selber bloß der Institutspausenclown des Hauses, weiß von meiner Existenz und kauft alle paar Jahre einmal zwei Dreiviertelstunden zum Dumpingpreis. Damals, als ich hier im Plattenbau studiert hatte, gab es die Fakultät für Wirtschaftswissenschaften noch gar nicht, die Abteilung für Innovationsmanagement ebenso wenig – und nicht einmal »Equipment«. Dafür durfte man selbstverständlich rauchen wie die französischen Existenzialisten und Filmemacher. Damals ging es wissenschaftlich ausschließlich um »Bildung« und »Geist«, was aber dementsprechend binnen eines einzigen Jahrzehnts zum Bankrott führte.

Liebe Frau Magistra Hupfauf-Zabuschnig, vielen Dank, dass Sie mich als Redner engagiert haben, aber ich brauche dafür weder Moodle noch Laptop, weder Flipchartständer noch Moderationskoffer. Als Equipment reicht mir ein Tisch, ein Stuhl, ein Glas Wasser und notfalls eine Leselampe. Ich werde keine Powerpoint-Präsentation veranstalten, sondern werde den Studentinnen und Studenten wie Platon, Sokrates oder Gorgias ein bisschen vorlesen, ein bisschen erzählen und dann ein bisschen darüber reden. Wohin wir dabei kommen, ist – wie bei Platon – völlig offen. An Unterlagen reichen – wie bei Sokrates – zwei Ohren und ein Gehirn. Gorgias hat auch keine Powerpoint-Präsentation veranstaltet. Der Unterschied ist nur, dass Platon zwangsläufig viel weniger Ahnung von den Wechselbeziehungen zwischen Literatur und Sport, Fußball und Kultur hatte. Liebe Grüße Egyd Fraundorfer.

Was ein Flipchartständer ist, weiß ich in meinem Paralleluniversum überhaupt nicht. Vermutlich etwas Unanständiges. Aber das habe ich Frau Magistra Hupfauf-Zabuschnig nicht mehr geschrieben. Wahrscheinlich bin ich schon verwest.

Gar so platonisch ausufernd wird mein Gastvortrag aber wohl doch nicht ausfallen. Denn bloß eine Stunde nach dem Beginn meines Vortrags soll für Hallodria die Frühjahrssaison mit dem Spiel gegen Allerheiligen beginnen, und wenn ich mich bei meinem Gastvortrag beeile, könnte ich es vielleicht zur zweiten Halbzeit schaffen!

Allerheiligen ist ein Dörfchen. Der Fußballplatz ist tatsächlich ein Platz, kein Stadion, kein einziger Stuhl, null Sitzplätze.

Der Friedhof von Allerheiligen – nicht viel größer als das Fußballfeld – draußen vor dem Ort inmitten von Feldern und Äckern. Auch hier sind die Toten tot. Aber etwas ist anders in Allerheiligen. Betritt man den Friedhof, schauen die Grabsteine weg, man schaut in die Hinterteile der Grabsteine hinein …

Während der Winterpause war im anderen Siebenhügel neun Stunden südlich die erste künstliche Sedisvakanz seit siebenhundert Jahren entstanden: ein untrügliches Zeichen für die Säkularisierung des Klerus und die immer selbstverständlicher werdende Nichtexistenz Gottes. Ich surfte im Netz und suchte Ionescos Grab, als die Nachricht vom Rücktritt des deutschen Papstes auftauchte. Als Achtundsiebzigjähriger gewählt, war ihm im achten Jahr seines Pontifikats die Kraft ausgegangen, vielleicht auch die Lust und die Hoffnung und der Glaube. Das Grab Ionescos war nicht schwer zu finden. Für ein paar Augenblicke war es mir vor dem Computer so, als stünde ich tatsächlich in Paris am Grab Ionescos. »Stellen Sie sich vor, Monsieur Ionesco, der Papst ist zurückgetreten! Der Heilige Stuhl ist leer!«

»Deswegen sind Sie zu mir gekommen, Fraundorfer?«

»Nein, Monsieur Ionesco, wegen meines Kainsmals. Ich würde Ihnen gern etwas zeigen …«

»Ja, aber was denn? Haben Sie mir nichts mitgebracht?«

»Das geht leider nicht. Sie müssten schon mitkommen. Es tut mir leid, dass ich Ihnen solche Umstände mache … Monsieur! Monsieur? … Hören Sie mich … Monsieur? … Monsieur … nichts …« Das hätte ich mir denken können.

Aus meiner Tagträumerei erwacht, klickte ich mich wieder nach Hause, um zu meinem Gastvortrag und zum Spiel gegen Allerheiligen zurechtzukommen, das dann aber gar nicht stattfinden konnte. Der Winter in den Alpen war diesmal besonders hart und lang ausgefallen. Noch Mitte März lagen die Temperaturen unter dem Gefrierpunkt und auf dem Rasen des Stadions lag eine dicke, hart gefrorene Schneeschicht. Zwar hatte man in das Riesenstadion um viel, viel Geld eine Rasenheizung eingebaut. Nun stellte sich aber heraus, dass die Inbetriebnahme der Rasenheizung viel, viel Geld verschlingen würde, und deswegen verzichtete man darauf und sagte das Spiel kurzerhand ab: Für Allerheiligen zahlte sich eine Rasenheizung nicht aus!

Daher musste ich mich bei meinem Gastvortrag doch nicht hetzen und konnte in aller Ruhe über die Weltanschauung und den Seelenzustand eines Menschen erzählen, der ganz allein in einem zweiunddreißigtausend Menschen fassenden Stadion sitzt und über das Ausgestoßensein nachdenkt, über das Aus-dem-Sein-Geworfensein, über leere Stühle, über die Leere; über die Schönheit und Traurigkeit und Brutalität und Metaphorik einer leeren Stuhlwüste. Könnte man es nicht auch so sehen, dass die Abwesenheit von Menschen für die Löcher in der Realität steht? Vielleicht, liebe Studentinnen und Studenten, ist das hier und jetzt bereits der Himmel. Mit der Laterne in der Hand schreiten wir am helllichten Tag durch das Riesenstadion und suchen Menschen. Aber es ist ja klar, dass es im Himmel keinen Menschen geben kann, sonst wäre es kein Himmel. Leer und schön wie die Mathematik ist das Paradies! Es lebe die Sedisvakanz! Oh, wie ist das schön! Oh, wie ist das schön! So was hat man lange nicht gesehen. So schöööön! So schöööön! Die zweiunddreißigtausend heiligen Stühle müssen gerade frei bleiben, denn wer sich daraufsetzte, wäre bloß ein Stellvertreter. Und die Stellvertreter müssten alle weichen, wenn der Eigentliche kommt, auf den alle warten! Der Paradiesvogel!

Extra omnes! Zweiunddreißigtausend Sedisvakanzen unter einem Dach: Wenn das kein unerhörtes Ereignis ist, dann gibt es überhaupt keine unerhörten Ereignisse mehr!

Als ich an die Uni kam, war niemand da, weder zwei Ohren noch ein Gehirn. Moodle, Flipchartständer und Equipment waren da. Aber keine Menschen. Ich wartete. Keine Existenzialisten. Keine Innovationsmanager. Niemand. Hatte der Engel doch noch zugeschlagen? Ich schaute mich um. Die Plattenbauuniversität war seit meiner Studienzeit gewachsen, ein Südplattenbau und ein Nordplattenbau und ein Plattenbauservicecenter waren dazugekommen. Service ist ein neues Wort für Verwaltung. Verwaltung ist ein altes Wort für Macht. Respektgebietender, ehrwürdiger oder gar einladender war der Plattenbau in den Jahren meiner Abwesenheit nicht geworden, die völlige Stillosigkeit ließ völlige Geistlosigkeit vermuten. Die Plattenbauuniversität schien mir noch niederdrückender, noch schäbiger, noch finsterer geworden zu sein, noch deprimierender, noch trostloser, außerdem muffelte es an allen Ecken und Enden nach Nichtraucherschweiß.

Ich wartete. Niemand kam. Auch Frau Magistra Heidi Hupfauf-Zabuschnig war nicht da. Zwar hatte ich mit ihr über ein halbes Jahr lang ausschließlich E-Mail-Kontakt gehabt: Ich hatte sie weder gesehen noch gesprochen: Wir hatten ja kein persönliches Interesse aneinander. Sie war für mich eine Abfolge von Times-New-Roman-Buchstaben, ich für sie dasselbe. Ich kannte weder ihre Stimme, noch wusste ich, wie sie aussah, was sie trug, ob sie eine Brille trug, ob sie Stiefel trug, wie sie die Haare trug, ob sie jung oder alt oder mittelalt war, hübsch, hässlich oder so lala, ob und wie sie vom Leben gezeichnet, ob ihr Gesicht verhärmt war, ob sie ein Lächeln zusammenbrachte. Obwohl ich auch die niemals mit eigenen Augen gesehen habe, hatte ich von Platon, Sokrates und Gorgias doch eine viel, viel konkretere Vorstellung als von Frau Magistra Heidi Hupfauf-Zabuschnig. Ich ging zur Koje des Portiers und suchte und fand ihn: Der Portier existierte, aber er war ein Unwissender. Er wählte eine Telefonnummer, wartete, ließ es läuten, legte wieder auf und zuckte mit den Achseln. Immerhin war es Freitagabend, und wen erwischt man schon am Freitagabend? So wäre ich infolge der Leere der Universität unverhofft noch rechtzeitig in die Leere des Stadions gekommen, wenn man gegen Allerheiligen gespielt hätte. Nun aber blieb mir als letztem Menschen auf diesem Planeten nichts übrig als der Heimweg. Horror Vacui!

***

Die Vermutung, die ich schon lange hege, hat sich durch diese Attacke der Leere bestätigt: Ich existiere in einem Paralleluniversum. Wie lange schon bin ich in der Wildnis dieses Nichts? Wie viele Jahre meines Lebens? Ich glaube, ich muss damals als Gymnasiast am Zeugnistag, als Aussätziger, der Tag und Nacht und Tag durch Hintersiebenbergen mäanderte, durch eine Art Universalriss irgendwie in dieses Paralleluniversum hineingeraten und niemals wieder herausgekommen sein. Der Engel hatte mir prophezeit: »Du musst draußen bleiben!« Papa wird im Gymnasium nachgefragt haben, dort wird man aber nichts gewusst haben. Er wird, wie ich ihn kenne, zornig geworden sein, Pöhland den Herrn gezeigt haben, vergeblich den Herrn gezeigt haben, sich wegen der ungeheuerlichen Unverhältnismäßigkeit des Nicht zufriedenstellend beschwert haben, Pöhland mit seinen bloßen Augen Stichwunden zugefügt haben, rechtliche Schritte gegen die eisernen Professoren unternommen haben, die einen endlosen Rechtsstreit zur Folge gehabt haben werden, an dessen Ende der Satz gestanden sein wird: DER PROFESSOR HAT IMMER RECHT! Mein zorniger, verzweifelter Papa wird bei der Polizei eine Vermisstenanzeige aufgegeben haben und vor Sorge und Gram über mein unerklärliches Verschwinden gestorben und ins frühe Grab gesunken sein. Ich werde niemals wieder aufgetaucht und nach und nach in Vergessenheit geraten sein. Mein Paralleluniversum schaut genauso aus wie das Universum, aber im Unterschied zum Universum hat man in einem Paralleluniversum keine Menschen, keine Eltern, keine Lehrer, keine Vorgesetzten und Mitarbeiter, keine Freunde, keine Jünger. Man erhält keine Gastprofessuren und Assistentenstellen, man erhält überhaupt keine Stellen, man wird weder vermittelt noch empfohlen. Im Paralleluniversum kann man keine Frau kennenlernen, nicht heiraten, keine Familie gründen, keine Kinder zeugen und großziehen. Im Paralleluniversum ist man für immer allein, und deswegen ist auch das Stadion leer. Sonst wäre es voll. Drüben ist was los! Drüben muss was los sein!

Oder dieses Paralleluniversum ist das Jenseits und ich bin schon längst tot wie alle anderen Toten und weiß es nur nicht. Vielleicht ist das Unsichtbare um mich herum eine Glaskugel, die mit mir durch die Wirklichkeit schwebt, und ich bin eine unerlöste Seele, die schon vor vielen Jahren gestorben ist. Nach dem Blaulicht kann ich mich an nichts mehr erinnern. Die Schrift muss sich erfüllen. Ich bin dazu verurteilt, nicht glauben zu können. Ich glaube den Lebenden nicht. Ich glaube nur den Toten.

Betete der Papst für mich … aber der ist eben zurückgetreten.

Oder nein, ganz umgekehrt vielleicht: Ich lebe. Ich lebe im Universum, und alle anderen im Paralleluniversum: Die übrigen Dichter und Denker und Literaturwissenschaftler und Philosophen und Stadionbesucher.

Es ist schmerzlich für einen Redner, wenn er auftritt und der Publikumsraum ist leer. Es ist demütigend. Es ist, als wäre einem die Zunge aus dem Gaumen herausgeschnitten worden. Fast gleichzeitig mit der Einladung, den Vortrag an der Plattenbauuniversität zu halten, habe ich noch eine zweite Einladung bekommen, nämlich zu einem Vortrag bei einer Architekturkonferenz im Herbst. Da in meinen Arbeiten so viel von glorreichen Niederlagen aller Art die Rede sei, hieß es in der Einladungs-E-Mail, sei ich geradezu prädestiniert, bei dieser sogenannten Leerstandskonferenz das Hauptabendprogramm zu bestreiten. Ich mache mich darauf gefasst, eine Rede zu halten, die wieder niemand hören würde. Sicher werden auch die Architekten in Wirklichkeit nicht existieren!

Wie es dazu gekommen war, dass weder ich die Studenten angetroffen habe noch die Studenten mich, obwohl sowohl die Studenten als auch ich, wie wir uns im Nachhinein auf virtuellem Weg versicherten, zur gleichen Zeit am gleichen vereinbarten Ort gewesen waren, konnte nie ganz geklärt werden. Auch Frau Magistra Heidi Hupfauf-Zabuschnig stand vor einem Rätsel, aber sie hatte sich um viele andere wichtige organisatorische Fragen des Innovationsmanagements zu kümmern. Dass Menschen sich einmal in der Wirklichkeit getroffen haben, ist ein Märchen aus uralten Zeiten.

***

Es ist kalt, grau und düster Anfang April am Rand der Stadt und auf der Rampe des Stadions. Die Gipfel der Berge sind von Wolken verhüllt. Die Hänge der Schattseite sind noch weiß: Das sieht man durch den Spalt zwischen dem Oberrang und dem Unterrang: Da lugt ein Streifen ausgestorbener, wintertoter Naturlandschaft herein. Auch hinter den Toren noch Reste schwarz gewordener Schneehaufen.

Ein paar Minuten komme ich immer zu spät. Im Stadion darf ich das. Niemand beschwert sich darüber. Niemand hält mich deswegen für undiszipliniert oder faul oder soziophob. Zwar bin ich soziophob – was denn sonst? Ich bin ein Individuum. Ich bin ein Endmensch, kein Anfangsmensch! Zu früh kommen, das ist das Schlimmste! Warten: Das heißt, sich unterwerfen. Die Zeit vertreiben: Das heißt, sich annullieren. Die Zeit vertreiben: Lebensabschnittsselbstmord. Als ich als Halbwüchsiger zum ersten Mal in meinem Leben aus dem Mund meines Vaters ganz unvorbereitet den Satz hörte, dass der Mensch ein Gemeinschaftswesen sei, war ich regelrecht schockiert. Ich nicht!, dachte ich. Ich bin der Schöpfer schöner Dinge! Ich glaube, Papa glaubte seine Worte selber nicht. Er sagte sie nur, damit ich es einmal nicht so schwer haben würde im Leben. Aber das war bloß die Hausordnung der Menschheit. Wenn man seinen Sohn Egyd nennt, kann man nicht ernsthaft glauben, dass der Mensch ein Gemeinschaftswesen ist.

Durch mein Zuspätkommen versäume ich zwar die Aufstellung, die der Pfarrgemeinderat ansagt, aber die kenne ich ohnehin auswendig: Hallodria spielt mit Finsterling im Tor, in der Verteidigung mit Winkler, Außerwinkler, Hinterwinkler und dem beinharten Legionär Jan Klaas Aschwaze da Silvamedia, im Mittelfeld mit Berger, Gussger, Cropfic, Hirneder sowie im Angriff mit Manuel Osterey und dem zweiten Legionär, dem aus Argentinien stammenden Guillermo Götterspötter. Die Aufstellung ist ein Gedicht, allerdings eines der Millionen Gedichte, die niemals einen großen Preis gewinnen und berühmt werden.

Auf diese Weise erspare ich mir also nicht nur ein paar Minuten der meistens sehr langweiligen, elenden Spiele, sondern vermeide auch die ohnehin geringe Gefahr, mich vor dem Kassahäuschen am Fuß der Rampe anstellen zu müssen. Nur ein einziger Mensch ist zwangsläufig immer da: die Frau im

Kassahäuschen. Sie kommt mir vor wie eine Figur aus einem Ödön-von-Horváth-Stück. Aber das sage ich ihr nicht.

Sie hat mich offenbar erkannt. Schon beim letzten Mal hatte die Frau ihren ganzen Mut zusammengenommen, und während sie die Karte vom Block löste, sagte sie: »Ich möchte mich bei Ihnen für Ihre Artikel in der Zeitung bedanken, Herr Fraundorfer!« Ich sagte »Bitte!« und dann »Danke«. Offenbar eine undichte Stelle in der Haut des Paralleluniversums. Beinahe wäre ich vor Verlegenheit gestorben. Wohin mit so viel Zuwendung? Heute sah die Kassafrau mich schon von Weitem kommen. Sie hatte meine Karte längst bereitgelegt. »Ich habe Ihr Buch gekauft, Herr Fraundorfer. Würden Sie mir eine Widmung hineinschreiben, wenn ich es zum nächsten Spiel mitbringe?«

»… Wo bin ich? In welcher entfernten Provinz? In welchem Jahrhundert? In einem alten Gebirgsstädtchen? Vielleicht in einer alten englischen Stadt? Ganz bestimmt bin ich in einer unwirklichen Stadt, einer Stadt, die eine vom Ozean der Geschichte eingeschlossene, aber geschützte Insel ist. Sich nicht mehr rühren! Nur nicht versinken! Vielleicht kann ich entkommen. Vielleicht wird dieser Morgen ewig dauern. Vielleicht sind über mein warm geheiztes Zimmer und die schneebedeckte Straße Jahrhunderte dahingegangen und Jahrhunderte gehen noch darüber hin, vielleicht leben die Menschen in einer anderen Zivilisation, während wir stehen bleiben jenseits der Dauer, frei schwebend über dem Ablauf der Zeiten, über den Abgründen …«

Ich höre eine Stimme. Wie damals als Ausgesetzter. Wer ist denn das? Bilde ich mir die Stimme nur ein? Was ist mit mir los? Oder dringt die Stimme aus dem Paralleluniversum? »Monsieur Ionesco? Kann das wahr sein? Sie hier? Das gibt es nicht. Sie heute hier? Wie ist das möglich? Das kann nicht sein. Ich träume. Ein altes Gebirgsstädtchen, ja. Sie kennen das Städtchen doch, vous connaissez Hintersiebenbergen, Monsieur Ionesco. Sie waren schon einmal hier. Vor fünfunddreißig Jahren, vielleicht vierzig. Sie waren, glaube ich, der erste Dichter, den ich geliebt habe. Nur wusste ich das damals noch nicht: Denn Sie waren der Erste, der mir gezeigt hat, wie man das Unerträgliche zerstört … Sie waren die Voraussetzung für alles, was ich gemacht habe.«

»Ich habe gar nichts zerstört, mein Herr! Es war alles zerstört. Es hatte nur noch keiner gesehen. Ich habe bloß gezeigt, dass es zerstört ist. Ich hatte den Eindruck, in einer mehr oder weniger gut eingerichteten Welt von sehr höflichen Menschen zu stehen. Plötzlich ging etwas kaputt, zerriss, und der ungeheuerliche Charakter der Menschen kam zum Vorschein. Das habe ich ausgedrückt. Je mehr man die Kultur ablehnt, desto mehr bereichert man sie …«

»Das haben Sie gesagt, ich weiß. Ich habe Sie zitiert, damals …«

»Man hat mich immer missverstanden. Damals bin ich populär geworden, spät, sehr spät. Die Popularität war immer mit Missverständnissen verbunden. Aber die Missverständnisse sind doch dem Unverständnis vorzuziehen, der Geringschätzung, Gleichgültigkeit und Ignoranz – schon wegen der Tantiemen …«

»Ich bin Ihnen noch dreißig Schilling schuldig.«

»Ich war mit dem Stadttheaterdirektor befreundet. Er hat eine Zeit lang in Paris gelebt, bevor er nach Hintersiebenbergen gegangen ist. Ärbär wollte ›Die Stühle‹ für Hintersiebenbergen haben. Nach der Premiere hat er mich mit der Lokalprominenz bekannt gemacht: ›Herr Kulturstadtrat, darf ich vorstellen? Monsieur Ionesco!‹ – ›Ah, sehr erfreut, Sie sind also der Herr vom Weltkulturerbe …‹«

»Das wundert mich nicht, Meister, das wundert mich gar nicht. Zweifelsohne sind Sie jetzt ein Weltkulturerblasser …

Aber sagen Sie, Meister wie ist das möglich: Ihre Erscheinung? Ihr Besuch?«

»Sie haben mich doch eingeladen! Sie haben mich auferweckt, neulich in Montparnasse! Ich hab Sie durch meine Grabplatte schauen gesehen!«

»Gewissermaßen, ja. Geht das so einfach? Ich habe mir Erweckungen und Auferstehungen viel komplizierter vorgestellt …«

»Es ist eine Lazarus-Situation. Die Toten können sich nicht mehr wehren, gegen gar nichts. Nicht gegen das Vergessen, nicht gegen das Erinnern. Nicht einmal gegen ihre Auferstehung. Diese Auferstehung ist sinnlos, wenn auch, rein technisch betrachtet, ganz einfach. Ein Kinderspiel. Wenn Sie mich fragen würden, ob mir meine Auferstehung recht ist, würde ich Ihnen sagen, dass sie mir nicht recht ist. Aber alles geht seinen Gang. Ich bin Ihr steinerner Gast! Aber, Fraundorfer: Ihr Palast ist, wie ich sehe, leer wie das ganze Leben!«

»Alle hier hassen mein Stadion, nur ich nicht. Ich liebe meinen Tempel. Den Tempel der vergebenen Möglichkeiten …«

»Wie ein Gebäude, das für die Gläubigen gebaut ist, keine Gläubigen braucht, um trotzdem Gebäude zu sein, wie es auf kein Publikum angewiesen ist, so braucht auch das Theater keine Zuschauer, um Theater zu sein …«

»Und das Theaterstück braucht keine Zuschauer, um Theaterstück zu sein. Ich bin nicht wegen des Stückes hier, sondern wegen des Stückes des Stückes, cher Monsieur! Ich habe religiöse Gefühle hier! Bitte, nehmen Sie Platz, setzen Sie sich neben mich!«

»Eh bien! Dites-moi, was wollten Sie von mir, Fraundorfer, aus welchem Grund haben Sie mich eingeladen?«

»Wie gesagt, ich schulde Ihnen seit vierzig Jahren die Eintrittskarte für ›Die Stühle‹. Ich möchte meine Schulden begleichen, ich möchte mich entschuldigen. Aber wie Sie sich denken können, ist es für diese Entschuldigung nötig, eine lange Geschichte zu erzählen, Ionesco. Sie müssen wissen, Ihr Besuch in Hintersiebenbergen hatte Konsequenzen für mich, obwohl es nur ein Kurzbesuch war, Konsequenzen für mein ganzes Leben …«

»Konsequenzen für Ihr ganzes Leben? Eine lange Geschichte? Erzählen Sie, Fraundorfer, erzählen Sie!«

»Wo war ich stehen geblieben? Ah ja, bei der Szene in der Direktion des Gymnasiums. Am Ende des Schuljahres humpelte der kriegsversehrte Direktor in Pension. Bei Berta Milzbrand wurde Brustkrebs diagnostiziert. In der Maturaklasse bekamen wir einen anderen Deutschprofessor, und das hatte zur Folge, dass unter meinen immer gleichen monomanischen gigantomanischen Schularbeiten plötzlich und unvermittelt großartige Zensuren standen, leuchtend rot und feierlich, wie es sein soll. Das freute mich, brachte mich aber nicht mehr zu den Menschen zurück, es führte mich nur noch weiter von ihnen fort. Es nährte meinen Unglauben.«

»Man ändert sich nicht. Die Situation ändert sich. Ich glaube nicht an die Objektivität der Wissenschaft, mein lieber Fraundorfer. Alles nur eine Frage von Macht und Zufall. Alles ist nur Interpretation! Die Objektivität ruht in der tiefsten Tiefe meiner Subjektivität. Nur eine Handvoll Menschen, zunächst verkannt und isoliert, verändert das Gesicht der Welt«, erklärt der Meister im Staubmantel, nachdem er sich seufzend neben mir niedergelassen hat. »Aber die Demütigung sitzt tief, habe ich recht? Das Gefühl des Ungenügens, der Bedrohung, die Angst, dem Spott preisgegeben zu sein, diese Gefühle holen Sie immer wieder ein, habe ich recht?«

»Insbesondere missfiel mein Betragen. Ich galt als faul. Ich galt als renitent. Man bezeichnete meine Antworten als frech. Man sagte mir nach, ich versuchte, die Klasse aufzuwiegeln.«

»Dieses Gefühl der Demütigung, des Ausgesetztseins wird Sie womöglich bis zum Schluss verfolgen, Fraundorfer, bis zu Ihrem letzten Atemzug, so viel Sie in Ihrem Leben auch erreichen mögen! Bis zum Schluss wird Ihnen die Sehnsucht nach Menschen bleiben, die Ihre abweichenden Gedanken mitzuempfinden in der Lage sind und die Ihrer Fantasie Nahrung geben! Noch aber ist Ihre Kathedrale leer und leer und leer ...«

In der letzten Spielminute köpfelt ein Verteidiger der Gäste nach einem Eckball das Eins-zu-Zwei. Das Spiel ist verloren. Ionesco schüttelt aus Höflichkeit den Kopf. Aber nichts ist in der gegenwärtigen Situation so egal wie eine Heimniederlage.

***

Ich erkannte die Frau im Kassahäuschen vor dem nächsten Spiel an meinem Buch, das neben ihr lag und auf meine Widmung wartete. Ich fragte sie nach ihrem Namen und schrieb ins Buch: »Für Maria im Kassahäuschen herzlich vom treuen Hallodria-Anhänger Egyd Fraundorfer«. Maria! Das hätte ich mir denken können! Heißen nicht alle Frauen bei Horváth Maria oder Marianne? Heißen nicht alle Frauen Maria? Maria. Maria. Maria. Die heilige Maria. Die Hetäre Maria. Die Kassafrau Maria. Das Geld Marie. Nur Marion heißt Marion. Ich fürchte, Maria wird mein Buch nicht gefallen können. Es ist kalt, aus einer anderen Welt.

Dann stieg ich die weite Rampe zum Eingang des Tempels meines Todfeinds hoch, der jetzt mein Tempel war, mein heiliger Bezirk, vielleicht der genialste Diebstahl, der spektakulärste Coup meines Lebens, und setzte mich auf einen meiner zahllosen leeren Plätze. (Wie viele große Theaterautoren haben sich ein eigenes Theater für sich und ihre Theorien gewünscht und keines bekommen! Sie haben das Wunschtheater »Ensemble« genannt – das war schon einmal der Grundsatzirrtum. Ein Theater ist kein Ensemble. Ein Ensemble ist ein Luftschloss, ein Theater ist ein Haus. Nein, Diebstahl war das keiner. Es war eine gewaltfreie Eroberung. Es war die gigantischste meiner Prophezeiungen, die sich selbst erfüllt hatte.

Es ging gegen Gratkorn. Wir sitzen hier in der Bedeutungslosigkeit, deswegen werden wir auch nur von Bedeutungslosen besucht und herausgefordert. »Was meinen Sie, Ionesco? Die ersten Tage der Nichtmenschheit.« »Ich habe also Farcen geschrieben, mon cher Monsieur Fraundorfer: Eine der ersten war eben die, in der zwei beinahe hundertjährige Personen eine Gesellschaft organisieren, zu der eine Menge Leute eingeladen sind, die nicht kommen und für die eine Unzahl unnützer Stühle zusammengesammelt wird. Verstehen Sie, die klassische Vaudeville-Situation: Die Zuschauer wissen, dass niemand da ist. Die Helden des Stückes wissen das nicht und halten die leeren Stühle für Lebewesen aus Fleisch und Blut, denen sie pathetisch-komisch alles, was sie »auf dem Herzen« haben, anvertrauen.«

Hallodria geht früh in Führung, der Pfarrgemeinderatselvis eröffnet den dazugehörigen standardisierten Text, die elenden Existenzen jubeln »eins«, die jämmerlichen Kreaturen höhnen »null«.

»Wissen Sie, lieber Fraundorfer, nachdem »Die Stühle« bei der Uraufführung im Théâtre du Nouveau-Lancry durchgefallen und mir auch die Atombombe und die Eier-Verordnung in die Quere gekommen waren, gingen wir in die Provinz. In Lyon, im Théâtre des Célestins, ebenfalls ein triumphaler Durchfall. In den »Stühlen« werden die »Dame«, der »Oberst« und so fort angekündigt, aber diese Personen existieren nicht, niemand ist zu sehen ... Man schaut ins Programmheft: niemand. Da wurde das Publikum wütend, aber nicht des Stückes wegen, sondern weil man anscheinend, so sagten sie, aus Sparsamkeit und aus Verachtung für die Provinz nicht alle Schauspieler aus Paris nach Lyon mitgebracht hatte ....

Wir sind Theatermenschen, Fraundorfer, ich jedenfalls bin Theatermensch, obwohl ich das Theater verabscheue und dann auch wieder nicht. Wir sitzen immer im Theater, und ich empfinde es als ganz natürlich, dass das Theater des kleinen Mannes groß ist und das Theater des großen Mannes klein. Aber ich weiß nicht, was ein kleiner Mann ist und was ein großer: Man müsste jeden extra vermessen und anschließend ins passende Theater setzen. Der große und der kleine Mann flüchten zur Pause aus dem großen und dem kleinen Theater, wenn sie sich nicht wiederfinden, wenn sie sich weder unterhalten noch angesprochen noch vertreten fühlen, wenn sie das Stück nicht verstehen, wenn das Drama nicht ihr Drama ist. Ob bürgerliches oder Volkstheater, Fraundorfer: Theater bleibt Theater. Das bürgerliche Theater ist näher am wirklichen Volkstheater als das von den Intellektuellen und Halbintellektuellen gemachte »Volks«-Theater. Ein Fußballspiel interessiert den Milchhändler, den Arbeiter und den Finanzminister mit gleicher Leidenschaft ... weil alle Kinder werden, weil alle einmal Kinder waren, weil alle Kinder zum Größerwerden verdammt sind, weil alle Kinder ihre Kindheit verlieren, weil jedes Kind anders ist und alle Kinder gleich sind, das ist das Geheimnis, weil ...

Hier ist aber niemand: Weder Milchhändler noch Arbeiter noch Finanzminister. Sind diese Berufe in Ihrer Welt ausgestorben? Es kommen mir so viele Bilder in den Kopf, wenn ich auf diese leeren Tribünen blicke, Fraundorfer! Ich sehe die hohen grauen Häuser von Paris. Ich meine das Paris meiner Kindheit. So viele Fenster. So viele Sitze. Fenster, durch die man nicht ins Innere sehen kann. Aber man weiß, dass es ein verborgenes Inneres gibt, geben muss, mit Menschen drinnen, und in den Menschen Abgründe. Schluchten. Häuserschluchten. Den Häuserfronten entlang gehe ich an der Hand meiner Mutter jeden Donnerstag in den Jardin du Luxembourg und sehe das Puppentheater. Die Kindheitsbilder sind die stärksten! Gegen das Lebensende hin fängt man damit an, die Kindheitsbilder endlich herauszulassen, zu zeichnen, zu malen, zu fixieren, zu imprägnieren. Die Kindheitsbilder, das ist das, was bleibt. Mit fünf Jahren war ich schon Individualist. Ich erinnere mich noch, dass meine Mutter mich nicht von diesem Kasperletheater im Jardin du Luxembourg wegbringen konnte. Wie verhext konnte ich da ganze Tage bleiben, so verhext wie Sie hier in Ihrem Stadion. Obwohl ich nicht lachte. Das Kasperlespiel fesselte mich. Der Anblick dieser sprechenden, sich bewegenden Puppen war überwältigend. Es war für mich ein Schauspiel, das die Welt widerspiegelte, Fraundorfer, ungewohnt und unwahrscheinlich, aber wahrer als das Wahre …

Man lebt nur in den ersten fünf, sechs Lebensjahren wirklich. Mit elf Jahren wollte ich meine Memoiren schreiben …«

»Auf einer Sonntagsfamilienspazierfahrt mit dem Citroën kamen wir an einem Fußballfeld vorbei, wo gerade ein Spiel stattfand. Ich war sofort verhext. Papa musste am Straßenrand halten, und er tat es mit säuerlicher Miene. Das musste ich sehen! Der Anblick dieser Spieler war überwältigend. Es war für mich ein Schauspiel, das die Welt widerspiegelte, Ionesco, ungewohnt und unwahrscheinlich, aber wahrer als das Wahre …

Mein erster Berufswunsch als Kind war Baumeister, Maître. Aber wahrscheinlich meinte ich damit: Architekt. Ein Vorschulkind verwendet keine technischen Wörter wie »Architekt«. Ich wollte Häuser bauen, Gebäude schaffen: Häuser, Tempel, Kathedralen; später, sobald ich zum ersten Mal welche gesehen hatte, Arenen, Stadien. Wenn ich mit dem Kindermädchen durch die Vorstadt spazierte und Erdbewegungsarbeiter auf der Straße mit dem Pressluftbohrer ein Loch in den Asphalt rissen und zu graben begannen, blieben wir – auf mein Drängen hin – immer stehen, und das Kindermädchen Hermine musste die Straßenarbeiter in meinem Namen immer fragen, was sie hier bauen wollten. Hermine war das peinlich, aber ich war ihr Auftraggeber und ihr Vorgesetzter. Ich war jedes Mal enttäuscht, wenn die Bauarbeiter bloß Rohre erneuerten oder unterirdische Leitungen verlegten, anstatt Häuser, Kathedralen, Stadien zu bauen.«

»Mitten auf der Straße kann man kein Haus bauen, keine Kirche, kein Stadion.«

»Und einen Flughafen?«

»Auch nicht.«

»Warum nicht?«

»Weil dann die Autos nicht mehr fahren könnten.«

»Das ist mir egal.«

»Und weil es keinen Zweck hat.«

»Das ist mir ganz egal.«

»Und weil es zu teuer ist.«

»Das ist mir auch egal.

Ich dachte es als Kind nicht mit diesen Worten, aber ich dachte: In meiner Stadt wird zu wenig gebaut, zu wenig geschaffen. Es müsste jeden Tag überall gebaut werden! Mit dem Kindermädchen konnte ich Fragen der Stadtbildentwicklung nicht erschöpfend behandeln, und die Mutter war den ganzen Tag nicht da.«

»... ich wiederum schrieb als Zehnjähriger mein erstes kleines Stück. Sieben oder acht Kinder sitzen beim Abendessen. Anschließend zerschlagen sie die Tassen, die Möbel und werfen die Eltern aus dem Fenster ... was ich geschrieben habe, habe ich gegen meinen Vater geschrieben, der meine Mutter verlassen hat, als ich noch in den Windeln lag, Fraundorfer, und der doch immer nur ein Chamäleon war …«

»Ich habe meinen Vater geliebt, Ionesco, aber er ist gestorben. Die Liebe zu seinen Kindern und die Liebe zu seinen Eltern ist immer Eigenliebe. Man liebt seine Kinder, man liebt seine Eltern in dem Maß, in dem man sich selbst in ihnen wiedererkennt, in dem Maß, in dem Ähnlichkeit besteht.

Papa hat mir Geschichten erzählt: dafür habe ich ihn geliebt. Dafür liebe ich ihn bis heute: Denn alles, was ich bin, bin ich durch seine Geschichten. Heute weiß ich, wie anstrengend und erschöpfend es ist, eine Geschichte zu erzählen. Die Wahrheit ist: Geschichten schneidet man aus sich selbst heraus – wie ein Stück Fleisch, wie ein Organ. Es ist ein Opfer, eine Eucharistie, eine Kommunion, eine Transplantation: Nehmet und leset alle davon …; vielleicht hat Papa mir auch nur eine einzige Geschichte erzählt, die aber immer wieder, weil sie so schön war, und die Geschichte ist mir als Innenausstattung meiner Seele geblieben. Papa ruht im Nichts, er liegt im Grab, aber seine Geschichte hat er nicht mit ins Grab genommen, seine Geschichte hat er hier in mir zurückgelassen.

Papa setzte sich abends an meine Bettkante, deckte mich zu und erzählte mir die Geschichte, wie die Engel im Himmel ein Haus bauen. Das war interessant! Das war faszinierend! Die Engel machten es so: Am ersten Tag mauerten sie Ziegel für Ziegel die Wände des Hauses bis zum Plafond des obersten Stockwerks auf. (Da sie das Haus auf einer dicken weißen Wolke bauten, mussten sie keinen Keller ausheben. Da sie Flügel hatten, taten sie sich mit dem Ziegeltransport leicht und brauchten keinen Kran, was ich ein bisschen schade fand, weil ein Kran ein schönes Ding ist und ich Kräne sehr liebte und im Kinderzimmer aus Lego-Steinen selber welche baute.) Das Haus wuchs in Windeseile. Nach der Mittagspause (Sternchensuppe, kein Bier! Nichts Herbes! Nichts Bitteres! Vanillepudding als Nachtisch) setzten die Englein auf die Hausmauern den Dachstuhl und das Dach. Abends Gleichenfeier inklusive »Ehre sei Gott in der Höhe«, »Großer Gott wir loben dich« und »Halleluja«, was sonst? Meinetwegen, solange es den Baufortschritten diente. Am zweiten Tag widmeten sich die Engel vormittags Innenausstattungsfragen: Elektrische Leitungen wurden verlegt, Lampen aufgehängt, Parkettböden gelegt, das Bad verfließt, Fassaden und Wände gestrichen, Fenster und Heizung und außerdem ein offener Kamin installiert, die Terrasse gepflastert, ein Gärtchen angelegt. Am Nachmittag wurden Möbel und sanitäre Einrichtungen eingebaut, die Teppiche ausgerollt, die Bücher in die Bibliothek gestellt und Kalbsgulasch mit Butternockerln gekocht. Als Nachtisch Reisauflauf. Abends war das Haus im Himmel picobello fertig, ich schlief in tiefster Tiefenzufriedenheit ein und träumte den wunderbaren Hausbau noch einmal nach.

Am nächsten Abend wollte ich genau dieselbe Geschichte wieder hören, wie die Engel im Himmel ein Haus bauen, auch am übernächsten und am überübernächsten Abend, immer und immer wieder diese eine Geschichte: Ich wollte keine Spannung, keinen dramatischen Spannungsbogen, ich brauchte keine Überraschung, ich brauchte kein Problem, keine Krise, keinen Konflikt und dessen Lösung, kein Unglück und dessen Bewältigung, ich lebte nach anderen dramaturgischen Gesetzen. Ich brauchte zu meiner Befriedigung und meinem Glück nur die sorgfältige Ausführung eines perfekten Planes. Ich sah die Baugeschichte vor meinem Auge wie einen Film, den ich selbst gedreht und bei dem Papa Regie geführt hatte. Ich wollte natürlich selber ein Haus bauen. Ich schlief ein und stieg die silberne Leiter ins Himmelsblau hinauf und baute und baute, Stein auf Stein, Stein auf Stein, immer schöner, immer größer, immer eindrucksvoller und erhabener wurden meine Häuser. Sie hatten auch Türmchen, Balkone, Terrassen, Gärten. Eine ganze Stadt baute ich, eine schöne, große Stadt, der Himmel brauchte schließlich viele Häuser. Den ganzen Tag lang wartete ich Kind auf den Abend, wenn Papa wiederkommen, sich an die Bettkante setzen, mich zudecken und mir seine Geschichte vom Hausbau im Himmel erzählen würde, in der jeder Schritt so einfach und klar war: Für diese Geschichte liebe ich meinen Vater, der schon fast so lange in seinem Grab liegt wie Sie, Ionesco, viele, viele Jahre. Ihr Todestag, Ionesco, folgt unmittelbar auf seinen.«

»Wissen Sie, unterirdisch vergeht die Zeit ja gar nicht.«

»Seit den väterlichen Gutenachtgeschichten meiner Kindheit baue ich mein ganzes Leben lang Häuser, Meister, eben indem ich Bücher schreibe. Jedes Wort ein Ziegelstein, jedes Kapitel ein Zimmer, jedes Buch ein Haus: mein Lebensziel war eine Stadt, Ionesco, eine schöne, große Stadt: Meine Stadt. Da meine Häuser Bücher sind, bin ich nicht auf Großaufträge angewiesen, nicht auf Schmiergelder und Geschäftsgeschick, nicht darauf, die Konkurrenz aus dem Feld zu schlagen, nicht auf Firmen und Belegschaft, Wirtschaft und Politik. Ich baue, was mir passt, basta. Da meine Häuser Bücher sind, bin ich zum Glück nicht auf Menschen angewiesen. Ich baue wie ein Engel. Man muss immer bauen, damit man nicht verzweifelt. Ob einer in meinen Häusern wohnt oder nicht, das ist eine andere Geschichte.«

»Einer der Hauptgründe, warum ich geschrieben habe, Fraundorfer, war zweifellos, dass ich das Wunderbare meiner Kindheit jenseits des Alltäglichen wiederzufinden hoffte: die Freude jenseits des Dramas, die Frische jenseits der Härte. Um diese vom Schmutz ringsherum unangetastete Schönheit wiederzufinden, darum habe ich geschrieben. Alle meine Bücher waren ein Ruf, waren der Ausdruck einer Sehnsucht; ich suchte nach einem im Meer versunkenen, in der Tragödie der Geschichte verloren gegangenen Schatz. Es war das Licht, das ich suchte …«

Einer löst sich aus der Gruppe und steht auf, ballt die Faust, schwingt den Arm und ruft: HIER REGIERT GRAT-KORN! Er ist jetzt der Dirigent, der Anführer der Gruppe, der Rädelsführer, obwohl er nicht mehr oder weniger kann und vermag als irgendein anderer der Gruppe auf der Tribüne, obwohl er nichts anderes sagt und ruft als irgendeiner der Gruppe: Er ist jetzt ein Politiker, und wenn er es geschickt anstellt, wird er es noch weit bringen. Denn noch hat dem Rädelsführer keiner gesagt, dass man ihn nicht braucht und er sich setzen und der Gruppe nicht die Sicht aufs Feld verstellen soll: Auf diese Weise wird er immer notwendiger. So viel sieht das Grüppchen auf der Tribüne immerhin, dass sich gerade ein Spieler auf dem Boden wälzt: entweder ein Schmerzverzerrter oder ein Schauspieler. Ein Einzelner brüllt von der Tribüne: »Grabt ihn ein und spielt weiter!« Kein Politiker, ein Extremist. Wenn er es weiterhin so ungeschickt anstellt, wird er es zu nichts bringen. Tja, die Leute.

Wer will schon regieren? Freie Menschen herrschen nicht und werden nicht beherrscht. Wer ist schon frei?

Hallodria »bleibt« gegen Gratkorn »in einer trefferreichen Begegnung« fünf zu vier »siegreich«. Nach fünfundfünfzig Minuten führte Hallodria bereits vier zu null, bevor die Gäste – die zwei Elfmeter vergaben – gegen die »defensiv schwachen Hausherren« beinahe noch »den Ausgleich geschafft hätten«. Das konnte man tags darauf in der Zeitung lesen.

»Die Zeitungen sind das Brot der Bevölkerung. Idioten schreiben sie und Idioten lesen sie«, sagt Ionesco und zieht seinen Staubmantelkragen hoch.

4
DER AUFSTIEG

Beim letzten Heimspiel der Saison will ich es genau wissen. Ich nehme gewissermaßen meine Laterne zur Hand, mache einen Kontrollgang und zähle die anwesenden Menschen: Es sind hundertdreiundachtzig. (Wenn man Ionesco neben mir beleuchtet und dazurechnet, dann hundertvierundachtzig. Das heißt, einunddreißigtausendachthundertsiebzehn fehlen. Unentschuldigt. Aber mir fehlen sie nicht.

Es ist wahr, dass jeder Mensch dem anderen verschlossen bleibt. Ein Mensch, der geboren wird, beginnt ein Abenteuer, eine individuelle Geschichte, eine einmalige und gleichsam in sich geschlossene …

Gehirne wissen mit sich selbst nichts anzufangen und kommen nicht weiter, also schließen sie Bekanntschaften und erzeugen Interessensgemeinschaften. Bekanntschaften und Interessensgemeinschaften wachsen sich zu Freundschaften aus. Freundschaften ermöglichen Gemeinschaftserlebnisse. Hallodria geht nach einem Fehler des Leobener Tormanns eins zu null in Führung: das wäre einmal so ein Gemeinschaftserlebnis gewesen. Interessensgemeinschaften lösen sich auf, mutieren zu Interessensduellen und Interessenskonflikten, Freundschaften werden abgebrochen oder verenden. Im Lauf der Zeit sinken Freundschaften zu Du-Freundschaften und Terminfreundschaften und Bekanntschaften herab. Es wird immer aufwendiger und umständlicher und mühseliger, Termine für die Terminfreundschaften zu finden. Wenn Bekanntschaften allzu mühsam und monoton und unbrauchbar werden, lässt man sie bleiben oder überlässt sie dem Zufall, der sie verschrottet, noch später bietet man dem unangenehmen Zufall keine Chance mehr, wechselt rechtzeitig die Straßenseite und verschwindet in einem Geschäft.

»Es gibt in Wirklichkeit auch keine Freundschaft zwischen den Menschen, Fraundorfer, nur Machtverhältnisse. Herrschaftsverhältnisse. Alles in allem ist es so, genauso wie die alten Juden sagten: Der Mensch ist von Natur aus böse. Wir lieben einander nicht. Wer die anderen liebt, ist verrückt. Es wäre schlimmste Heuchelei, das nicht zugeben zu wollen.«

Psychodramen prallen aufeinander und kollidieren wie Fahrzeuge. Totalschäden. Partner leben sich auseinander, Ehen zerbrechen und werden geschieden. Chemische Reaktionen.

Früher habe ich mit Marion sommers manchmal Gartenfeste für ihre Bekannten gegeben. Vor allem ihrer kleinen Tochter hat der Menschentrubel gefallen. Aber seit meine Haushälterin geheiratet hat, werfe ich den Griller nicht mehr an. Mir macht das nichts. Wir geben keine Gartenfeste mehr. Dadurch sind wir nicht mehr interessant für andere, und andere sind nicht mehr interessant für uns. Vielleicht hätte ich Marion insgeheim gerne geheiratet. Die Wahrheit ist: Vor allem Marion konnte sich nicht entscheiden. Nicht durchringen. Ein sicherer Arbeitsplatz war ihr lieber, und Haushälterin bei mir zu sein: das ist eine gute Stellung. Ich bin sozusagen alleinstehend verheiratet wie der Priester mit der Pfarrersköchin. Die Ehe hätte mich womöglich zu einem großen Schauspieler gemacht, mindestens aber zu einem Dramatiker. Es ist anders gekommen. Ich habe weder Frau noch Kind: Der Engel hat's verboten, und ich bin hier, damit sich die Schrift erfüllt. Ein nicht zufriedenstellender Priester. Aber ich möchte gern einmal einen Roman über einen schreiben, der tatsächlich eine Frau heiratet – und zwar gleichzeitig die ewige Braut, die Schwester, das Kind, die Kampfgefährtin und selbst die Mutter, sodass er nicht leiden muss, wenn die Mutter stirbt, eine Frau, die sich nirgends so wohl und glücklich fühlt wie gerade in seinem Arbeitszimmer, ihrem Reich, ihrer Welt, wo sie Korrespondenz ablegt und Manuskripte ordnet, eine Frau, deren Zuhause er ist, deren Haus er ist, dessen Bewohnerin sie ist und die ihm ein Kind schenkt, eine Tochter, an die er sich schmiegt, wenn er im Elend zu versinken droht. Die Tochter soll die Mutter ihres Vaters werden, der Vater das Kind seiner Tochter: Diesen Roman möchte ich schreiben. In einem anderen Buch. In einem anderen Leben eben.

Ich sitze allein im Garten, ich sitze allein im Keller und stelle fest, dass es keinen Unterschied macht, ob etwas los ist oder ob nichts los ist. Ich besuche niemanden, ich gehe nicht mehr aus. Ins Stadion gehe ich gerade deswegen, weil ich weiß, dass ich dort allein sein werde. Im Stadion fühle ich mich sicher, behütet und beschützt. Ich empfange keine Besuche, und ich bekomme auch keine. Ich habe nicht einmal eine Klingel am Tor. Die Klingel haben die Englein nämlich vergessen. Die Klingel und die Frau. Selbst wenn man wollte: Man könnte mich gar nicht erreichen. Ein Besucher könnte mir gar nicht zu verstehen geben, dass er vor der Tür steht. Ich habe ein Postfach und einen Mailaccount. Da kann man mich besuchen. Aber beide sind leer. Immer leer. Wie oft und wie lang und wie ausführlich ich früher telefoniert habe! Wie wichtig das Telefon gewesen ist! Heute gar nicht mehr! Ich habe zu telefonieren aufgehört, ich habe mir das Telefonieren abgewöhnt. Niemand mehr am anderen Ende der Leitung. Immer seltener ruft mich jemand an. Ich umgekehrt rufe überhaupt niemanden an, niemanden! Es hört sich alles auf. Das beste Mittel gegen Machtverhältnisse ist Einsamkeit.

Hallodria führt zwei zu null! Jetzt ist alles klar: Das Abstiegsgespenst ist endgültig gebannt (allerdings: Ein Abstiegsgespenst, das zwischen Regionalliga und Landesliga tingelt, ist selbst für Gespensterfürchtige nicht besonders gespenstisch).

Ich fühle mich alt. Sehr alt. Wenn ich in meinem Leben eine brauchbare Lehre empfangen habe, dann die: Es ist aussichtslos, sich mit irgendeinem Menschen irgendetwas anzufangen. Vor allem hier. Für alle Menschen hier gilt: Meistens betrügen sie einen. Immer enttäuschen sie einen. Finger weg von Menschen! Besser Leerstellen! Besser leere Plätze! Der Alte sagt: »Wir haben Radio. Ich gehe angeln, und es gibt hier einen ganz guten Schifffahrtsdienst«, ich hingegen gebe zu: Ich höre kein Radio! Seit Jahren nicht. Seit Jahrzehnten. Radio ist Lärm. Menschenlärm. Gesellschaftslärm. Wirtschaftslärm. Machtlärm. Nichts weiter. Radio hören bedeutete ja doch, an die Menschen da draußen unsichtbar angeschlossen zu sein. Man sieht sie nicht, aber man weiß, dass man hört, was sie hören; dass man sich nach dem richtet, nach dem sie sich richten; dass man die Botschaften empfängt, die alle empfangen, Tag für Tag ein Leben lang. Ich höre kein Radio. Ich gehe nicht angeln, nicht fischen, nicht jagen. Ich fahre nicht mit dem Bus, nicht mit dem Zug, auch mit dem Schiff fahre ich nicht. Ich gehe nicht auf das Feuerwehrfest, weil dort Menschen sind. Ich gehe nicht ins Krankenhaus, weil dort Menschen sind. Ich gehe nicht ins Theater, weil dort Menschen sind. Ich gehe ins Stadion, weil dort keine Menschen sind.

»Wo war ich stehen geblieben, Ionesco? Ach ja, ich maturierte schließlich, und ich maturierte mit sogenanntem *ausgezeichneten Erfolg!* In jedem Fach die allerbeste Zensur. Klassenprimus plötzlich! Nachdem ich nicht zufriedenstellend, ein Aussätziger gewesen war, sollte ich nun im Handumdrehen und Lehrerwechsel ein Ausgezeichneter geworden sein, als wäre ich selbst schlagartig von Grund auf ein anderer geworden, bloß weil die anderen tatsächlich andere geworden waren. Gerne wäre ich stolz auf meine Auszeichnung gewesen, aber ich konnte nicht stolz sein. Ich konnte mich nicht freuen. Nicht einmal Genugtuung war möglich. Diese Auszeichnung war bloß der späte Beweis der großen Falschheit und Verlogenheit da draußen außerhalb meiner selbst. Was mit einem angerichtet wird: Alles bloßer Zufall! Alles Heuchelei. Nicht ich bin Zufall, aber das Bild, das von mir existiert: Das ist Zufall. Credo quia absurdum. Alles außerhalb meiner selbst war jetzt: nicht zufriedenstellend.«

»Wissen Sie, Fraundorfer, schon als Gymnasiast und später als Student stritt ich mich mit meinen Lehrern und Kameraden herum. Ich versuchte zu kritisieren, ich wehrte mich gegen die »großen Ideen« … wir müssen unsere Prüfer anzweifeln! Als Student war ich gegenüber meinen Professoren sehr aggressiv.«

»Wenn die Professoren kommen: sofortiges aggressives Gegenpressing …«

»Meine Umwelt, Fraundorfer, gegen die ich mich sträube, das sind die sogenannten Intellektuellen! Ich glaube nicht mehr an die »Objektivität« der Wissenschaft. Alles kann mithilfe der Wissenschaften behauptet und bewiesen werden. Aus der Wissenschaft lässt sich machen, was man will. Ich persönlich bilde mir etwas darauf ein, dass ich anders bin als die anderen. Ich bin ungehorsam geboren.«

***

Als ich ins Gymnasium ging, baute Hintersiebenbergen am Stadtrand bloß ein paar Hundert Meter vom alten Stadtstadion entfernt seine Universität: ein Aufbruch zu neuen Ufern. Als ich mit dem Gymnasium fertig war, war Hintersiebenbergen mit seiner Universität fertig. Ein Universitätchen im Städtchen. Man hätte sagen können: »Hintersiebenbergen«

und »Universität« – was für ein Widerspruch! Was für ein Größenwahn! Aber umgekehrt könnte man auch sagen: Ein bedeutendes Bauereignis in der Geschichte der Stadt. Ein Signal, dass meine Stadt größer, bunter, interessanter werden wollte: Die neue Universität war eine dringende Einladung an die jungen Menschen, in ihrer Stadt und ihrem Land zu bleiben, weil man auch hier nicht zu kurz kommen musste, weil man auch hier etwas Großes aus seinem Leben machen konnte. Ein großer Mann verhält sich zu den übrigen Menschen ja nicht wie der Riese zu den Zwergen, Ionesco! Das Genie ist nichts Überlebensgroßes, sondern im Gegenteil das einzig Proportionierte. Die Mehrheit der Bevölkerung freute sich über die Plattenbauuniversität, als hätte man ihr ein Atomkraftwerk hingestellt. Alle fragten sich: Wozu brauchen wir eine Universität? Der Bürgermeister wurde sofort nach der Fertigstellung der Universität abgewählt.

Man musste viele Stühle besetzen. Den Professoren, die sich um Lehrstühle bewarben, sagte das Große, das ich eliminiertes Subjekt aus meinem Leben machen wollte, gar nichts. Lieber wäre ihnen gewesen, ich wäre aus dem Misthaufen an die Universität gekommen. Dann hätten sie mich als Misthaufenschriftsteller gleich in ihren Himmel heben können, dann hätten sie nach und nach etwas ganz Großes aus meinem Misthaufen gemacht, außerdem ihre eigene Karriere. Dann wäre alles wie von allein gegangen. Misthaufen zu sublimieren liebten sie. Aber so: Sohn eines Sitzmöbelgeschäftsmanns: literaturwissenschaftlich unerwünschte Herkunft.

»Ich bin ein eliminiertes Subjekt. Ich komme aus der Verbannung, aus dem Exil, aus der Pestgrube!«, sagte ich den lehrbeauftragten Bundespoststrukturalisten. »Pestgrube zählt nicht!«, sagten sie mit unlustbetontem Blick und schauten mich noch immer nicht an. »Ihre Haltung ist von Unernst getragen.« Ich sagte: »Die traurigsten Menschen auf der Welt sind Clowns. Aber ich bin nicht nur ein Exilant! Ich bin ein Architekt. Ich erbaue Geschichten, ich schaffe Bauwerke aus Geist, und meine Baustelle ist der Himmel!« Die Professoren sagten: »Das ist naiv und unseriös!« Sie hielten mich für einen Kabarettisten.

»Mon dieu! Les professeurs! Quelle bagage! Wissen Sie, wie man mich genannt hat, Fraundorfer? Einen Windmacher! Einen kleinen Witzbold! Ich habe meine Professoren gehasst! Diese verbissenen Biester! Tag für Tag habe ich sie verachtet! Lektion für Lektion! Kaum habe ich einen Professor zu Gesicht bekommen, habe ich Zahnschmerzen bekommen. ›Ich glaube nicht, dass Herr Ionesco ein Theatermensch ist‹, sagte ein Kritiker. ›Ich glaube nicht, dass Herr Ionesco ein Denker oder ein Verrückter ist. Ich glaube nicht, dass Herr Ionesco etwas zu sagen hat. Ich glaube, dass Herr Ionesco ein Witzbold ist, eine winzige Kuriosität des gegenwärtigen Theaters, ein isolierter Farceur, ein Mystifizierer und ein Luftikus.‹«

Ich studierte andere Bücher als die, die die Professoren zu studieren vorgeschrieben hatten. Ich beugte mich ihrem Kanon nicht. Ich zog ihn in Zweifel. Ich unterstellte ihnen, mit ihrem Kanon Macht und Herrschaft auszuüben. Ich stellte ihre Kriterien infrage. Ich stellte ihre Instrumente infrage. Ich stellte ihre Ergebnisse infrage. Ich stellte ihre Kompetenz und ihre Machtbefugnis infrage. Sie hielten mein Evangelium der Opposition für einen Witz. Ich stellte ihr germanistisches Schreckensregiment infrage. Wenn einer »Hegel« sagte, sagte ich aus purem Widerspruchsgeist »Schopenhauer«. Wenn einer »Roland Barthes« sagte, sagte ich aus Protest »Albert Camus«. Wenn einer »Giacomo Leopardi« sagte, sagte ich aus Protest »Oscar Wilde«. Wenn einer »Sartre« oder »Brecht« sagte, sagte ich: »Ionesco!« Und immer sagte ich: »Ich«. Schopenhauer war ihnen zu minder. Zu verständlich. Camus war ihnen zu minder. Ideologisch zu unzuverlässig. Oscar Wilde war ihnen zu minder. Zu hyperästhetisch, zu viel l'art pour l'art. Ionesco war ihnen zu minder. Zu clownesk. Die Bücher und die Toten waren meine Lehrer, nicht die Figuren mit den kaputten Sätzen im Mund da draußen am Katheder.

»Heute sind die Literaturkritiker, oder ein Teil von ihnen, vor allem die an den Universitäten, größenwahnsinnig geworden, Fraundorfer! Sie fragen den Autor nichts mehr; der gilt als eine Art unbewusster oder kaum erwachter Träumer. Der Künstler existiere überhaupt nicht, er sei nicht einmal ein Handwerker. Der Kritiker sei mehr. Er baut das Werk in sich auf, gibt ihm einen Sinn, seine Bedeutung, indem er es erhellt …

Die Professoren fragen sich auch gar nicht, wer da eigentlich erzählt. Die großen Erheller glauben, von vornherein alles zu wissen. Und dadurch, dass sie etwas ignorieren, glauben sie ganz ernsthaft, dass es eben nicht existiert.«

Ich war ungehorsam. Aber es war nicht die Art Ungehorsam, die die Professoren gestatteten und guthießen, sondern eine Art eigenmächtiger Ungehorsam, keinem Lager zuzuordnender, unzuverlässiger Ungehorsam. Ich war nicht gehorsam ungehorsam, sondern ungehorsam. Ich stellte nicht nur die Lehren infrage, die die Professoren selbst infrage gestellt hatten. Ich stellte auch ihre Lehren infrage. Ich stellte nicht nur die Sprache infrage, die sie selbst infrage gestellt hatten. Ich stellte auch ihre Sprache infrage, ihre verkrüppelte Sprache. Ihre Sprache hatte sich auf dem Weg vom Gehirn zum Mund alles gebrochen, was man sich als Sprache nur brechen kann. Ich war kein ihnen bequemer Unbequemer, sondern ein unbequemer Unbequemer.

»Nun, lieber Fraundorfer, die Fachleute wollen also, dass man ihnen gehorcht. Sie sind böse, wenn man es nicht tut. Dass man ist, was man ist, gefällt ihnen nicht. Sie möchten, dass man ist, was ihnen gefällt. Sie wollen, dass man ihr Spiel mitspielt, dass man sich ihrer Politik anschließt, dass man ihr Instrument wird. Tut man das nicht, möchten sie einen gerne übergehen: Es sei denn, es gelingt ihnen zu zeigen, dass wir trotz allem, obwohl wir es nicht sind, so sind, wie sie uns haben wollen.«

Am Wochenende spielte ein paar Hundert Meter von Lacancan und Derridada entfernt die Hallodria so recht und schlecht, stieg auf und wieder ab und wieder auf und wieder ab. Wenn Hallodria gewann, kamen viele Zuseher, denn es sind immer viele, die in Siegern sich selbst sehen, und wenn sie verlor, kamen wenige, denn es sind immer wenige, die in Verlierern sich selbst sehen.

Damals, als ich aus den Patriziergemächern meines Engelshauses plötzlich in die Pestgrube fiel, hatte sich auf den Gipfeln der Verzweiflung gleich nach dem Fluch des Engels des Herrn auch meine innere Stimme gemeldet und mir das Zauberwort Argentinien zugeflüstert. Was immer ich mir antun wolle, ich solle es auf die Zeit nach Argentinien verschieben. Du magst zwar ein Aussätziger sein, ein wertloses, ausgestoßenes Subjekt, hatte die Stimme gesagt, aber Argentinien, das sind wir alle, Argentinien, das bist auch du! Argentinien war eine große, schier unlösbare Aufgabe für uns alle, und doch haben wir die unlösbare Aufgabe gelöst!

Vier Jahre später waren die argentinischen Helden glorreicher und reicher und älter wieder nach Hause zu ihren alten Vereinen in die Hauptstadt zurückgekehrt. Gleichzeitig war Hallodria aufgestiegen, und im alten Stadion nahmen Aufstellung: Der göttliche Schoko. Der göttliche Schubert. Der göttliche Fliegende Friedrich und der göttliche Jakobs Monarch. Hell glänzten ihre Heiligenscheine, und so war die alte Hütte brechend voll. Die Menschen waren nahe daran, einander vor lauter Begeisterung und Schaulust zu zerquetschen.

Für Hallodria Hintersiebenbergen spielte, wie der Platzsprecher vor dem Anpfiff fast schüchtern ansagte: Niemand, Niemand, Niemand und Niemand, außerdem zwei Legionäre aus fremden Ländern, Nobody & Nobody. Aber die ins Stadion gepferchten Menschen kamen aus dem Staunen nicht heraus. Denn ein Niemand versperrte dem Schoko den Weg, ein anderer Niemand dem Jakobs Monarch, ein dritter Niemand griff Schubert andauernd in die Saiten seiner Geige, sodass er keine Melodie mehr herauszaubern konnte, und wieder ein Niemand brachte mit einem Fallrückzieher, wie ihn die Welt noch nicht gesehen hatte, den Fliegenden Friedrich zum Absturz. Die Fernsehkamera auf dem Stadiondach brachte den Fallrückzieher in einem drei Minuten langen Bericht in alle Wohnzimmer des ganzen Landes. Ich raste gleich nach dem Schlusspfiff mit dem Fahrrad nach Hause und zeichnete den Dreiminutenbericht des Hallodria-Triumphs auf einer Videokassette auf, um ihn für alle Ewigkeit zu speichern, wie ich alle Dreiminutenberichte auf dieser Videokassette aufzeichnete; als die voll war, auf der nächsten, meine Videothek füllte sich mit Hallodria-Videokassetten, Spiel für Spiel für Spiel, Jahr für Jahr für Jahr. Ich war Zeuge. Ich bin Zeuge. Ich war Zeuge, wie aus all den Niemanden der King und der Dago und die Schwarze Perle und der Grimmige Gartenzwerg wurden. Hintersiebenbergen war nicht die geringste unter den Städten des Landes, denn Hallodria triumphierte über die Welthelden. Argentinischer als Argentinien! Wenn das kleinere Wir gegen das größere Wir gewinnt, das ist schon fast ein Sieg des Ich! So wurde ich ein ganz kleines bisschen gerettet.

Aber es passierte, was immer passierte: Sobald sich die Niemande einen Namen gemacht hatten, verließen sie die Stadt und den Verein und übersiedelten in die Hauptstadt, wo sie ein besseres Leben und höheres Einkommen erwartete. Und ein bisschen weniger Lebensqualität. Ich musste in Hintersiebenbergen bleiben. Hallodria stieg wieder ab. Ich war Zeuge. Hallodrien stieg auch ab. Ich war Zeuge. Finster wurde es und leise.

Dann kam der große DASGESETZBINICH ins Land, einer gigantischen Erbschaft wegen. Der große DASGESETZBINICH war ein kleiner Mann mit großem Gebiss, einmal grinsend, einmal zähnefletschend, je nachdem. Er würde alles anders und alles besser machen. Die alten Mächtigen, die um ihre Pfründe bangten, warnten. Die Universitätsprofessoren warnten. Sie glaubten sich rhetorisch im Vorteil, irrten aber. Frechheit siegt, vor allem gegen Snobs. Die Sitzplatzbesucher warnten. Die Stehplatzbesucher jubelten. Die Intellektuellen warnten. Die Nichtintellektuellen jubelten. Je eindringlicher die neurotischen Intellektuellen warnten, desto lauter jubelten die gewissenlosen Zukurzgekommenen. DASGESETZBINICH lobte die Fleißigen, Ehrlichen, Anständigen, Nazis und Faschisten. ER wollte aufräumen und ausmisten und beschimpfte das Schlangengebrüt und Natterngezücht, und an Hitler rühmte er dessen ordentliche Beschäftigungspolitik. Manche nannten dieses Volkslieder trällernde DASGESETZBINICH in Trachtengilet und Designerlederjacke deswegen auch einen Minihitler oder Hitlerdreikäsehoch, denn immerhin war Hitler hier im Volk zu seiner Zeit auch beliebt gewesen. DASGESETZBINICH stand auf der Seite der kleinen Leute und der großen Gauner. Aber den großen Gaunern erzählte er nichts von den kleinen Leuten und den kleinen Leuten nichts von den großen Gaunern. Er stellte sich den verkommenen Mächtigen in den Weg, um selber ein verkommener Mächtiger zu werden. Sobald DASGESETZBINICH die Macht im Land ergriffen hatte, schwiegen die Professoren, die allermeisten jedenfalls, und die am lautesten gewarnt hatten, die schwiegen jetzt am hartnäckigsten und verschanzten sich in den Büros ihrer geschützten Werkstätte. Sie lebten wie Beamte und sie würden alles wie Beamte aussitzen.

Die Großen und die Kleinen, die Ehrlichen und die Einfachen, die Fleißigen und die Anständigen, die Nazis und Faschisten wählten DASGESETZBINICH, außerdem die Kellner, Köche, Konditoren, und so wurde DASGESETZBINICH mächtig. Er fletschte die Zähne und lachte und wanderte und sang und jodelte mit den Fleißigen und Ehrlichen und trank Tee mit Massenmördern und Tyrannen.

Und er wurde Fußballpräsident. Denn seine Hintermänner hatten ihm gesagt: Als Direktor des Theaters des kleinen Mannes bist du immer in aller Munde.

»Schiri, du Orschloch! Du Saukrüppel!«, brüllt ein armer alter, metaphysisch verelendeter Dickwanst mit Bärenfellmütze. Sein Organ ist nicht das einzige Unangenehme an diesem aufbrausenden Verzweifelten. Der Elende ist so einsam und allein wie ich. Er fühlt es. Aber er weiß es nicht. Er hat die guten und die großen Zeiten in der alten Hütte wohl auch schon erlebt und ist davon in Versuchung geführt worden. In dieses Stadion geht man nicht, um ein Gemeinschaftserlebnis zu haben, Elender! Natürlich kann man auch in einem vollen Stadion allein sein. Aber in einem leeren Stadion allein zu sein ist schöner. »Bezahlter Ganove!«, brüllt die Bärenfellmütze in die gähnende Leere.

Ich verachtete DASGESETZBINICH noch mehr als ich die Mächtigen verachtet hatte, die er entmachtet hatte. Und als sich meine Hallodria Hintersiebenbergen, dieses kleine Flittchen, ihm an den Hals geworfen hatte und ihm die Vereinspräsidentschaft übertrug, auf dass es ihr wohlergehe, da fragte ich mich: Ist das noch meine Hallodria? Meine bessere Hälfte? Soll ich noch ins Stadion gehen, um dieser Hallodria die Daumen zu drücken? Sie hörnt mich. Sie betrügt mich. Sie macht mich zum Hahnrei. Aber wohin soll ich sonst gehen? Eine glückliche Fügung ließ mich das Buch eines spanischen Dichters aufschlagen, eines feinsinnigen Madrilenen, dessen Herz für Real schlug. Der Spanier schrieb: *Wir Menschen wechseln heutzutage alles bis auf eines: die Weltanschauung, die Religion, die Ehefrau oder den Ehemann, die Partei, die Wahlstimme, die Freunde, die Feinde, das Haus, das Auto, die literarischen, filmischen oder gastronomischen Vorlieben, die Gewohnheiten, die Hobbys, unsere Arbeitszeiten, alles unterliegt einem zum Teil sogar mehrfachen Wandel. Das Einzige, wo wir anscheinend keine Veränderungen zulassen, ist der Fußballverein, zu dem man von Kindesbeinen hält. Schließlich ist man Anhänger eines Vereins, weil er den Namen der Stadt trägt, in der man geboren wurde oder lebt, und weil man denkt, dass man einer seiner Spieler hätte werden können. Außerdem fühlt man sich durch ihn auf einem ungefährlichen und symbolischen Gelände repräsentiert.*

Diese Worte schienen mir wie Gebote, die Moses den Menschen gebracht hatte. Und dann der entscheidende, naturgesetzmäßige Satz: *Niemand hält zu seinem Verein wegen dessen Präsidenten.*

Wie ist es? So ist es! Danke! Bitte. Ich konnte weiter ins Stadion gehen, trotz DASGESETZBINICH. Jetzt, wo er Präsident geworden war, sagte DASGESETZBINICH: Mein Verein muss so gut werden wie noch nie. Denn die Größe meines Vereins wird meine Größe spiegeln, und alle werden meine Größe anerkennen müssen. Also rief DASGESETZBINICH bei der Landesbank an und sagte dem Manager: »Mach mir Geld!«

Der Manager fragte DASGESETZBINICH: »Wie soll ich denn Geld machen?«

DASGESETZBINICH sagte: »Geld kann man zum Beispiel so und so machen. Aber das ist deine Sache. Spekuliere, jongliere, lass ein paar Finanzblasen in den Himmel steigen. Das ist deine Sache. Mach nur. Ich habe dich zum Manager gemacht. Ich kann dich auch wieder entmachten!«

Der Manager sagte: »Aber …«

»Was aber?«, fragte DASGESETZBINICH.

»Nichts«, sagte der Manager.

Und so machte die Landesbank das Geld, das DASGESETZBINICH haben wollte. Durch das Geld wurde der Verein tatsächlich besser und besser, denn man kaufte bessere und immer bessere Spieler und stieg auf. Hallodria wurde, wie man das damals nannte, »erstklassig« und qualifizierte sich sogar für das eine oder andere Spiel in anderen Ländern Europas.

Da sagte DASGESETZBINICH: Hallodria ist gut. Ich will für Hallodria ein größeres und schöneres Stadion bauen, ein viel schöneres und viel größeres Stadion: Mein Stadion. Mein Denkmal. Ich will die Meisterschaft! Ich will die Europameisterschaft! Ich will! Ich will! Ich will! Wenn ich einmal nicht mehr bin, dann soll mein Stadion meinen Namen tragen. Denn dadurch werde ich immer sein.

Sollte ausgerechnet mein Todfeind mir auf krummen Wegen meine Wünsche erfüllen? Meine Träume Wirklichkeit werden lassen? Ich kaufte einen dicken grünen Aktenordner und sammelte alle Zeitungsberichte, die vom geplanten Bau des neuen Stadions handelten. Und als der dicke grüne Ordner voll war, kaufte ich einen zweiten und einen dritten und einen vierten.

ZWEITER TEIL

5
DER PLAN

Ich zittere. Nein, ich zittere nicht. Der Weltraum zittert. Mein Schreibtisch zittert. Mein Schreibtischstuhl zittert. Mein Computer und sein Monitor zittern. Mein Atelier zittert. Zittern wäre vielleicht schon zu viel behauptet. Es ist nur ein Vibrieren, ein ganz leichtes Vibrieren, kaum wahrnehmbar. Minimale Erschütterungen.

Kein Mensch, mit dem ich spreche, also weder meine Haushälterin Marion noch ihre Tochter hat jemals ein Zittern oder Vibrieren erwähnt. (Ich passe auf! Ich bin hellhörig geworden. Deswegen habe ich anfangs auch gedacht: Ich zittere. Ich vibriere. Es liegt an mir. Es muss an mir liegen. Ein Kreislaufproblem? Ein leichter Schwindelanfall? Ein Schlaganfall? Parkinson? Ein Kopftumor? Anzeichen meines nahen Endes? Wenn ich Erschütterungen wahrnehme, die außer mir niemand wahrnimmt, muss das Epizentrum der Erschütterungen in mir selbst liegen. Ich als Seismograf: Was für eine Geschichte!)

Die Alternative wäre: ein Erdbeben. Aber ein Erdbeben wäre schließlich ebenfalls eine Ursache für mein nahes Ende, wenn auch ein Gemeinschaftserlebnis. Das erste Gemeinschaftserlebnis nach langer, langer Zeit. Hintersiebenbergen ist klimatisch und geografisch begünstigt: Selten wehen Winde, blasen Stürme durch das Gebirgsstädtchen, es liegt an keinem Strom, Hochwasser sind der Lage nach so gut wie ausgeschlossen. Die einzig denkbare natürliche Verwüstungsgefahr wäre ein

Erdbeben: Aber daran denkt niemand. Und es hat auch noch niemand hier ein Erdbeben erlebt. Hundert Kilometer weiter südlich hat es vor vierzig Jahren einmal ein Erdbeben gegeben. In einer einzigen Minute sind damals ganze Ortschaften, ja Städte in Schutt gelegen, und es gab in einer einzigen Minute tausend Tote. Aber hier war nur ein leichtes Zittern zu spüren, Gläser klirrten in den Regalen und man flüchtete in die Türstöcke, aber die Erschütterungen dauerten keine halbe Minute, es gab keine Schäden und man konnte in dem Augenblick nicht ahnen, was Schreckliches soeben in nächster Nähe geschehen war.

Vielleicht hat es diese Erschütterungen, die ich wahrnehme, immer schon gegeben. Jetzt bilde ich mir ein, mich zu erinnern, dass Papa gesagt hatte, dieses Haus liege auf einer Wasserader, daher das Vibrieren, eine Wasserader sei aber völlig harmlos. Die Worte Papas haben mir Ruhe und Sicherheit und Frieden geschenkt, ich habe bis heute nie nachgeprüft, ob es Wasseradern gibt und was Wasseradern sind.

Wen könnte ich fragen? Ionesco? Der wird sich bei Wasseradern und Erdbeben auch nicht auskennen. Oder handelt es sich bei den Vibrationen um ein leichtes Nachbeben von 1526? 1526 soll sich in der Gegend ein fürchterliches Erdbeben ereignet haben – noch viel fürchterlicher als das vor vierzig Jahren hundert Kilometer südlich –, ein halber Berg soll damals abgerutscht und eingestürzt sein und die Stadt an seinem Fuß mit allen ihren Bewohnern unter sich begraben haben. Gar nichts mehr weiß man von diesen Menschen. Weder wer sie waren noch wie sie gelebt haben, welche gemeinsamen Hoffnungen, welche gemeinsamen Nöte sie gehabt haben, man kennt weder ihre Führer noch ihre Politiker, weder ihre Künstler noch ihre Architekten, ihre Kathedralen, ihre Arenen, ihren Stolz, man weiß nur, dass man sie aus dem Berg nicht bergen kann, dass sie seit einem halben Jahrtausend im Gestein stecken wie die Muscheln und die Meerestiere der Kalkgebirge, die aus dem Meer aufgefaltet worden sind. Der Berg ist ihr Grab, und auf dem Grabstein keine Schrift. Arme Seelen!

Jedes Mal, wenn ich während des Schreibens diese minimalen Erschütterungen spüre, denke ich mir, jetzt lasse ich alles liegen, stehe auf und frage die Menschen unten, ob auch sie diese minimalen Erschütterungen spüren. Ob auch sie Seismografen sind. Aber kaum auf die Straße getreten, lasse ich meine peinlichen Vorsätze wieder fallen und frage niemanden, denn alle Menschen sehen so aus, als wäre alles in Ordnung. An einen Experten wende ich mich schon gar nicht, man würde die von mir behaupteten Erschütterungen in den beamteten intellektuellen Kreisen als Metapher deuten, nicht als unaufdringliche, hermetische, sondern als ziemlich aufdringliche und zudem abgedroschene, prätentiöse Metapher sogar, die Erschütterungen stünden natürlich für gesellschaftliche Erschütterungen, Erdbeben, Einsturz, Untergang natürlich für den zivilisatorischen, den kulturellen Untergang, und wer erkennt, erahnt den Niedergang als Erster? Natürlich der Künstler! Der Seismograf! Die minimalen Erschütterungen können nur dazu dienen, ein starkes Ende vorzubereiten, das atmosphärisch heraufdämmert, ein Finale furioso, wenn auch natürlich als Tragödie. Der selbst ernannte Seismograf mbH, na ich weiß nicht: Das ist aus Sicht des germanistischen Sofortdiensts doch allzu billig! Allzu kurzgeschlossen! Kitsch! Seismografenkitsch! Erdbebenkitsch! Nein, ich sage nichts. Wird schon passen. Wird schon nichts geschehen. »Ah, Ionesco! Bonjour! Schön, Sie zu sehen! Gut geschlafen? Gut gefrühstückt?«

»So blockiert wie jetzt war ich noch nie, Fraundorfer! Um mich wieder in Schwung zu bringen, bräuchte es schon einen ganz erheblichen Schub. Ich bin zu sehr an starke Sachen gewöhnt: an Krieg, an Aufruhr, an Naturkatastrophen, an Erdbeben. Wenn sie fehlen, fange ich an, mich zu langweilen.«

»Na, dann kommen Sie, Ionesco, nützen wir die Sommerpause! Vorhang auf! Das Spiel kann beginnen! Da sind die vier dicken grünen Aktenordner: zehn Kilo schwer. Tausende Seiten, Tausende Zeitungsberichte, die ich gesammelt habe von dem Tag weg, an dem zum ersten Mal vom geplanten Neubau des Stadions die Rede gewesen war. (Wie damals vom Engel des Herrn geweissagt, bin ich nirgendwo untergekommen. So hatte ich immer viel Zeit für Dinge, die allen anderen überflüssig schienen.) Damals dachte ich: Die Mühe wird sich lohnen. Eines Tages wird meine Sammlung ein Dokument von unschätzbarem Wert sein, denn sie wird Zeugnis ablegen davon, wie dieses Land und seine Menschen sich ein Stadion gebaut haben, wie man kein schöneres und prächtigeres findet auf der Welt. Heute merke ich, dass diese Aktenordner so voluminös und schwer sind, dass ich sie alleine nicht einmal aufheben könnte. Sie legen Zeugnis ab für etwas ganz anderes. Die jahrzehntelange Mühe war vielleicht vergebens.«

»Es ist fix: Hintersiebenbergen bekommt ein neues Stadion!«, hieß die Schlagzeile am ersten Tag des letzten Jahres des alten Jahrtausends. »Ganz fix ist es doch noch nicht« am zweiten, am dritten: »Es ist fraglich« und am siebenten: »Jetzt ist es fix: Das Stadion wird nicht gebaut!« Am zehnten Tag: »Das Stadion wird gebaut, und zwar im Touristenviertel am See.« Tags darauf: »Das Stadion wird gebaut, aber nicht im Touristenviertel am See, sondern im Siebenhügelviertel südlich des Südrings, da, wo das alte baufällige Stadion steht. Der Gemeinderat hat einen diesbezüglichen Grundsatzbeschluss gefasst.« Eine Woche darauf: »Das Stadion wird gebaut, aber weder im Touristenviertel am See noch im Siebenhügelviertel, sondern im Osten der Stadt. Die Finanzierung ist völlig offen.«

Ein Politiker meinte, man könne sich das Ding nicht leisten, einer meinte, die Anrainerproteste würden das Projekt zu Fall bringen, ein dritter, die Umweltverträglichkeitsprüfung sei das Problem, ein vierter, man könne gar nicht von Anrainern sprechen, solange man nicht wüsste, wo gebaut wird, falls gebaut wird, ein fünfter, Anrainer gebe es überall und sie seien überall dagegen. Dasselbe gelte für die Umwelt. Zwei Wochen später: »DASGESETZBINICH spricht ein Machtwort: Das Stadion ist eine Jahrhundertchance. Das Stadion wird gebaut, und zwar in der Nachbarstadt.« Am Fuß des Berges, der 1526 eingestürzt ist und zweiunddreißigtausend Menschen für immer unter sich begraben hat. Zwischen den Zeitungsartikeln jede Menge Leserbriefe. Kein Thema beschäftigte das Land so wie sein größtes Gebäude, das es gar nicht gab und das es, wie viele hofften, auch nie geben, sondern das immer ein Luftschloss bleiben würde. Zwar waren alle Meinungen vertreten, aber am häufigsten fiel das Wort Größenwahn. Und es war klar, dass der Größenwahn des Landeshaupthallodris gemeint war, der von DASGESETZBINICH. Ich war in einer seltsamen Lage: Der Größenwahnsinn war das Einzige, was ich ihm nicht vorwarf. Denn es war in Wahrheit mein Größenwahn, ein Haus im Himmel zu bauen, er hat sich seinen Größenwahn bloß von mir geborgt (auch wenn er älter war als ich, war ich schon länger hier als er), und zum Glück musste vorderhand er meinen Größenwahn umsetzen und verantworten, nicht ich seinen. Wozu hat man schließlich Feinde? Aber ohne Größenwahn entsteht gar nichts, hier nicht und nirgendwo sonst auf der Welt. Größenwahn ist die Voraussetzung für Größe, Voraussetzung für Wahnsinn freilich genauso. Es ist die Frage, was man aus seinem Größenwahn macht.

Drei Monate später stand in der Zeitung: »Jetzt ist es amtlich! Das Großprojekt ist geplatzt! Das Stadion kommt nicht.

Der Gemeinderat hat seinen Grundsatzbeschluss aufgehoben.« Sechs Monate später: »Das Stadion wird doch gebaut, denn es muss gebaut werden.« Die Zeit verging. Ein Jahr und einen Aktenordner später: »Weltsensation! Achtung! Achtung! Weltsensation! Hallodrien hat den Zuschlag für die Europameisterschaft erhalten.« Unfassbar! Eine Sternstunde in der Geschichte der Republik. Und Hintersiebenbergen ist einer der Standorte der Europameisterschaft! Eine der sogenannten *Host Cities:* Eine Sternstunde in der Geschichte der Stadt! Ein einzigartiges Ereignis! Eine Nation, eine Region, eine Stadt im Freudentaumel: Ganz Europa hat seine Augen auf Hintersiebenbergen gerichtet: So stand es jedenfalls groß in allen Zeitungen. »Jetzt gibt es kein Zurück mehr; jetzt ist es klar: Das Megastadion muss kommen.« Der Bürgermeister sprach von einem erhebenden Augenblick. Der Stadtrat sagte, die Stadt würde der Welt präsentiert. Wir waren im Mittelpunkt des europäischen Geschehens! Wir! Ausgerechnet wir! Ein solches Ereignis würde es in diesem Jahrhundert in dieser Stadt nicht noch einmal geben. Dabei war das Jahrhundert erst zwei Jahre alt! Eine ganz große Herausforderung! Der Vizebürgermeister sagte, man sollte unbedingt eine Arena bauen, in die ein Kongresszentrum und ein Einkaufszentrum und ein Hotel mit einem riesengroßen Hotelturm integriert seien, ein Eiffelbeinturm. Jetzt fahren wir zum Finanzminister! Ein Jahr vorbei. Was würde nun passieren? Würde etwas werden?

Drei Monate später ist noch kein Grundstück gefunden oder gar gekauft, nicht einmal ein Grundstück für die Parkplätze. Was soll nun aus der größten Chance in der Geschichte Hintersiebenbergens werden, in einem Atemzug mit Weltstädten genannt zu werden? Die Zeit verging. Wieder drei Monate später nannte DASGESETZBINICH den Bürgermeister Schmalhans, der für ein Stadion ohne Einkaufszentrum und

Kongresszentrum und Hotel war, eine jämmerliche Figur mit weichen Knien, die nichts weiterbringe und nur auf ihre erbsenzählenden Einflüsterer höre, worauf der Bürgermeister DASGESETZBINICH eine beleidigte Leberwurst nannte. Deswegen fand jetzt eine Nachdenkpause statt, wegen der alle Sitzungen abgesagt werden mussten und kein Beschluss gefasst werden konnte. Dabei ging es um sehr viel Geld und ein Riesengeschäft, um Tausende Arbeitsplätze und enorme Einnahmen! Längst hätte man … dringend müsste man … wenn nicht bald, dann … Die Zeit verging.

In der Zeitung stand: »Riesenblamage! Die Hintersiebenberger können nicht mehr wissen, ob überhaupt irgendein Projekt jemals Realität wird, und falls doch, welches, wie und wo.« Zwei Tage später sagte der Bürgermeister, in zwei Tagen falle die Entscheidung über den Grundstückskauf. Zwei Wochen später drohte DASGESETZBINICH dem Bürgermeister Schmalhans, wenn nicht bald etwas weiterginge, würde er das große Stadion in der klitzekleinen Nachbarstadt bauen. Die Zeit verging. Einen Monat später schrieb die Zeitung, ein japanischer Unterhaltungsgigant wolle die Hintersiebenbergner Superarena bauen, zwei Monate später eine bayerische Aktiengesellschaft, eine Aktivwelt für Kinder inklusive, für Oma und Opa ein Entertainmentcenter, ein Shoppingcenter für Mama und Papa und jede Menge Themenrestaurants für Feinschmecker. Von den Grundstücksankäufen abgesehen würde diese Arena die Stadt nichts kosten. Dafür sei auch der Bürgermeister Schmalhans. Drei Tage später stellte sich plötzlich die Frage, wer die bayerische Aktiengesellschaft eigentlich war. Der Sportstaatssekretär, der diesen Kontakt hergestellt hatte, erklärte, das wisse er auch nicht, er tippe auf die Japaner. Nun aber dementierten die Japaner, die Bayern zu sein. Wieder ein Jahr vorbei. Was würde nun passieren? Würde etwas werden?

Mein Stadion! Längst hätte man … dringend müsste man … wenn nicht bald, dann … die letzte Frist … Die Zeit verging.

Zwei Monate später präsentierte der Sportstaatssekretär das hundertfünf Millionen Euro teure Arena-Projekt bei einer gemeinsamen Pressekonferenz mit der Deutschen Arena-Aktiengesellschaft, die erstmals ein solches Unternehmen in Angriff nahm. Tags darauf erklärte der Bürgermeister, er wolle ein Stadion und man werde rechtzeitig die richtigen Beschlüsse fassen, aber man wolle sich nicht auf Abenteuer einlassen. Ein holländischer Baukonzern wollte in vierzehn Tagen detaillierte Baupläne vorlegen. Drei Tage später wurde in einer Sitzung des Stadtsenats das Projekt der Deutschen Arena-Aktiengesellschaft abgesegnet. Der Vizebürgermeister und Wirtschaftsreferent sagte, das Investorenkonsortium der Aktiengesellschaft sei im Entstehen, der technische Generaldirektor an Bord. Die Garantieerklärungen für die Finanzierung seien in Vorbereitung. Die Zeit verging. Siebzehn Tage später sagte der Bürgermeister, die Stadt werde das Stadion selber bauen, denn die Pläne der Deutschen Arena-Aktiengesellschaft seien eine Frechheit, die vorgelegten Unterlagen eine unzumutbare Frotzelei und nicht das Papier wert, auf dem sie geschrieben waren. Die Schweizer Finanzgesellschaft, die für die hundertfünf Millionen Euro bürgen sollte, sei laut staatlicher Handelsdelegation in Zürich im zentralen Handelsregister nicht auffindbar. Fünf Jahre lang ging die öffentliche Debatte um das Stadion mittlerweile so im Kreis, ein ganzes Jahr war seit der Zuerkennung der Europameisterschaft vergangen. Es wurde Winter. Nun sollte die Bevölkerung über den Bau des Stadions befragt werden. DASGESETZBINICH sagte, er habe kein Problem mit einer Volksbefragung, das Volk zu befragen sei immer gut. Der Finanzstadtrat meinte, es wäre besser zu verzichten. Mein Stadion!

Einen Monat später, knapp vor dem Jahreswechsel, stand in der Zeitung, jetzt sei der Bau des Stadions fix und würde im kommenden Herbst in Angriff genommen werden. In zehn Monaten würden die Bagger anrollen. Durch die Europameisterschaft, sagte der eigens angereiste Fußballverbandspräsident, könne Hallodrien seine landschaftlichen Schönheiten und Besonderheiten weltweit präsentieren. *Besonderheiten* konkretisierte er nicht. Das Stadion würde dreiundvierzig Millionen kosten, eine Volksbefragung sei unwahrscheinlich, dafür sei es zu spät. Die ausgebootete Deutsche Arena-Aktiengesellschaft forderte eine Abschlagszahlung von dreihundertfünfzigtausend Euro sowie eine öffentliche Entschuldigung des Bürgermeisters und drohte der Stadt mit einer Klage. Wieder ein Jahr vorbei. Sechs Jahre. Was würde nun passieren? Würde etwas werden? Mein Stadion! Längst hätte man … dringend müsste man … wenn nicht bald, dann … die allerletzte Frist … Die Zeit verging.

Eineinhalb Monate später, Anfang Februar des nächsten Jahres, wurde das Stadionprojekt gestoppt, weil nämlich die Architektenkammer, die sich bei der Ausschreibung ausgebootet fühlte, den Bund klagte. Ein halbes Jahr später, Ende Juli, beschloss der Gemeinderat einen Finanzierungsplan für ein sechsundsechzig Millionen Euro teures Projekt, Baubeginn werde Sommer nächsten Jahres sein. Im Oktober forderte der Wirtschaftskammerpräsident bei einer Enquete einen Verzicht auf die Europameisterschaft und auf ein neues Fußballstadion. Ihm sei ein Ende mit Schrecken lieber als ein Schrecken ohne Ende. Der Wirbel um den Bau des Stadions, der längst im Gang sein sollte, höre nicht auf, stand einen Tag vor Weihnachten in der Zeitung: Denn wegen eines vernichtenden Gutachtens über das bisherige Vergabeverfahren drohe das Land der Stadt mit dem Ausstieg aus dem Projekt und dem Zurückziehen der Finanzierungszusage. Zu Silvester attackierte DASGESETZBINICH den Bürgermeister, der Bürgermeister DASGESETZBINICH, dem er vorwarf, die gesamte Europameisterschaft in die Luft sprengen zu wollen, da seine Persönlichkeitsstruktur auf Zerstörung ausgerichtet sei. Unterdessen bot sich der Landeshauptmann eines anderen Landes an einzuspringen und in seinem Land ein Stadion zu bauen. Die Zeitung schrieb am letzten Tag des Jahres, das Stadion sei längst ein Fall für den Staatsanwalt. Mein Stadion! Mein Stadion! Längst hätte man … dringend müsste man … wenn nicht bald, dann … die wirklich allerallerletzte Frist … Die Zeit verging.

Mitte Jänner brachte ein »Stadiongipfel« zwischen Stadt und Land keine Lösung, das Vergabeverfahren ging aber weiter. Am Monatsende unterschrieben DASGESETZBINICH und der Bürgermeister eine Vereinbarung über die Sanierung dieses Vergabeverfahrens und die weitere Vorgangsweise. Das Stadionprojekt war wieder auf Schiene.

Anfang Februar publizierte eine Wochenzeitung die vertraulichen Einreichungen der sechs Anbieter für den Stadionbau mitsamt den Kostenvoranschlägen, was streng verboten war. Die Vergabekommission sah darin prompt einen unverantwortlichen Sabotageakt. Das Stadionprojekt stand nun vor dem definitiven Aus. Der Bürgermeister unterstellte dem unbekannten Täter, der die geheimen Unterlagen dem Medium zugespielt hatte, alle Mittel einzusetzen, um das Projekt zu torpedieren. Die Suche nach Ersatzspielorten in einer anderen Region habe bereits begonnen. Auf der Suche nach dem Saboteur innerhalb der Vergabekommission verdächtigte ein Mitglied das andere. Unter besonders dringendem Verdacht des Innenministeriums stand der von DASGESETZBINICH persönlich in die Kommission entsandte Direktor des städtischen

Konzerthauses, dessen Telefongespräche das Innenministerium im Zuge einer Ermittlung überwacht hatte. Der Verdacht auf Amtsmissbrauch, Verrat und Parteienfinanzierung stand im Raum. Der Konzerthausdirektor wies diese Vorwürfe als unfassbare Unterstellungen auf das Entschiedenste zurück, und auch der blutjunge Pressesprecher DASGESETZBISTDU sprach von skandalösen Unterstellungen, würden hier doch dem DASGESETZBINICH kriminelle Handlungen vorgeworfen. Natürlich konnte man sich fragen, warum ausgerechnet der Konzerthausdirektor qualifiziert sein sollte, in der Vergabekommission für ein Europameisterschaftsstadionprojekt zu sitzen; ob es da um den Fußball ging oder den Opernball, den Faschingsball oder den Parteiball? Oder vielleicht wegen der zu erwartenden Schlachtgesänge und Pfeifkonzerte? Aber warum sitzt dann in Wien nicht der Staatsoperndirektor in der Stadionvergabekommission und in Salzburg nicht die Präsidentin der Festspiele? Fragen konnte man sich vieles. Aber Antworten bekam man nicht. Und wer nie Antworten bekommt, hört irgendwann einmal zu fragen auf.

Mitte Februar lag ein Expertengutachten vor, demzufolge das Verfahren um die Auftragsvergabe des Stadionbaus doch fortgesetzt werden könne. DASGESETZBINICH witterte im Innenministerium die Securitate: Angriff war die beste Verteidigung. Das Land bezahlte die Kosten für die Prozesse des Konzerthausdirektors.

»Securitate?«

»Ja, Ionesco, Securitate!«

»Kenne ich.«

Nachdem vor Klausurbeginn allen Mitgliedern die Mobiltelefone abgenommen worden waren, kürte Anfang März die streng bewachte Vergabekommission die favorisierte staatliche Baufirma zum Sieger. Der rivalisierende Baulöwe, dem DAS-

GESETZBINICH den Auftrag zuschanzen wollte, ging leer aus. Der Plan des siegreichen Architekten sah vor, Hintersiebenbergens Europameisterschaftsstadion »als Kulturereignis zu bauen«, als »Kessel der Freude«, der »starke Emotionen vermitteln« solle. Die Besucher, die sich im Europameisterschaftsstadion versammeln, verkörpern »zusammengeballte Energie«. Es müsse genügend Raum vorhanden sein, damit diese Energie abgeladen werden könne. So sei seine Architektur angewandte Psychologie.

Vier Tage später beeinspruchte der unterlegene Baukonzern die Vergabe, was im Fall der Stattgebung zu einer Neuausschreibung führen konnte, was das Stadionprojekt zum Platzen bringen konnte, wie alle Journalisten in höchster Panik berichteten. Viele Journalisten verdienten ein bisschen Geld für ein kleines Nichts. Daraufhin prüfte der siegreiche Baukonzern eine Klage gegen den Unterlegenen, außerdem gab es den Einspruch eines dritten Baubewerbers und die Drohung einer Sammelklage. Die Zeit verging. Viele Anwälte verdienten viel Geld für großes Nichts. Der Fußballverbandspräsident fürchtete um die Europameisterschaft. Eine Woche später legte der Unabhängige Verwaltungssenat das Stadionprojekt auf Eis: Er erließ eine Verfügung und gab dem Antrag eines abgeblitzten Bieters statt. Jetzt war alles aus. Nach dieser »Hiobsbotschaft«, schrieb die Zeitung, drohe jetzt »die totale Blamage«. Das Bundesvergabeamt schloss sich dem Verfahrensstopp an: Das endgültige Ende des Europameisterschaftsstadions rückte näher, und alle Gegner des Größenwahnprojekts atmeten auf. Mitte April vergab die Stadt trotz offener rechtlicher Fragen den Auftrag für den Stadionbau an die staatliche Baufirma, den sie vor einem Monat schon einmal an sie vergeben hatte. Der Naturschutzbeirat verzichtete auf die Umweltverträglichkeitsprüfung. Es begann zu schneien und hörte tagelang nicht wieder zu schneien auf. Ende November spielte Hallodria bei Nacht und Nebel und dichtem Schneetreiben das allerletzte Mal im alten Stadion. Es schneite und schneite, die Flocken wurden dicker und dicker, dichter und dichter. Ein halber Meter Neuschnee lag in der Stadt, ein Meter Neuschnee. Viele Jahre hatte es nicht mehr so geschneit. Anfang Dezember – drei volle Jahre nach der Vergabe der Europameisterschaft, ganze zwei Jahre nach dem geplanten Baubeginn – wurde das alte Stadion, das ganz und gar unter einem Schneepanzer verschwunden war, niedergerissen.

Ionesco schlief tief und fest. Ich piekste ihn. Er schreckte hoch, räusperte sich und sagte: »Sehr schöne Geschichte! Toller Stoff! Vraiment eine Übung in surrealistischem Terrorismus!

Man hat alle Augenblicke das Gefühl der Absurdität: Erste Signale melden sich mit Eindrücken von der Leere. Diese Leere, hinter der sich nichts mehr verbirgt! Ihre Geschichte drückt eine großartige Sterilität aus! Das Absurde als Begleitmusik der condition humaine! Machen Sie doch was draus!«

6
DER SCHÖPFUNGSBERICHT

Ich hatte nichts zu tun, ich hatte Zeit in meinem Paralleluniversum. Ich wurde älter. Ich hatte noch immer keine Sitzungen, keine Konferenzen, keine Teambesprechungen. Ich hatte keine Anweisungen auszuführen. Ich hatte ein Fahrrad, mit dem radelte ich von Mitte Jänner weg auch bei Minusgraden mindestens einmal in der Woche, meistens öfter, mit meiner neuen Digitalkamera zu dem Areal, das aber noch monatelang nicht als Baustelle zu erkennen war, sah man einmal von einer riesigen Bautafel ab, auf der das Modell des Stadions, effektvoll beleuchtet, abgebildet war. Es hatte in diesem Winter oft und ergiebig geschneit. Es gab strenge Fröste. Der Schnee blieb lange liegen. Bis in den April hinein gab es nichts zu sehen, nichts zu fotografieren, nachdem sich Anfang Jänner eine Menge Politiker in Krawatten und dunklen Wintermänteln beim Spatenstich hatten ablichten lassen. Nur DASGESETZBINICH trug Jeans und einen weißen Anorak, sodass er aus allen Bildern herausstach. Außerdem war man bei Probebohrungen nun dahintergekommen, dass der Baugrund in einigen Bereichen problematisch war und es Schwemmsand gab. Die Stadt musste einräumen, dass man den Boden des Areals im letzten halben Jahrzehnt nicht so genau untersucht hatte. Nun aber habe es bei »Vorlastschüttungen« enorme »Bodensetzungen« gegeben, weshalb Bodenmechaniker den Grund durch »Rüttelstopfverdichtung« homogenisieren würden und man insgesamt sechzig Kilometer Säulen in acht bis vierzehn Meter Tiefe treiben werde müssen; das riesige Stadion werde nach seiner Fertigstellung gewissermaßen schwimmen und wegen seines ungeheuren Gewichts auch noch sinken, insgesamt um etwa zehn Zentimeter.

Im Juli wurden die ersten Betonpfosten gegossen, die Pfeiler für Pfeiler zu einem großen Rechteck angeordnet aus dem Boden wuchsen. Ich kam, sah, fotografierte: als Übergangsstadium für ein paar Wochen eine Art Stonehenge des frühen dritten Jahrtausends, kryptisch und komisch, rätselhaft und faszinierend. Ein Spalier von fünfzig Säulen, auf denen die Tribünen lasten würden, auf denen zweiunddreißigtausend Menschen sitzen würden. Klick. Klick. Klick. Jeden Tag kam ich, um zu sehen, was es seit dem Vortag Neues gab. Riesige Stahlbauteile in Dreiecksform, gigantische Stahlharfen ohne Saiten, die anderswo gefertigt worden waren, wurden nun zur Baustelle transportiert und Stück für Stück an die Betonpfeiler montiert. An der Westseite wuchs der Rohbau eines viergeschoßigen Gebäudes aus dem Boden, in dem Kabinen und Kantinen untergebracht sein würden, Büros, Fernsehstudios, Restaurants für Very Important Persons, also das, was die Experten Infrastruktur nannten. Dahinter wurde ein Erdwall, eine gigantische Rampe aufgeschüttet. Ich kam, sah, fotografierte: Bild. Bild. Bild.

Jetzt also machten sich nach vierzig Jahren meines Lebens, nachdem ich, immer abseits stehend, nicht mehr auf dieses Wunder gehofft hatte, die Englein doch noch wirklich daran, die Weissagung, Papas Prophezeiung zu erfüllen, ihr Haus im Himmel zu bauen, ihr Haus für mich, mein Haus zu bauen, und wie damals in der Gutenachtgeschichte verheißen, kamen sie zügig voran, auch wenn die Englein kaum zu sehen waren. Nur hie und da huschte eines der Englein mit einem weißen Bauhelm auf dem Kopf zwischen den Pfeilern und Stahldreiecken hindurch und an den hölzernen Betonierungsverschalungen vorbei, oder es stieg in einen Lastwagen oder es öffnete von der harten Arbeit durstig geworden eine Flasche Bier. Aber auf allen meinen Bildern – und ich hatte Tausende geschossen! – war kein einziges Englein zu sehen. Sie machen sich ja meistens unsichtbar. Englein sind wie Sternschnuppen. Sie sind sehr scheu, und fotografieren lassen sie sich schon gar nicht. Auf wundersame Weise schien dieses Opus magnum angelorum, dieses Stadion nicht *erbaut* zu werden, sondern von allein zu *wachsen,* wie ein Mensch, ein Baum, ein Wald, nur im Zeitraffer. Und es wurde viel größer als ein Mensch, ein Baum, ein Wald. Wie Münchhausen zog sich dieses Stadion am eigenen Schopf aus dem Sumpf. Mitte Juli erschien in der Zeitung ein Artikel, in dem der Redakteur sich sorgte, was mit dem Stadion nach der Europameisterschaft in zwei Jahren geschehen solle. Man stelle sich vor: Ein Stadion für zweiunddreißigtausend Zuschauer – und niemand geht hin. Eine »Horrorvision« nannte er diese Vorstellung: Schönes Stadion, keine Zuseher. Gerade dass er nicht geschrieben hatte: Horror Vacui.

Im August wurden an die fünfzig Betonsäulen fünfzig vorbetonierte Leisten für Stufen montiert, und darauf wieder im September eine rundherumführende, die Säulen verbindende, das kryptische Konstrukt deckende Ebene aus Fertigbetonplatten geschaffen, die ebenso mit zahlreichen Sondertransporten angeliefert worden waren. Bild. Bild. Bild. Ich war Zeuge. So bekam der Unterrang nach und nach eine Gestalt. Ich kam, sah und stellte fest, dass außer mir niemand aus der Stadt kam und niemand aus der Stadt sah und schaute. Niemand hatte Zeit, alle hatten zu tun. Niemand war Zeuge. Im Oktober wurden an den äußeren Rand der betonierten Verteilerebene in luftiger Höhe wiederum riesige Stahlharfen montiert, doppelt so hoch wie die erste Serie der Stahlharfen im Unterrang, und mit Stahlseilen und Verstrebungen verbunden. Zunächst sah das gigantische Gebilde sehr filigran aus, so als könnte und müsste die gewagte Konstruktion jeden Augenblick einstürzen, beim ersten Windstoß in sich zusammenbrechen. So begann der gewaltige Oberrang, den man nach dem europäischen Fest aus dem Oval wieder ausbauen wollte, nach und nach Formen anzunehmen. Was jetzt dazukam, bestand ausschließlich aus Stahl. An die zunächst lose in die Höhe ragenden riesigen Stahltriangel schraubten die Englein die wuchtigen gewölbten Halterungen für das Dach, das sich wie ein Rettungsring um die Tribünen spannen würde. Stahlverstrebungen da und dort und immer mehr. Der Zusammenschluss der Elemente auf höchster Ebene, also auf dem Dach, machte das Ganze stabiler, man spürte beim Hinsehen förmlich, wie die Kräfte allmählich ineinandergriffen und ihre Wirkung bündelten. Der Architekt hatte alle Gesetze der Statik richtig berechnet. Im November fiel dichter Nebel ein, und das Ding sah wie ein in den Himmel ragender, aus den Fäden eines Spinnennetzes geflochtener gigantischer Korb aus. Ich war Zeuge. Klick. Klick. Klick. Der Kamera gelangen auch im Nebel erstaunliche Bilder.

Wie das Stadionskelett selbst wuchs auch der nächste grüne Ordner mit meiner Sammlung der Zeitungsberichte. Da erschienen nämlich immer öfter auch Bilder, die ich selbst nicht hätte machen können, vom Hubschrauber aus aufgenommene Luftaufnahmen, spektakuläre Panoramabilder des Gerippes ebenso wie Details. Ein Bild zeigte, wie in luftiger Höhe von fast vierzig Metern zwei riesige Stahlrippen des Dachgerüsts, beide an Kränen baumelnd, aufeinander zu schwebten, um montiert, um miteinander verkuppelt, verschraubt, verschweißt und für alle Ewigkeit verbunden zu werden. Noch berührten sie sich nicht, aber man konnte als Betrachter den Augenblick der Berührung, der Verbindung, der Vereinigung, der stählernen Lufthochzeit bereits ahnen. Das berührende

Bild einer bevorstehenden Berührung: Genau das ist ja Erotik. Mich erinnerte die Fotografie sofort an Michelangelos Schöpfungsgemälde in der Sixtinischen Kapelle, nur ohne Adam und Gott. Statt Adam ein gekrümmter Stahlteil, statt Gott eine schwebende Stahlschiene am Himmel, und aus dem Zeigefinger Gottes der zündende Funke!

Mir selbst ist beim Besuch der Sixtinischen Kapelle der Satz gekommen: *Kunst ist der Triumph der Leichtigkeit über die Schwere.*

Nach und nach schlossen die Englein eine Lücke des gigantischen Spinnennetzkorbs nach der anderen mit silbernen Dachplatten; zunächst waren es nur vereinzelte und scheinbar zufällig angebrachte Dachblechelemente. Aber im Lauf des Winters sah man immer weniger Netz und immer mehr Dach. Eine Fläche entstand, auf der sich Sonnenlicht spiegelte. In diesem zweiten Bauwinter schneite es kaum, und die Englein konnten fliegen. Im Jänner stand in der Zeitung, dass viele Englein aus dem Ausland kamen, aus den südlichen Nachbarstaaten nämlich, hauptsächlich aus Bosnien und Kroatien, weil viele Einheimische lieber in anderen Bereichen als auf der Baustelle arbeiteten und es auch einen punktuellen Mangel an heimischen Kräften in der Metallbranche gegeben haben soll.

Während nämlich oben am Himmel der göttliche Funke von Stahl zu Stahl übersprang, wobei die Englein bei der Schöpfung bis zur Erschöpfung roboteten, standen unten zu ebener Erde in hell erleuchteten, beheizten Räumen Arbeiten an, die zwischen Finger und Fingernagel keinen Dreck verursachten, zum Beispiel die Errichtung einer Betreibergesellschaft und die Errichtung einer Erhaltungsgesellschaft (mit beschränkter Haftung) und die Errichtung einer Vermarktungsgesellschaft (mit beschränkter Haftung), sodass es im Stadion schon längst vor der Fertigstellung vor Gesellschaften nur so wimmelte, wenn es auch, das soll gesagt sein, vorläufig völlig menschenleere Gesellschaften waren. Eine andere wichtige, wenn auch klinisch sterile Arbeitsleistung, die der Bürgermeister persönlich, unterstützt nur vom Organisationskomiteevorsitzenden (und gleichzeitigen Leiter der Abteilung Präsidium), erbringen musste, war die Bestellung des Projektkoordinators. Dieses Tätigkeitsmodul konnte gerade noch rechtzeitig erfolgreich abgeschlossen werden, ehe von den zweiunddreißigtausend bestellten Stühlen aus dem unendlich fernen China die ersten drei Probestühle für das Probesitzen geliefert wurden. Nicht nur die Stufenherstellung und die Absturzgeländer, auch die Bestuhlung hatte der Stadionbauer an Subunternehmer vergeben, das Preis-Leistungs-Verhältnis der Chinesen sei das beste gewesen, so ein Projektleiter, trotz des langen Transports seien die chinesischen Stühle billiger als europäische Produkte. Ein solches Probesitzen ist nun, wie allgemein viel zu wenig bekannt, eine heikle Angelegenheit, denn es muss einerseits probiert werden, ob die Probesitzer in der Lage sind, sich auf die Sitze zu setzen und dann auch noch, auf den Sitzen zu sitzen; andererseits muss probiert werden, ob die Sitze sich besetzen lassen und ob sie die Besetzung aushalten. Daher kamen für diese verantwortungsvolle Aufgabe im Dienste der Allgemeinheit, für diese Herausforderung, genau drei Personen infrage. Erstens: der Bürgermeister. Zweitens: der Organisationskomiteevorsitzende (und gleichzeitig Leiter der Abteilung Präsidium). Drittens: der Projektkoordinator. Schnell stellte sich heraus, dass diesen drei Persönlichkeiten dieses Probesitzen gelang – um genau zu sein: sehr zufriedenstellend gelang – und ein voller Erfolg wurde, sodass auch die Chinesen im fernen China mit chinesischer Freundlichkeit lächelten. Dieses Faktum zog aber weitere in Arbeit ausartende Tätigkeiten nach sich, denn über den Triumph, den der Bürgermeister, der Organisationskomiteevorsitzende und der Projektkoordinator beim Probesitzen errungen hatten, musste schließlich die davon profitierende Öffentlichkeit informiert werden, weshalb die Redakteure, um ihrer Informationspflicht nachzukommen, Fotografen entsandten, die den Bürgermeister, den Organisationskomiteevorsitzenden und den Projektkoordinator fotografierten, was dann tags darauf in den Zeitungen zu sehen war, wie ich in meinem grünen Ordner gleich auf der Seite neben Michelangelo dokumentiert habe, lieber Ionesco! Die drei von der Baustelle schauten aber nicht in die Linse der Kamera, sondern hatten Feldherren auf dem Feldherrenhügel vor der Schlacht gleich, den Blick starr und erhaben in die Ferne gerichtet. Und Feldherren waren sie auch, der Bürgermeisterfeldherr und der Projektkoordinatorfeldherr und der Organisationskomiteevorsitzenderfeldherr auf ihren Stadionfeldherrenhochsitzen!

Und nicht nur das! Im Rahmen des Probesitzens oblag es den dreien noch zusätzlich, die Farbauswahl für die Bestuhlung zu treffen! Noch eine heikle Aufgabe! Noch eine Herausforderung! Noch eine schwierige, eine richtungsweisende Entscheidung, deren Konsequenzen für das öffentliche Leben viele, viele Jahre lang spürbar bleiben würden. Da die drei aus China gelieferten Probestühle weinrot waren, der Architekt in seinen vor zwei Jahren veröffentlichten Plänen als Bestuhlung weinrot vorgesehen hatte, entschieden sich der Bürgermeister, der Organisationskomiteevorsitzende und der Projektkoordinator nach intensiven Beratungen einstimmig für: weinrot. Und hätten die Englein hoch oben am Himmel in ihren an Kränen hängenden Arbeitskörben hinter ihren Schweißerbrillen beim Schweißen und Schrauben nicht alle Hände voll zu tun gehabt, dann hätten sie diesem weisen Ratschluss sicher frenetisch applaudiert.

Ende Jänner wurden die Maskottchen für die Europameisterschaft der Öffentlichkeit, also mir, vorgestellt: zwei rot-weiße, zeichentrickartige Plüsch-Witzfiguren mit gespaltenen Schädeln. Man könnte sagen: Waldschrate und Verbrechensopfer aus Disneyland. Der Öffentlichkeit, also mir, gefielen die Witzfiguren nicht, aber sie, also ich, musste sich – mir – die vorgegebenen Witzfiguren gefallen lassen: Dieses Zwangsgefallenlassen des Nichtzufriedenstellenden hat in der westlichen Hemisphäre eine lange philosophische und politische Tradition. Anfang März fand die Dachgleichenfeier statt, und auf einer Strebe der Dachkonstruktion pflanzten zwei Englein in Kränen in vierunddreißig Metern Höhe ein Bäumchen, sodass unten an der Basis der Arena Politiker und Präsidialabteilungsleiter und Bauleute und Projektleiter und Koordinatoren und Medienleute jubelten. Abends wurde der noch rundherum transparente Rohbau erstmals von innen beleuchtet. Das gab ein eindrucksvolles Bild, und im Untertitel fragte die Zeitung: »Ist ein Ufo gelandet?« Unter dem Raumschiff im Rohbau ein anderes Bild, wie DASGESETZBINICH einen Elfmeter schießt, und seine grundfalsche, geradezu absurde Körperhaltung belegt, dass DASGESETZBINICH nicht die geringste Ahnung hatte, wie man mit dem Fuß einen Ball tritt. Für jeden Fachmann, für jeden Kundigen schon auf den ersten Blick: nicht zufriedenstellend. Aber egal.

Bei der Gleichenfeier saßen die Englein in einem eigens aufgestellten Baustellenpartyzelt auf Bierbänken an Biertischen, auf die grüne Tischdecken mit der Linienmarkierung von Fußballfeldern gebreitet waren, tranken Bier und hörten zu, wie ein Zimmermann mit weißem Bauhelm und einem Gläschen in der linken Hand den traditionellen Gleichenspruch verlas, den der Projektleiter gedichtet hatte und der sprachlich das reinste Elend war, lieber Ionesco. Jeder, der nicht mindestens zehn Gläser Bier in sich hatte, musste zugeben, dass der Gleichenspruch die stumpfsinnigsten Reime ebenso aufwies wie eine geradezu unfassbare metrische Verwahrlosung. Die unbrauchbarste Gebrauchslyrik! Aber um Lyrik ging es hier ja nicht. Als das Grauen zu Ende war, zerschmetterte der Rezitator das Gläschen auf dem Boden, sodass es in tausend Scherben zerbrach, die Glück bringen sollten und von einem Hilfsarbeiter zusammengekehrt und in den Mülleimer geworfen wurden. Dann stellten die Englein ihre leeren Biergläser zur Seite, machten sich an die Innenarbeiten und bastelten an Böden, Heizung und Lüftung. Ich radelte vorbei und sah, dass es gut war. Klick. Klick. Klick.

In einer Zeitung war von einem »Monstrum« die Rede, »das immer gewaltigere Formen annahm«, an einer anderen Stelle von einem »Monster«. Eine Woche später stand in derselben Zeitung, dass »die Enterprise gelandet« sei und sich Hintersiebenbergen ein neues Wahrzeichen gesetzt habe, das sogar vom All aus sichtbar sei. In allen Zeitungen wurde nun der Countdown zur Europameisterschaft begonnen. Vierhundertzwanzig Tage vor Beginn war zu lesen, dass im kommenden Jahr in der Nähe des Stadions Verrichtungsboxen für Prostituierte aufgestellt würden, wie die Leiterin des Frauenbüros der Stadt Hintersiebenbergen mitteilte. Die Hintersiebenberger Frauenstadträtin erklärte, rund um das Stadion seien von Rotlichtbossen bereits zahlreiche Wohnungen angemietet worden, in denen Freiern während der Europameisterschaft Frauen und Kinder angeboten würden. Dem Wort »Freier« begegnete ich zum ersten Mal als Kind in der »Odyssee«. James Joyce war es vor mir auch so gegangen. Freier waren Männer, die in Ithaka während dessen Abwesenheit etwas von Odysseus' Gattin Penelope wollten. Ich konnte mir jedoch nicht erklären was. Die Frauenorganisationen des Landes waren aber zum Glück dabei sich zu solidarisieren und erste Protestaktionen gegen die mobilen

Prostituiertencontainer zu überlegen. Vierhundertsechs Tage vor dem Beginn der Europameisterschaft war wieder zu lesen, dass das Stadion nach deren Ende rückgebaut, auf weniger als die Hälfte redimensioniert, der gesamte Oberrang ausgebaut, herausgeschraubt, weiterverkauft und das gewölbte Kunststoffdach abgesenkt werden würde, sodass von den zweiunddreißigtausend Sitzen nur zwölftausend übrig bleiben sollten, der Bürgermeister von der sich abzeichnenden Größe fasziniert nun aber überlege, eine Volksbefragung zu veranstalten, ob man das Stadion nicht vielleicht doch in seiner jetzigen eindrucksvollen Dimension belassen solle.

Noch zogen sich Schotterdrainagen quer über das zukünftige Spielfeld. Die Englein hämmerten, schütteten, schnitten und malten die Kabinen im Westgebäude aus. Aber bereits für Anfang September war die feierliche Eröffnung des Stadions mit einem Länderspiel gegen Japan geplant. Nur noch zwölf Wochen blieben bis dahin.

Es war vollbracht. Die Silberschüssel stand. Kein politischer Disput konnte sie jetzt mehr zum Einsturz bringen, kein politisches Erdbeben, bloß ein Erdbeben vielleicht. Über drei Jahre waren vergangen zwischen dem Tag, an dem das Wunder geschah, dass dem Staat und der Stadt die Europameisterschaft zugesprochen wurde, und dem Tag des Spatenstichs. Über all den Zwist und die Intrigen in diesen drei Jahren sollte nun nicht mehr gesprochen werden, nicht über die dubiosen Projekte, die Scheinfirmen und Errichtungsgesellschaften, die geplatzten Ausschreibungen, die Klagsdrohungen und Klagen, auch nicht über die Dutzenden Male, die das Projekt in dicken schwarzen Lettern gestorben, auferstanden, wieder gestorben und wieder auferstanden war. Der Jahrhundertbau selbst war dann nach eineinhalb Jahren so gut wie fertig, und DASGESETZBINICH, der dieses konkrete, jetzt entstehende Modell am heftigsten desavouiert hatte, ließ sich nun als Erster freudestrahlend darin fotografieren.

»Was den Dandy umtreibt, ist Selbsterschaffung; ein exzentrisches, exaltiertes Kreisen um die Darstellungsmöglichkeiten des Eigenen, Fraundorfer, oder wie es Baudelaire formuliert: Leben und Sterben vor dem Spiegel. Baudelaire: Kriminelle Energien steuern letztlich den Arbeits- und Lustfluss der Gesellschaft.«

»Sie haben ja so recht, Monsieur! So recht!«

Der Bürgermeister hatte ein paar meiner Gedanken in der Zeitung gelesen und weil ich der Einzige weit und breit war, der wollte, dass dieses Stadion gebaut würde, lud er mich ein, den Bau knapp vor seiner Fertigstellung gemeinsam mit dem Chefredakteur der Zeitung zu besichtigen. Er konnte schließlich nicht wissen, dass ich ein Nichtzufriedenstellender gewesen und ein Exilant war. Er konnte auch nicht wissen, dass ich den Bau in statu nascendi zwei Jahre lang ohnehin fast jeden Tag besichtigt hatte. Diesmal konnte ich aber nicht mit dem Rad zum Stadion fahren, sondern ich fuhr mit dem Rad zur Redaktion, wo der Bürgermeister den Chefredakteur und mich mit der dunklen Limousine abholte, was mir sehr unangenehm war. Der Chefredakteur lud mich ein, über die Besichtigung zu schreiben. Ich schrieb: Was für eine prächtige Architektur! Was für eine gigantische Dachkonstruktion! Und vom Entmüdungsbecken bis zur Arrestzelle ist an alles gedacht. Diese Arrestzelle befindet sich übrigens ausgerechnet unter dem VIP-Bereich! Woher der Architekt schon in der Planungsphase so viel visionäre Kraft nahm? Jedenfalls brauchten Polizei und Justizwache nicht mehr durch die Stadt zu fahren: Hier war alles unter einem Dach!

Ich schrieb, dass die riesige Arena auf den ersten Blick viel zu groß für die Stadt geraten sei. Es ist, als hätte sich ein Künstler von internationalem Rang zur Verblüffung der ganzen Welt ausgerechnet in Hintersiebenbergen niedergelassen, Ionesco! Würde er, niedergedrückt von provinziellem Denken, scheitern, von der Provinz vernichtet werden? Oder würde er – umgekehrt – allein durch seine majestätische Präsenz, durch seine Größe und Erhabenheit, durch sein Wirken dem Landstrich neue Bedeutung, dem Namen der Stadt einen besseren Klang verleihen, die Menschen mitreißen, begeistern, erhöhen? Sie stolz, ihr Denken mondäner machen und die Stadt so lange nachwachsen lassen, bis sie zu ihrem neuen Wahrzeichen passt? Ich spekulierte auch über den Namen des neuen Stadions. Ufos gab es ja überall, in Paris und London, Berlin und Barcelona, Rio und Johannesburg. Das Old Trafford in Manchester hieß »Theatre of Dreams«, die Arena in München »Autoreifen«, die in Porto »Drache«, das De Kuip in Rotterdam »Waschschüssel«. Und das Stadion von Hintersiebenbergen sah aus der Luft ein wenig wie ein Hufeisen aus. Es würde aber »Rhinozerosbank Arena« heißen, weil die Bank des Landes, die Rhinozerosbank, dafür bezahlte, dass die Arena Rhinozerosbank Arena hieß, weil DASGESETZBINICH der Bank angeschafft hatte, dafür zu zahlen, weil es ja seine Bank war.

Die Englein hämmerten, bohrten, schütteten, schnitten und malten die Kabinen und den Massageraum im Westgebäude aus. Sechs Wochen vor der Eröffnung verlegten die Englein den Rollrasen. Ein Greenkeeper aktivierte stündlich die unterirdische Bewässerungsanlage, damit das Gras anwachsen konnte. Irgendwo im Boden ging plötzlich ein Loch auf, aus dem es heraussprudelte wie aus einem Geysir. Noch bestand Freiraum zwischen den Stahlträgern. Noch immer fehlte die gesamte Bestuhlung. Der Vertrag mit der chinesischen Firma musste fünf Wochen vor der Eröffnung storniert werden, weil die Qualität des Produkts, also der Stühle aus China, mangelhaft war, was beim Probesitzen offenbar leider, leider doch übersehen worden war. Die Chinesen lächelten chinesisch. Ganz kurzfristig musste ein neuer, zweigeteilter Auftrag vergeben werden. Die vierzehntausend Klappstühle für den Unterrang sollten nun von einer italienischen Firma produziert und geliefert werden, die achtzehntausend Schalensitze für den Oberrang von einer deutschen. Drei Wochen vor der Eröffnung mussten der Projektkoordinator und der Organisationskomiteevorsitzende und der Bauleiter wangenrot einräumen, dass man den Einbau aller zweiunddreißigtausend Sitze des Kindes Italien und des Mannes Deutschland wegen des geplatzten Geschäfts mit dem Schlitzaugeohr China bis zum Eröffnungsspiel doch nicht schaffen und dass in diesem Spiel gegen Japan nur fünfundzwanzigtausend Sitze zur Verfügung stehen – sitzen? – sein? – würden.

Die Zeit drängt! Noch vierzehn Tage. Noch zehn Tage. Bald wird Besuch kommen! Hoher Besuch! Höchster Besuch aus aller Welt! Nicht nur Leute! Menschen! Bald wird es spannend! Nur noch zehn Tage! Sehr spannend! Ich habe eine Botschaft, es ist wahr! Wir haben eine Botschaft! Wir alle, die wir noch nicht hier sind. Noch wollen wir die Botschaft nicht verraten, aber bald! Bald! Ich habe etwas im Bauch. Eine Botschaft, die ich der Menschheit verkünden muss, der ganzen Menschheit … der Weltraum. Einer der kleineren Planeten … ich sehe gerade: Fünfundzwanzigtausend Sitze müssen bis zur Eröffnung montiert sein! Holt schnell ein paar Stühle! Welche Stühle ich meine? Was für eine Frage! Ja genau, die weinroten Plastikschalen, die sich dort drüben im Container stapeln! Sind gerade geliefert worden. Die zwei gehören zu mir, das sind Journalisten, die Stühle holen und die Stühle montieren und eine Sonntagsreportage darüber schreiben, wie sie Stühle holen und Stühle montieren. Harte Arbeit, meine Herrschaften! Noch mehr Stühle! Holt noch mehr Stühle! Ich LIEBE Stühle! Stühle sind Möglichkeiten. Platzhalter. Variable. Wie in der

Mathematik. Jeder Stuhl ein x. 32.000 x = 32.000. Berechne x! Jetzt wird es spannend! x = 1 Individuum. Jetzt geht's loos! Also, Männer, zuerst befestigt ihr den Stuhl mit vier Schrauben an diesem Metallgestell. Zwei Fünfzigerschrauben oben, zwei Fünfundvierzigerschrauben unten. Keine Verwechslungen bitteschön, sonst wird der Sitz kaputt. Und vergesst nicht die Handschuhe anzuziehen, Männer! Sonst reißt ihr euch an den scharfen Kanten der Stühle sofort die Haut auf. Jetzt lasst den Akkuschrauber heulen! Noch mehr Stühle! Noch mehr Stühle! Immer nur her damit! Das ganze Gerippe, das ganze Skelett, das ganze stählerne Riesengeflecht ist nur dazu da, um mit Stühlen gepflastert zu werden. Stühle! Stühle! Stühle! Die fertig montierten Stühle schlichtet ihr in den Gitterkäfig, den der Kran abholt, hochzieht und mit einem trägen Schwenk auf die Tribüne befördert. Dort oben holt ihr die Stühle wieder ab und ladet sie aus dem Container aus. Ihr bildet eine Menschenkette und reicht die Stühle weiter von Mann zu Mann, jeweils zwei Exemplare ineinandergesteckt, damit es schneller geht, bis jeder einzelne Stuhl an seine Position gebracht ist. Schneller! Schneller! Wir stehen unter großem Druck. Noch mehr Stühle! Holt noch mehr Stühle! Fünfundzwanzigtausend Sitze müssen montiert werden. Und dann noch einmal siebentausend. Jeder einzelne Sessel wird in eine Halterung gesteckt. Mit vier Schrauben ist der dann an der Tribüne zu befestigen, Herrschaften! Diese Schrauben müssen aber mit der Hand festgezogen werden. Dass schon nach wenigen Minuten die Arme von der monotonen Bewegung mit dem Schraubenschlüssel schmerzen, ist ganz normal. Wir werden bis zur letzten Minute vor der Eröffnung schrauben müssen, liebe Englein, und nach der Eröffnung werden wir weiterschrauben! Am besten schweigt ihr während der Arbeit! Das ist zu eurem eigenen Besten! Reden strengt bloß an und beeinträchtigt die Arbeitsleistung. Für die Botschaft sorge dann schon ich, wenn es so weit ist. Das ist meine heilige Pflicht! Ich hätte gar kein Recht, meine Botschaft zu verschweigen. Ich muss sie den Menschen mitteilen, sie warten darauf. Ich muss die Menschen zufriedenstellen! Das Universum! Endlich! Jetzt wird alles wieder gut! Holt noch mehr Stühle! Noch mehr Stühle!

Die Englein montierten die beiden Leichtmetalltore, die Eckfahnen, die Beschallungsanlage, die Videowand und das Flutlicht am Stadiondach, die Kioske und die mobilen Toiletten auf der Verteilerebene und die Drehkreuze an den Eingängen. Nach den Schraubenmännerenglein marschierten die Putzfrauenenglein auf, die fünfundzwanzigtausend Stühle mussten geschrubbt werden. Die Ehrengäste im VIP-Club würden auf feinen Kunstledersitzen Platz nehmen. Die Spielerbänke unten am Spielfeldrand waren dagegen spartanisch angelegt: Einfache Plastikstühle, keine Lederpolster. Übermorgen Eröffnung. Jetzt wird's spannend! Jetzt geht's los! Das Motto lautete »Willkommen Welt! Willkommen in Hintersiebenbergen!«

7
DAS FREUDENHAUS

Die Finsternis zog sich zurück. Es wurde Licht in der kleinen Stadt am Rande des Universums. Da stand das Monument meines Größenwahns, groß, prächtig, schicksalsträchtig. Ein Wunder aus Stahl und Beton. Das große Wunder einer kleinen Welt. Es würde sein, und ich würde nicht mehr sein. Wir würden nicht mehr sein: einer der Sätze, in denen ich noch *wir* sagen kann.

Ich machte mich schön. Ich zog mein weinrotes Samtsakko an, passend zu den Stühlen, zu dem Stuhl, auf dem ich sitzen würde. Eine blütenweiße Hose, ein rot-weiß gestreiftes Button-down-Hemd. Keine Krawatte natürlich, nur der Eröffnungsseidenschal der Stadt. Ich wollte aussehen wie ein kleiner Lord, ein Landedelmann, ein Dandy, wie ein Nobelgigolo von der Côte d'Azur, wie er die Promenade des Anglais entlangschlendert. Heute Abend: Galaabend! Faites vos jeux! Wird das tatsächlich heute Abend sein? Ja, heute Abend! Nach so vielen Jahren heute Abend! Noch nicht der Abend aller Abende, gewiss, aber immerhin der erste aller Abende. Alle waren vorsorglich eingeladen, alle Besitzer und alle Gelehrten.

Ich fuhr nicht mit dem Wagen zum Stadion: Das wäre ordinär gewesen; säkular; an diesem hohen Feiertag ausnahmsweise auch nicht mit dem Rad. Ich wollte pilgern und ich pilgerte. Ich wollte schreiten und ich schritt. Flankiert von zwei ebenfalls seidenbeschalten Gefährten schritt ich zum Stadion, wie der Bundespräsident bei der Bundespräsidentenwahl zur Stimmabgabe schreitet oder der Chefkönig zur Chefkönigskrönung. In der ganzen Stadt konnte man meine feierlichen Schreitschritte hallen hören.

»Na«, fragte ich meine Begleiter vor dem Koloss, »was sagt ihr: Wie habe ich das wieder hingekriegt?« »Großartig!«, sagte der rechte Gefährte. »Eindrucksvoll!«, sagte der linke, »echt eindrucksvoll!« Sie sahen, dass es gut war. Ich nickte. Mein Nicken weckte mich aus meinem Tagtraum. Ich hatte ja keine Gefährten, die mich begleiteten. Woher sollte ich Gefährten nehmen? Es waren nur Schaulustige da, viele, viele Schaulustige, keine Gläubigen. Ich war allein mit Ausnahme meiner Haushälterin, ihrem Lebensgefährten und ihrer Tochter. Mit Marions Lebensgefährten rede ich nur das Notwendigste. Er ist ein aufbrausender Kerl, der sich offen dazu bekennt, DASGESETZBINICH zu wählen. Auch im Stadion winkte er als Erstes dem DASGESETZBINICH zu.

Den ganzen Tag lang hatte es immer wieder leicht geregnet. Jetzt brachen die Strahlen der Abendsonne durch die dunkle Wolkendecke und verwandelten das gigantische Bauwerk in pures Gold. Meine Haushälterin fotografierte mich vor dem goldenen Stadion. Wir steckten unsere Eintrittskarten in die elektronische Schleuse. Wir passierten die Drehkreuze. Wir wurden perlustriert, denn man wollte sicherstellen, dass wir weder Terroristen noch Vandalen waren und keine Waffen mit uns führten. Wir führten keine Waffen mit uns, keine Sprengkörper, keine Gewehre, Pistolen, Schlagstöcke und auch keine Glasflaschen. Nur Fotoapparate. Ein neues Klickklickklickkapitel. Wir schritten die mächtigen Stiegen empor zur Verteilerebene und ließen uns vom Stadion verschlucken. Meine Haushälterin fotografierte mich im Stadioninneren auf der Verteilerplattform; die gigantische Menschenmasse auf der gigantischen Sitzplatztribüne im Hintergrund. Auch die Japaner fotografierten und fotografierten. Es blitzte und blitzte, und durch das Blitzgewitter wurde der goldene Gigant noch goldener. In einem Kiosk für Fanartikel auf der Verteilerplattform kaufte ich ein weißes Shirt, auf dessen Brustteil ein Bild der Arena gedruckt war. Darunter stand »Hintersiebenbergen Stadium«. Ich war jetzt ein kleiner Junge. Neben dem Fanartikelkiosk der Ausschank. Es gab aber keine Bratwurst, nur Wurstsemmeln.

Alle, alle waren gekommen. Alle, alle waren heute Abend da. Die Wächter! Die Bischöfe! Die Chemiker! Die Kupferstecher? Die Geiger? Die Abgeordneten? Die Präsidenten? Die Polizisten? Die Krämer? Die Gebäude? Die Federhalter? Die Chromosomen? Ja, ja. Auch die Briefträger, die Gastwirte und die Künstler. Alle, die etwas gelehrt sind und etwas Eigentum haben. Und die Bankiers? Sind auch geladen in die Rhinozerosbank Arena. Die Proletarier. Die Beamten. Die Militaristen. Die Revolutionäre. Ein Bau-Tycoon, ein Industrieller, ein Millionenshowmaster, ein Bajazzo, ein Kammersänger und die Vortragende der japanischen Hymne. Der Chefredakteur. Alle, die nie da gewesen waren, waren jetzt da. Der Projektkoordinator (mit Krawatte), der Organisationskomiteevorsitzende (mit Krawatte), der Bürgermeister (mit Krawatte), der Landeshauptmannstellvertreter (mit Krawatte), der Staatssekretär (mit Krawatte), der Bundeskanzler (mit Krawatte) und DASGESETZBINICH (mit Krawatte), der allen, allen sagte: »Sagt ab sofort doch einfach Chefkönig zu mir! Diese Versammlung ist sehr wichtig! Das Buffet ist eröffnet!« Es gab japanischen Krabbensalat mit Brunnenkresse, asiatisches Tatar vom Wildlachs, Hummerbrot und Keta-Kaviar, Sülzchen vom Spanferkel an Blattsalat und Wachteleiern und hallodrisches Backhuhn in Kürbiskernpanade.

Die Eröffnungszeremonie kurz und Schall und Rauch. Eine Traube Luftballons, ein bisschen Fahnenschwingen, ein bisschen Maskerade und Folklore, eine Handvoll Cheerleader mit langen Beinen und heißen Höschen, eine Blasmusikkapelle, die Grußworte der Obrigkeit, die Nationalhymnen, erledigt. Der großhallodrische Nationaltorhüter trug einen türkisen Tormannpullover, dessen lange Ärmel er bis zu den Ellbogen aufgerollt hatte. Bei den Japanern spielten der imposante Yoshikatsu Kawaguchi, der einzigartige Marcus Tulio Tanaka, der phänomenale Shunsuke Nakamura, der wunderbare Junichi Inamoto und der außergewöhnliche Yasushi Endo. Trotzdem war das Spiel sehr langweilig und es fielen keine Tore. Es war nun einmal ein Freundschaftsspiel, auch wenn man sich untereinander gar nicht kannte. Die Japaner kannten die Großhallodris nicht, die Großhallodris nicht die Japaner, aber Freunde waren sie trotzdem, weil es um nichts ging und weil man den Rasen schonen und weil man einander nicht wehtun wollte, was freilich noch nicht die eigentliche Botschaft war. Die eigentliche Botschaft sollte erst noch kommen. Freundschaft, das heißt nun einmal null zu null. Am Ende waren alle zufrieden, und als der Chefkönig gemeinsam mit den fünfundzwanzigtausend Besuchern das neue Stadion verließ, verwandelte er sich in ein Nashorn.

***

Weil die Landesbank immer schon Rhinozerosbank geheißen hatte, ließ das Landeshauptnashorn Riesenlettern an die Stadionfront anbringen, die den Schriftzug »Rhinozeros Group Arena« ergaben. So musste das Stadion ab sofort genannt werden. Als Erstes befolgten augenblicklich alle Journalisten die Anordnung, und nach den Journalisten alle Menschen. In der ganzen Stadt und im ganzen Land wurden an allen Straßenkreuzungen Wegweiser aufgestellt, die zur Rhinozeros Group Arena führen sollten.

Jede Woche konnte nicht das großhallodrische Nationalteam hier spielen, Ionesco, und das kleine Flittchen Hallodria Hintersiebenbergen mit all seinen Niemanden taugte nicht viel. Also sperrte das tollwütige Landeshauptnashorn Hallodria Hintersiebenbergen – meine gute, alte, echte Hallodria Hintersiebenbergen, das Schlusslicht der zweiten Liga, mein Luder, mein Lebensluder – mir nichts, dir nichts zu, radierte all die Samstagnachmittage meiner nicht zufriedenstellenden Kindheit und nicht zufriedenstellenden Jugend und meines inferioren Erwachsenenlebens aus, all die verregneten oder verschneiten oder hitzebrütenden Samstagnachmittage im alten Stadion voller Leid und Bratwürste, die ich meinem Luder Hallodria geopfert hatte, all die triumphalen Samstagnachmittage, die meine Pomeranze Hallodria mir spendiert hatte – außerdem all die gesammelten und aufgezeichneten historischen Hallodria-Dreiminuten-Fernsehbeiträge, die auf einem Dutzend Videokassetten zu Stunden und Aberstunden angewachsen waren – und kaufte sich mir nichts, dir nichts den erfolgreichen Verein einer fremden Stadt, siedelte ihn um, taufte ihn um und steckte ihn unter dem Pseudonym *Hallodria Rhinozeros Hallodrien* in die Rhinozeros Group Arena. Im Handumdrehen machte er mir breit grinsend all das kaputt, was mich Jahrzehnte zuvor gerettet hatte. Das Nashorn der Nashörner kaufte sich nicht nur alle Spieler. Er kaufte sich nicht nur den ganzen Verein en gros. Er kaufte sich auch den Startplatz des Vereins, die Berechtigung, in der höchsten Liga zu spielen.

Aber man kann nicht kaufen, was man sich verdienen muss. Man kann keine Fähigkeiten kaufen. Man kann kein Können kaufen. Man kann kein Wahrzeichen kaufen, zu welchem Preis auch immer. Ein Wahrzeichen muss wahr sein. Man kann den Eiffelturm nicht kaufen und nach Hintersiebenbergen transportieren und sagen: Der Eiffelturm ist das Wahrzeichen von Hintersiebenbergen.

»Ich kann!«, sagte das Landeshauptnashorn und kaufte den Eiffelturm und stellte ihn in Hintersiebenbergen auf.

»Wir haben eine Philosophie, ein unvertauschbares Wertesystem!«, sagte ich dem Chefkönig, das heißt: Ich schrieb es ihm in der Zeitung. »Jahrhunderte menschlicher Zivilisation haben dieses Wertesystem erbaut. Ich werde mich verteidigen. Ich bin der letzte Mensch … ich kapituliere nicht.«

Der Chefkönig schmunzelte: »Vielleicht ist es besser, ein Nashorn zu sein …« Zugehörigkeit kann man nicht kaufen. *Hallodria Rhinozeros Hallodrien:* Das war kein Flittchen. Das war kein Luder, das mich umschmiegen oder hörnen, glücklich oder unglücklich machen konnte. Das war eine Prostituierte im Sperrbezirk. Das war eine Fremde. Eine Fremde kann einen nicht hörnen. Ich empfand nichts für sie. Ich war kein Freier: Ich war kein leeres Wesen mit einem vollen Sack. Das Stadion selbst war jetzt eine Verrichtungsbox. Die Verrichtungsbox des Chefkönigs.

Käuflichkeit ist Verbrechen. Es ist ein Verbrechen zu kaufen, was man nicht kaufen kann. Es ist böse.

»Der Humanismus ist veraltet!«, antwortete der Chefkönig. »Sie sind ein alter lächerlicher Schwärmer. Sie reden Unsinn. Man muss mit der Zeit gehen!« Das waren seine letzten menschlichen Worte.

»Man wird immer missverstanden, Fraundorfer! Meistens vorsätzlich bösartig missverstanden: Entweder gar nicht beachtet – oder beachtet und missverstanden und entsorgt. Sobald ich beachtet wurde, hängte man mir den Mantel des Absurden um: Den habe ich dann mein ganzes Leben getragen, bei jedem Wetter. Absurd! Absurd! Absurd! Großartig! Bravo! Knapp am Kabarett vorbeigeschrammt, an der Burleske, an der Groteske, am Klamauk, am Karneval. (Ein kleiner Witzbold!) Bravo! Bravo! Man war überall so froh, dass ich absurd und nicht politisch war, lustig, nicht ernst, nicht ganz lustig, aber auch nicht ganz ernst, wunderbar verrückt eben, so verrückt wie Künstler und

Kunst nun einmal sind! Das war chic! Ich bin aber ein vernünftiger Mensch, Fraundorfer, wie Sie ein vernünftiger Mensch sind, ein klarer Denker, kein konfuser. Das widerspricht dem Klischee des Künstlers, der verrückt, verstockt und irrational zu sein hat. Den Kunstexperten ist der vernünftige Künstler ein Ungeheuer. Da ich also ein vernünftiger Mensch bin, war, was ich geschrieben hatte, logisch. Manchmal bekam ich beim Schreiben Anfälle von Irrationalität, die die Logik attackierten und zerstörten. Diesen Mechanismus hat man dann dankbar absurdes Theater genannt und mich dadurch ruhig- und kaltgestellt.

Aber nicht alles, was man nicht versteht, was einem nicht passt, was man nicht einsehen will, ist irrational. Nicht alles, was irrational ist, ist absurd. Wenn in einer Stadt plötzlich ein Nashorn auftaucht, das durch die Straßen rennt, und wenn dann noch ein Nashorn auftaucht, und dann noch eins und dann noch zwei, wenn es in der Stadt immer weniger Menschen und immer mehr Nashörner gibt, die wie von einer großen Kraft getrieben unaufhaltsam alle in dieselbe Richtung galoppieren, unbekümmert von den Zerstörungen und Verwüstungen, die sie anrichten, dann ist das nicht absurd, sondern politisch. Es ist, als würde in dieser Stadt plötzlich einer erblinden. Und dann gleich noch einer. Und noch zwei. Und immer mehr. Und in der kürzesten Zeit gibt es nur noch Blinde in der Stadt. Wie Blinde Blinde nicht als Blinde identifizieren können, so können verwandelte Nashörner verwandelte Nashörner nicht als verwandelte Nashörner identifizieren: Deswegen glauben die Nashörner nicht, Nashörner zu sein. Das heißt, Fraundorfer, es ist absurd, aber es ist politisch. Nur eben nicht ideologisch. Politisch. Hochpolitisch. Sozusagen absurd politisch. Ideologe sein, heißt Verbrecher sein, Fraundorfer. Verbrecher großen Stils.

Man sollte meinen, es gebe zweierlei menschliche Rassen,

Fraundorfer: den Menschen und den neuen Menschen. Ich bin kein neuer Mensch. Ich bin ein Mensch. Stellen Sie sich vor, Sie bemerken eines schönen Morgens, dass die Nashörner die Macht ergriffen haben. Sie haben die Moral eines Nashorns, die Philosophie eines Nashorns, es ist eine Nashornwelt. Der neue Herr der Stadt ist ein Nashorn. Er gebraucht dieselben Worte wie Sie, und doch ist es nicht dieselbe Sprache. Für ihn haben die Worte einen anderen Sinn.«

»Das ist passiert! Das ist wirklich passiert!«

»Die Polizisten sind Nashörner. Die Gerichtspersonen sind Nashörner. Die Nashörner arbeiten als Nashornerfüllungsgehilfen. Du bist der einzige Mensch unter Nashörnern. Die Nashörner fragen sich, wie die Welt von Menschen regiert werden konnte. Man hat den Eindruck, es sei Sünde, kein Nashorn zu sein. Aber die Nashörner bekämpfen sich untereinander. Hunderttausende von Nashörnern kommen aus dem Norden, dem Osten, dem Westen. Alle Armeen sind Armeen von Nashörnern. Alle Soldaten der gerechten Sache sind Nashörner. Alle heiligen Kriege sind Nashornkriege. Die Justiz ist eine Nashornjustiz. Die Revolutionen sind Nashornrevolutionen. Manche können die Verwandlung sehen, manche nicht. Die wenigsten spüren die Verwandlung.

Wissen Sie, was die Presse gemacht hat, Fraundorfer? Sie hat mich in den Zoo geschleppt. Man hat mich zum Zaun des Nashorngeheges gestellt und das Nashorn hergepfiffen. Man hat gesagt, ich solle lächeln. Bitte recht freundlich. Dann hat man Fotos von mir und dem Nashorn gemacht.

Verstehen Sie, es war aussichtslos. Absolut aussichtslos. In einer Nashornwelt kann man nicht schreiben. Man kann nicht für Nashörner schreiben. Die Wahrheit ist dem Nashorn unzumutbar. Und alles andere auch.«

Es ließ sich nun beobachten, wie sich Tag für Tag immer mehr

Bürger Hintersiebenbergens in Nashörner verwandelten. Ich sah Leute sich wandeln. Ich habe den Prozess der Wandlungen festgestellt, verfolgt, ich sah Brüder, Freunde allmählich Fremde werden. Ich fühlte, wie eine neue Seele in ihnen keimte, wie eine neue Persönlichkeit an die Stelle ihrer Persönlichkeit trat. Je höher ihr gesellschaftlicher Rang war, desto eiliger verwandelten sie sich. Als das Landeshauptnashorn aus seinem Haus trat, traf es seinen Nachbarn Renato Spardelotto-Schleck, der im Auftrag seiner Frau gerade den Hausmüll zur Mistinsel brachte und sich sofort in ein Nashorn verwandelte, sodass der Chefkönig seinem Nachbarn verkünden konnte: »Du bist mein Chefpräsident, auf dir will ich meine Hallodria Rhinozeros Hallodrien bauen! Geld wird keine Rolle spielen und eines Tages werde ich dich dafür zum Bürgermeisterkandidaten machen.«

Der Spekulant Renato Spardelotto-Schleck hatte schon zuvor und öfters Hausmüll zur Gemeinschaftsmistinsel gebracht und schon öfters den Chefkönig dort getroffen. Beim ersten Mal machte der Chefkönig ihn zum Vizebürgermeister mit der Mission, dem Bürgermeister das Leben zu erschweren.

Der Bürgermeister hatte im Gegenzug die Koalition aufgekündigt und dem Vizebürgermeister den Vizebürgermeistertitel und alle Referate entzogen – mit Ausnahme der Kultur. Da wurde der auf der Kultur sitzen gebliebene Kulturstadtrat so depressiv, dass er sein Gehalt verspendete und wenig später zurücktrat. Kultur war ihm zu langweilig. Er war schließlich auch vor seiner Ära als Kulturstadtrat nie in einer Galerie, nie im Theater, nie bei einer Lesung gewesen. Er würde nach seiner Ära als Kulturstadtrat nie wieder in eine Galerie, in ein Theater, zu einer Lesung gehen. Er war Manager, und was ein Manager managte, war egal: Der Manager musste und sollte beim Management vom Gemanagten keine Ahnung haben. Und jetzt also Chefpräsident in der Fertigfußballfirma des Chefkönigs, in der Falschheit Gebot war. Beim ersten Fototermin für die Zeitung jonglierten der Fertigfußballfirmenchefkönig und der Fertigfußballfirmenchefpräsident von Hallodria Rhinozeros den Fußball mit der Hand.

Irgendjemand flüsterte dem nagelneuen Traditionsvereinspräsidenten ins Ohr, dass ein Traditionsverein auch eine Traditionsvereinsfarbe braucht.

Aha. Gut. Und welche nehmen wir?

Eine Hallodria gibt es auch in anderen Städten, in der Hauptstadt beispielsweise oder in der Festspielstadt. Und überall ist die Farbe der Hallodria traditionell violett.

Von mir aus: Violett.

Aber die Herstellerfirma sagt: Violett ist selten. Das dauert drei Monate. So lange existiert vielleicht der ganze Traditionsverein nicht. Die Meisterschaft beginnt in vierzehn Tagen.

Violett nicht. Egal. Was dann?

Am einfachsten wäre schwarz-weiß. Das geht schnell unter dem Gesichtspunkt der Produktion. Aber die Farben hat schon jeder: im Inland und im Ausland auch. Juventus. Valencia. Trondheim. Udinese. Deutschland.

Passt. Nehmen wir. Jetzt haben wir ein Stadion. Wir haben einen eingekauften Verein. Einen eingekauften Präsidenten. Eine eingekaufte Zeitung. Einen eingekauften Sponsor. Einen eingekauften Trainer. Eine eingekaufte Mannschaft. Einen eingekauften Startplatz. Einen Namen und Vereinsfarben. Was wir jetzt noch brauchen, das ist: Publikum! Menschen. Mitläufer. Mitnashörner. Beweispublikum. Zeugen. Zufriedenstellende. Das Publikum muss nicht unbedingt etwas von Fußball verstehen. Es muss sich auch nicht unbedingt für Fußball interessieren. Es muss nur kommen. Und das machen wir so: Frauen und Kinder haben freien Eintritt. Die restlichen Freikarten verteilen Parteiunternashörner bei Zeltfesten, Brauchtumsveranstaltungen, Platzkonzerten, in Einkaufsparadiesen am Samstagvormittag. Außerdem gibt es massenhaft Freikarten in allen Partei-Bezirksorganisationen im ganzen Land, die auch den Bustransfer zum Stadion organisieren. Die An- und Rückfahrt im Bus kann der eifrige Funktionär dazu nützen, vom Beifahrersitz aus mit dem Mikrofon in der Hand den Chefkönig zu preisen. Denn erst der Chefkönig hat dieses Märchen möglich gemacht.

Als zusätzliche Maßnahme schaltete der Chefpräsident im Auftrag des Chefkönigs nach Rücksprache mit dem Chefredakteur mit Landesgeld oder Geld aus der Rhinozeros Group vor jedem Heimspiel ganzseitige Inserate in der Zeitung, die dafür den Gesäßsponsor machte und in einem Aufwaschen auch noch positiv und affirmativ von den Spektakeln berichtete.

Als Erstes gab der Chefredakteur in seiner Sportredaktion ein großes Interview mit dem nagelneuen Traditionsvereinspräsidenten in Auftrag.

»Ich verstehe es als meine Hauptmission, den Fußball gesellschaftspolitisch zu verankern«, diktierte der Chefpräsident dem Sportredakteur in den Schreibblock.

»Sind Sie inzwischen Fußballfan geworden?«, fragte der Redakteur den Chefpräsidenten.

»Nein«, antwortete der Fußballchefpräsident, »das war ich nie.«

»Funktioniert das?«

»Ich weiß nicht«, sagte der Chefpräsident, »aber warum nicht? Ich stelle mir vor, in der übernächsten Saison international mitzuspielen. Und warum sollen wir in den nächsten fünf Jahren nicht Meister werden?«

Moment! Etwas fehlt noch! Aber was? Genau: der Verstand. Warum Verstand? Vorstand, pardon. Ein Versprecher. Der

Vorstand! Damit das Hochstaplerstück wie ein Verein aussieht, muss es ja so etwas haben, das wie ein Vorstand aussieht. Und da nehmen wir Parteigänger und Günstlinge. Der Chefkönig selbst zieht sich gleich nach der Gründung bescheiden wieder zurück und überlässt seinen Platz seiner Frau, der Chefkönigin: Die versteht genauso viel vom Fußball wie er selbst. Also ideale Voraussetzungen! Damit er nicht gar so fehlt, tritt der Chefkönig aber vor dem Spiel mit einem Trachtenverein auf und in der Pause mit der Blasmusik. So. Das Verbrechen ist auf Schiene. Fahr los! Wir haben die Leute hier im Griff. Und wenn sie nicht spuren, wird aus dem Griff ein Würgegriff. Das ist hier immer so gewesen. Den Leuten hier kann man alles verkaufen, dachte der Chefkönig. Wer sich betrügen lassen will, den betrügt man gerne.

Ein Leser fragte die Redaktion der Zeitung in einem Leserbrief, ob ihr nicht der Mund offen stehe, was der Chefkönig mit *Hallodria Rhinozeros Hallodrien* geschaffen habe. Und der Chefredakteur persönlich antwortete dem Leserbriefschreiber in seiner wöchentlichen Chefredakteursrubrik, wie anerkennenswert der Coup des Chefkönigs sei, den Eiffelturm zu kaufen und zum Wahrzeichen Hintersiebenbergens, ja ganz Hallodriens zu machen. »Sehr gut verhandelt«, lobte der Chefredakteur, »ein sehr gut verhandelter Aufstieg! Wir haben die Bestrebungen des Chefkönigs, den Eiffelturm zu kaufen und in Hintersiebenbergen aufzustellen, von Anfang an unterstützt und positiv bewertet«, schrieb der Chefredakteur. Übrigens habe auch der Chefverhandler, der Chefpräsident des Chefkönigs Renato Spardelotto-Schleck, bei der Verhandlung bezüglich Kauf und Übersiedlung des Eiffelturms beste Figur gemacht, schrieb der Chefredakteur.

Der Chef der Sportredaktion der Boulevardzeitung hatte das neue Stadion als »Freudenhaus« bezeichnet. Er hat das natürlich nicht so gemeint, aber ganz recht damit gehabt. Kaum war mein Traumschloss Wirklichkeit geworden, war mein Himmelsschloss ein Freudenhaus geworden. Ich überlegte mir eine Zeit lang, einen Essayband aus kapitalistischen Zeiten zu schreiben und dieses Buch »Käufliche Liebe« zu nennen. Darin sollten alle möglichen Menschen und Personen aus allen möglichen Branchen und gesellschaftlichen Bereichen auftreten, nur keine nackten Mädchen in Etablissements. Elf Huren müsst ihr sein. Elftausend. Zweiunddreißigtausend. Sieben Millionen. Sieben Milliarden.

Die nächste Zeitungsmeldung, die mich von Hallodria Rhinozeros interessieren würde, wäre die über die Selbstauflösung der Fertigfußballfirma, schrieb ich in der Zeitung. Freude hatte die Zeitung mit solchen Sätzen keine. Ich war hier der Nichtzufriedenstellende, der einzige Nichtzufriedenstellende weit und breit. Ich war jetzt kein kleiner Junge mehr. Ich war jetzt Moses. Ich war Unamuno. Ich war im Exil. Ich betrat mein gelobtes Stadion nicht. Irgendwann würde wohl der Tag kommen, an dem niemand etwas gewusst und niemand etwas gesehen haben wollen wird und an dem auch die Verantwortlichen nur das Beste für das Land gewollt haben werden. Und weil sie ja am Fußball der Fußball am allerwenigsten interessiert hatte, würden sie auch kein Schuldbewusstsein und schon gar kein schlechtes Gewissen haben, dass sie den Fußball für ihren Eigennutzen kaputt gemacht hatten. Dass sie mich noch ein zweites Mal in meinem Leben ausgeschlossen, exkommuniziert, verbannt, ins Exil getrieben haben würden. Dass sie mich und meine Gedanken, Worte, Werke noch einmal als nicht zufriedenstellend gebrandmarkt haben würden. *I will always walk alone.*

Zum ersten Auftritt des Fußballverbrechens waren über zweiundzwanzigtausend Menschen, Nashörner, Schafsnashörner, Nashornschafe ins Stadion geschleust worden – so viele wie niemals zuvor in der Geschichte Hallodriens zu einem Fußballligaspiel (ich war nicht dabei). Beim nächsten Spiel waren es zehntausend (ich nicht), dann sechstausend (ich nicht), fünftausend (ich nicht) und so immer weniger. Eintritt bezahlt hat hier kaum jemand. Obrigkeitsgehorsame Journalisten konnten die Zuschauerzahl schätzen, nach oben runden und aus dreitausend viertausend und aus fünftausend sechstausend machen. Aber im Fernsehen sah man dann doch nichts als leere Plätze.

Das Problem an den Fans war, dass sie keine Fachfans waren. Die Nashörner waren keine Fachnashörner. Sie jubelten, aber sie wussten nicht wann und warum. Das Problem war eher, dass auch der freie Masseneintritt seine Anziehungskraft verliert, wenn ein Verein keinen Sinn und keine Geschichte hat und keine Familie und nicht einmal eine Generation einer Familie ist, sondern eine Zirkusvorstellung einer unbekannten Artistentruppe auf Durchreise von irgendwoher nach nirgendwohin. Ohne Geschichte hat kein Leiden einen Halt – und auch keine Freude. Das Problem war, dass man sich im Nachhinein zur Gegenwart keine Geschichte dazuerfinden und nachkaufen kann. Das Problem war, dass es im Herbst kühler und dunkler wird und Fröste kommen und niemand weiß, warum und wofür er friert. Überdacht sind die Tribünen jetzt alle, nur beheizt sind sie nicht. Beheizt ist nur der VIP-Club, wo die, die mit Fußball nichts zu tun haben, am liebsten sitzen, weil man hier hinter den Glasfronten am besten nicht zuschauen kann, obwohl man da ist, und wo man vor und während und nach einem langweiligen Spiel am besten essen und trinken und schwätzen und sich fotografieren lassen und eventuell Geschäfte machen kann.

Das Problem wird sein, dass – falls es überhaupt einmal zu einer Geschichte kommt – diese Geschichte auf einem bloßen Gaunerstück basiert.

Die Winterpause hatte begonnen, und Hallodria Rhinozeros, das goldene Kalb, der Verein mit der teuersten Mannschaft und dem teuersten Trainer und dem teuersten Sportdirektor, war Tabellenletzter. Freilich war das egal. Man brauchte nicht auf antiquierte Ideen wie Gerechtigkeit zu hoffen oder darauf, dass das Gute und Wahre sich durchsetzen und das Schlechte und Falsche unterliegen könnte. Wie sollte ein nie aufgestiegener Verein absteigen? Solange Geld oder Gesetz für ihn keine Rolle spielten, würde er immer eine Rolle spielen.

Dieses eingeschmuggelte und geschwindelte WIR, in dem niemand von uns ist: Sinnbild der Verlogenheit und Falschheit, der schändlichen Geldmacht und Geldbrutalität, Sinnbild der Entwertung der Welt durch völlige Käuflichkeit, Musterbeispiel der Niedertracht, Sinnbild der Charakterlosigkeit der Mächtigen im Land.

In der einen oder anderen Weise vom politischen Establishment nicht unabhängig haben die Medien dieses unermesslich reiche Unternehmen die ganze Herbstsaison lang wie den normalsten Fußballverein der Welt beschrieben mit der Einschränkung, dass sie dieses unermesslich reiche Unternehmen auf seinem Gang vom Nichts zum Schlusslicht ungewöhnlich mild und schonungsvoll behandelt haben.

»Eine Stunde lang die tonangebende Mannschaft – dann unglücklich verloren. Trotz eines Lattenschusses verloren. Dreißig Minuten, auf denen man aufbauen kann – dann vier zu null. Alles hat diesmal gepasst: Nur kann man nicht gewinnen, wenn man vorne keine Tore macht, sondern hinten welche bekommt. Fünfzehn großartige Minuten, die berechtigte Hoffnungen wecken – dann leider null zu zwei.«

Und so fort. Erst nach und nach bemerkten die Journalisten, dass man auch in einer solchen Kunststofffirma einen Spieler kritisieren und über einen Trainer diskutieren könnte, nur eben so moderat, dass nicht gleich die Existenz der ganzen Fertigfußballfirma zu wackeln beginnt.

Winterpause. Tabellenende. Trainerentlassung. Ein neuer Trainer kommt, wieder ein fahrender Schüler ins Paradies. Qualifiziert ist er hauptsächlich dadurch, dass die einfachen Leute ihn für sympathisch halten. Ahnungslose werden ausgenommen. Das ist immer so gewesen. Paris ist nie das Paradies gewesen.

Doch da fährt schon wieder ein Hammer nieder: Die Chefkönigin tritt aus dem Vorstand des Traditionsvereins zurück! Nein! Um Himmels willen! Nein! Nach einem ganzen halben Jahr der ununterbrochenen Mitgliedschaft! Von der legendären Gründung weg hat diese Fußballlöwin das Traditionsunternehmen ein ganzes halbes Jahr lang bis jetzt durch alle Höhen und Tiefen begleitet – na ja: Höhen hatte es ja keine gegeben. Aber durch alle Tiefen hat sie ihn begleitet, dann ist sie gegangen. Was soll jetzt werden? Wer wird jetzt im Stadion Rosen verteilen? Die Chefkönigin hat sich ja schon deshalb unermessliche Verdienste erworben, weil sie an die Gratisbesucher Gratisrosen verteilt hat. Wer wird sich jetzt durch die Stuhlreihen zwängen und den Frauen die Abseitsregel erklären, die man selbst nicht ganz verstanden hat?

Der Witz des Tages war: Zwei Politiker, der Chefkönig und der Bürgermeister, gaben gemeinsam eine Pressekonferenz und erklärten, sie wollen Hallodria Rhinozeros entpolitisieren. Die Journalisten schrieben, was ihnen diktiert wurde. Unterdessen war das Unternehmen auf undurchsichtige Weise in Geldnot geraten. Der Chefpräsident hatte sich scheinbar völlig verkalkuliert, und schon drohte der »Präsident« für den Fall, dass er keine zusätzlichen öffentlichen Gelder, zusätzliche Millionen aus dem sogenannten Zukunftsfonds des Landes bekäme, damit, Hallodria Rhinozeros mitsamt der Lizenz noch während der Saison an den Bestbieter zu verkaufen. Nach einem halben Jahr! Was für eine Bindung der Präsident zu seinem Verein haben muss! Aber wer Augen zu sehen hat, dem muss das klar gewesen sein.

»Gehen wir, Ionesco! Gehen wir in die Stadt. Ich möchte Ihnen einen anderen Schauplatz zeigen.«

»Ja, ich erinnere mich, genau hier in dieser engen Gasse hat sich die Galerie befunden, in der ich damals ausgestellt habe, da drüben, wo jetzt der Italiener ist. St. Gallen nicht gerade, aber Hintersiebenbergen war besser als nichts, habe ich gedacht. Eine kleine Galerie. Ich habe Provinzstädtchen gern. Es war ein Sommertag. Ich ging gegen Mittag in diesem Provinzstädtchen spazieren, unter einem tiefen und dichten Himmel, in der Sonne. Mir fiel auf, Fraundorfer, dass hier überhaupt nichts los war. Kein Mensch auf der Straße!«

»Ja, Monsieur Ionesco, hier ist überhaupt nichts los. Überhaupt nichts. Kein Mensch ist nach Geschäftsschluss auf der Straße, ich weiß …«

»Aber das ist ja gut, dass hier nichts los ist. Großartig ist das! Nur Fassaden! Geheimnisvolle Kulissen. In Paris ist immer etwas los, alle sind immer außer sich. Man hat gar keine Ruhe beim Taubenfüttern und Boulespielen unter den Platanen! In Paris wird es immer lauter! In Montparnasse vor allem! Die vielen Touristen! Ins Coupole hat man am Ende nicht mehr gehen können, ins Select nicht, ins Rotonde auch nicht mehr. Man konnte überhaupt nirgends mehr hingehen!

In Ihrer kleinen Stadt habe ich damals plötzlich ein gleißendes Licht gesehen. Gott! Eine Gegenwart! Ausgerechnet in Ihrer Stadt, das habe ich bis heute nicht vergessen! Ich schlenderte an den niedrigen, ganz weißen Häusern Ihrer kleinen

Stadt entlang. Was dann geschah, war gänzlich unerwartet, Fraundorfer. Eine urplötzliche Verwandlung der Stadt. Alles wurde gleichzeitig zutiefst wirklich und unwirklich. Genau das war es, Fraundorfer: Unwirklichkeit mit der Wirklichkeit vermengt, beide eng, unauflöslich verquickt. Die Häuser wurden noch weißer und sehr sauber. Etwas ganz Neues, Jungfräuliches kam in dieses Licht, die Welt erschien mir wie unbekannt und doch seit Ewigkeiten bekannt. Eine Welt, die das Licht auflöste und wieder neu schuf. Überschäumende Freude stieg in mir auf, heiß und leuchtend auch sie, es war da eine absolute Gegenwart.«

»Dabei sind die Hallodris ein wildes Volk mit einer wilden Vergangenheit, Ionesco! Zuerst ein wildes Bergvolk. Später ein wildes Beamtenvolk, ein wildes Arbeitslosenvolk, ein wildes Arbeitslosenumschulungsvolk. Arbeitslose werden zu Arbeitslosen umgeschult … eine der härtesten Strafen Gottes ist Industrie … diese Stadt strafte Gott nicht mit Industrie. Diese Stadt hänselte Gott mit Industrielosigkeit … ein hänselnder Gott: So etwas hat die Welt noch nicht gesehen!

Es ist auch heute nichts los. Alles fest. Nichts los.«

»Doch! Es war etwas los damals in diesem Städtchen. Jetzt erinnere ich mich: Man bereitete sich auf ein Erdbeben vor. Oder es schneite. Man erwartete ein Fest. Man beschloss, sich nicht mehr zu rühren. Ich dachte: Nur nicht versinken! Vielleicht kann ich entkommen. Vielleicht wird dieser Morgen ewig dauern.«

»Das habe ich schon erlebt, Ionesco, das alles habe ich schon empfunden. Aber wann bloß? Ein Déjà-vu. Es muss lange her sein. Vielleicht ein Traum? Es ist mir, als wären Ihre Worte meine Worte … woher kommen die Worte? Die Bilder? Wann habe ich das erlebt?«

»Vielleicht sind über mein warm geheiztes Hotelzimmer und

die schneebedeckte Straße Jahrhunderte hingegangen, und Jahrhunderte gehen noch darüber hin. Vielleicht leben die Menschen in einer anderen Zivilisation, während wir stehen bleiben jenseits der Dauer, frei schwebend über dem Ablauf der Zeiten. Ich schaute aus meinem Hotelzimmerfenster ... Die Ausstellung damals in Zusammenhang mit der Aufführung von »Die Stühle«. Aber das Schreiben hatte ich zu dem Zeitpunkt bereits aufgegeben. Es ekelte mich. Daran hat sich nichts geändert! Es ekelte mich vor dem Schreiben, vor der Sprache, vor dem Sprechen, vor dem Sprechen über das Sprechen und die Sprache, die modrigen Pilze im Mund, Sie verstehen, Fraundorfer. Dieser Ekel vor dem Geschwätz! Die Mauern stürzten ein. Die Namen der Dinge trennten sich von den Dingen. Mein Gott, »Die Stühle« waren immerhin schon ein Vierteljahrhundert alt, als man das Stück schließlich in Ihrer kleinen Stadt auch noch aufführte. »Die Stühle« sind älter als Sie, Fraundorfer! Ich habe dreißig Jahre Theaterstücke geschrieben. Sinnlos. Es redete und redete und redete. Zuletzt ekelten mich die Wörter an. Am Ende habe ich zu malen begonnen, denn Malen ist eine gute Therapie. Meine Kinderbilder herausgelassen. Mein Lieblingsthema waren Kreuzigungen. Ich habe eine ganze Gruppe auf einer Leiter aufs Kreuz steigen lassen. Es wird ja nicht einer gekreuzigt! Alle werden gekreuzigt! Alle! Alle! Alle sterben am Kreuz.«

8
DAS FEST

Je näher die Europameisterschaft rückte, desto verzweifelter versuchten die Mächtigen, industriell Begeisterung im Volk zu entfachen. Aber es wollte und wollte einfach keine verordnete Begeisterung aufkommen. Ich war hier der einzige Begeisterte, aber im Exil: Ich betrat das Stadion nicht. Das Freudenhaus. Niemals. Ausgerechnet der einzige freiwillig Begeisterte betrat als Einziger das Stadion nicht, den Ort der Emotionen.

In seiner Verzweiflung lud mich der Bürgermeister nun auch noch ein, in seiner Stadtzeitung eine Kolumne zur bevorstehenden Europameisterschaft zu schreiben. Mir schien, dass er selbst überrascht war, dass ich sein Angebot annahm. Mit dem Bürgermeister ließ ich mich ein, mit dem Chefkönig nicht. Insgesamt schrieb ich für drei oder vier Zeitungen solche Kolumnen, hier in Hintersiebenbergen und in der Hauptstadt, und in allen diesen Zeitungen, deren Chefredaktionen Hallodria Rhinozeros ein langes Leben wünschten, wünschte ich, anstatt Europameisterschaftsbegeisterung zu entfachen, der Fußballfälschungsfirma des Landeshauptnashorns den sofortigen Tod. Ich war, das muss man sagen, nicht zufriedenstellend. Man konnte mich jetzt aber nicht gut wieder ausladen. Ignorieren konnte man mich natürlich. Wegschweigen.

Man bestellte alle möglichen Prominenten und Viertelprominenten zu hoch bezahlten »Botschaftern der Leidenschaft«, ein Tanzsternchen, den Millionenshowmoderator, einen Tanzkoloss, eine Operettendiva, die pensionierte Aldonza the Whore, alle zusammen völlig fußballfremde Figuren und dazu noch den Wanst von Leverkusen, dem man einen Vorhang in Landestracht angeschneidert hatte: Aber es entstand keine Leidenschaft. Die Zeitungsjournalisten befragten die Euphoriebeamten, wann denn die Euphorie kommen würde, und die mit einem Euphoriezuschlag versehenen Euphoriebeamten versicherten, die Euphorie würde schon noch kommen, man sei mit der Euphorieerrichtung genau im Zeitplan.

Der letzte Winter vor der Europameisterschaft zog ins Land. Was würde jetzt geschehen? Jetzt würde es spannend werden! Man druckte einen Stadionadventkalender. Konditoren buken Marzipanstadien, Schokolademanufakturen erzeugten Stadionschokolade und Schokoladestadien. Es gab einen Stadionfotowettbewerb, eine Fernsehquizsendung, in der Bürger aller Europameisterschaftsstädte gegeneinander antraten. Trotzdem kam keine Begeisterung auf, keine hoffnungsfrohe Erwartung, keine Gläubigkeit. Die Delegation Hintersiebenbergens wurde in der Quizsendung übrigens Letzter. Knapp vor Weihnachten wurden die Nationen ausgelost, die in Hintersiebenbergen gegeneinander spielen würden: die Kroaten, die Polen, die Deutschen. Trommelwirbel: die fürchterlichen Kroaten! Trommelwirbel: die unberechenbaren Polen! Trommelwirbel: die überragenden Deutschen! Es hieß: das große Los! Das ganz große Los! Vor allem wirtschaftlich! Vor allem touristisch! Hunderttausende würden kommen! Das Land würde reich werden! Hallodrien würde im Geld versinken! Aber auch bei den Deutschen kam keine rechte Begeisterung auf. In Deutschland hielt man das Stadion für viel zu klein für Deutschland. In der deutschen Boulevardzeitung Nummer eins war von einem Darmwind die Rede.

»Wissen Sie, Fraundorfer, ich habe gegen Regisseure deutscher Aufführungen, die nicht sehr viele Stühle auf die Bühne stellen wollten, sondern eben nur so viele, wie ›Gäste‹ genannt sind, oft polemisiert. Das war dumm. Die ›prolifération‹, die maßlose Vervielfachung der Stühle, war für mich so wichtig, dass ich oft behauptet habe, nicht die beiden Alten, sondern die Stühle seien Mittelpunkt des Stückes.«

Im Stadtzentrum von Hintersiebenbergen wurde eine große Uhr aufgestellt, die vom Neujahrstag an die Tage und Stunden bis zum Beginn der Europameisterschaft herunterzählte. In allen Städten der Europameisterschaft standen solche Uhren. Ich habe sie alle gesehen. Ich war in alle diese Städte eingeladen worden, Reportagen, Geschichten, Städteporträts zu schreiben. Wie Rosegger Christtagsfreude sollte ich Europameisterschaftseuphorie holen – oder bringen, ich weiß nicht. Nie zuvor war ich in so kurzer Zeit so oft im Flugzeug gesessen. Nach dem Start sah ich den silbernen Ring im kleiner und kleiner werdenden Berlin, das war das Olympiastadion. Eineinhalb Stunden später sah ich im Landeanflug den silbernen Ring im größer und größer werdenden Hintersiebenbergen, das war mein Stadion. Am Züricher Flughafen Kloten, wo es vor Menschen wuselte, stand neben einem Käfig mit einer Torschusswand für Kinder ein Fernseherausdemfensterwerfkäfig, wo man schon einmal seine grenzenlose Enttäuschung nach Gegentreffern oder Niederlagen einstudieren und beim Fernseherweitwerfwettbewerb Eintrittskarten gewinnen konnte. Das Flughafengebäude war überfüllt, der Fernseherausdemfensterwerfstand aber völlig leer. Es wollte einfach keine Stimmung aufkommen.

Hintersiebenbergen wurde beflaggt. Der Chefkönig (einen Fußball in der Hand) und der Bürgermeister (einen Fußball in der Hand) ließen sich mit einem Reggaesänger mit Rastazöpfen unter dem Tirolerhut fotografieren, der einen Europameisterschaftsreggae sang. Trotzdem: keine Begeisterung.

Ein Freudenhaus ohne Freier: die Apokalypse! Immer neue Anfragen kamen, immer neue Begeisterungsmissionsaufträge. Der Exkommunizierte als Missionar! Ein Europameisterschaftsessay für das Programmheft des Stadttheaters von

Hintersiebenbergen, einer für Roseggers Waldheimat, eine Europameisterschaftslesung am Ufer der Spree, eine für ein Consultingunternehmen vis-à-vis von Beethovens Grinzinger Domizil, eine in der protestantischen Kirche, eine vor dem Reichstagsgebäude in Nürnberg, eine in der Andrássy út, eine im Boot vor der Kulisse des Rheinfalls bei Schaffhausen, die Moderation eines Fernsehstadtporträts für den Bayerischen Rundfunk. Hintersiebenbergen bleibt Hintersiebenbergen wie es singt und lacht. Ich verdiente plötzlich so viel Geld, dass ich so hohe Steuern und so hohe Steuerberaterhonorare zahlen musste, dass ich nicht mehr verdiente als sonst. Trotzdem hatte ich nicht das Gefühl, dass ich etwas für die Allgemeinheit tat, denn die Allgemeinheit wollte von all dem nichts wissen.

Die Bayern hatten eine Drehgenehmigung in der Rhinozeros Arena bekommen, und weil sie wochentags menschenleer war und kein Falschfußballspiel stattfand, betrat ich sie. Der Kameramann und die beiden Redakteure hatten sich auf der Westtribüne positioniert. Mich schickten sie auf die Osttribüne, wo ich mich mitten in die Stuhlwüste setzte und ins Nichts schaute. So filmten sie mich, und später legten sie eine Frauenstimme aus dem Off über das Bild, die sagte, ich hätte mir dieses Stadion viele Jahre lang buchstäblich herbeigeschrieben. Während die Kamera lief, was mir der Kameramann durch ein Handzeichen aus weiter Ferne signalisierte, dachte ich: Wenn ich einmal sterbe, soll dieses Bild von mir bleiben. Ich und die Stühle. Ich und die Wüste. Ich und die Leere. Genau dieses Bild. Das offizielle Bild zum Nekrolog.

Kaum waren die Nationalmannschaften ausgelost worden, die nach Hintersiebenbergen kommen würden, warnten die Zeitungen auch schon ganz aufgeregt vor deren gewalttätigen Anhängern, vor dem Massenansturm wilder Randalierer, denn Deutschland, Polen und Kroatien gehörten zu den Fußballnationen mit dem größten Potenzial an Anhängern aus dem rechtsradikalen Lager. Das alte Wahrzeichen Hintersiebenbergens, das steinerne Wollnashorn auf dem Hauptplatz, wurde sicherheitshalber unter einen Panzerglassturz gestellt. Der Bürgermeister forderte berittene Polizei, der Innenminister gab in der Zeitung zu, dass Übergriffe nicht auszuschließen seien. Da ging ein Zittern los in Stadt und Land. An die tausend deutsche Polizisten sollten einmarschieren, um ihre hallodrischen Kollegen zu unterstützen. Die Hintersiebenbergerinnen und Hintersiebenberger begannen Hamsterkäufe zu tätigen und statteten ihre Schutzräume mit allem Lebensnotwendigen aus.

Der Chefkönig spielte mit der Idee, das Seeufer und die Rhinozeros Arena mit einer Seilbahn zu verbinden. Trotzdem wollte keine Begeisterung in der Bevölkerung aufkommen, kein religiöses Gefühl. Auf dem Kardinalsplatz wurde ein Kunstprojekt gestartet und ein begehbarer Plexiglaskubus aufgestellt. Bürger der Stadt und Gäste aus allen Ländern konnten in diesem Kubus vor laufender Kamera in ihrer eigenen Landessprache einen Satz von Robert Musil zitieren, nämlich: »Es gibt vielleicht auf der Welt kein anderes Mittel, ein Ding oder Wesen schön zu machen, als es zu lieben.« Wer am lautesten zitierte, das Zitat also aus Leibeskräften brüllte, konnte schöne Sachpreise gewinnen. Es betrat aber niemand den Plexiglaskubus auf dem Kardinalsplatz; es zitierte niemand Robert Musil, und es wollte einfach keine Begeisterung aufkommen, keine Stimmung, keine Euphorie. Unterdessen verschlang Hallodria Rhinozeros Millionen und Abermillionen und dümpelte am Tabellenende herum und wollte daher noch mehr Millionen und Abermillionen verschlingen. Der Chefkönig und seine Nashornhandpuppe, der Chefpräsident, drohten wieder einmal, Hallodria Rhinozeros samt Ligalizenz irgendwohin zu verkaufen, sollte man keine Steuermillionen anzapfen dürfen, und niemanden erschreckte diese Drohung mehr als die drei, vier obrigkeitshörigen Sportjournalisten im Land, die auf ihren Sportseiten von den Posaunen des Jüngsten Gerichts schrieben. Statt Hallodria Rhinozeros, die Falschfabrik, die niemand kaufen wollte, verkaufte das Landeshauptnashorn dann lieber gleich die ganze Rhinozeros-Landesbank, und mittlerweile konnte niemand mehr nachvollziehen, welche Millionen wie woher kamen und wohin flossen und wer wie warum an den Millionen und Abermillionen mitschnitt. Vielleicht waren es auch Milliarden

Auf die Frage, ob eine solche Trickserei vertretbar sei, sich einfach einen anderen Verein zu kaufen, um sportlich nicht qualifiziert zurück in die Bundesliga zu kommen, antwortete der Chefkönig dem Journalisten, dass es eine Lösung habe geben müssen, damit das Stadion nach der Europameisterschaft nicht leer stehe. Und die Öffentlichkeit, sagte er, habe diese Lösung mitgetragen, den Leuten gefalle sie, und er habe die Strategiepläne der politischen Konkurrenz damit durcheinandergebracht. Die Strategiepläne? Ja! Nach der Europameisterschaft beginne schließlich der Wahlkampf, und die politische Konkurrenz wolle dann auf die Masche »Das Stadion ist leer« setzen und das dem Chefkönig an den Kopf werfen. Die Masche? Der Chefkönig, der, wie er immer wieder stolz hinausposaunte, nichts fürchtete, fürchtete eines doch: die Leere. Die durch Tausende und Abertausende leere Stühle repräsentierte Leere fürchtete er über alles. Die Leere fürchtete er mehr als den Tod. Viel mehr. Die Leere war sein Albtraum und sein Schreckgespenst, die Leere war sein schlimmster Feind: die Leere, der er selbst das Gesicht gegeben hatte. Ihre vollendete Form. Die Leere konnte ihn um die Macht bringen. Die Leere konnte ihn das Amt und den Thron und den Kopf kosten. Nichts und niemand konnte ihn vernichten, nur die Leere:

die Leere, die ganze Leere und nichts als die Leere. Die Leere musste er mit allen Mitteln besiegen, legal oder illegal. Die Leere musste er vernichten, damit sie nicht ihn vernichtete, koste es, was es wolle.

Zuerst schrieben die Stadtzeitungsjournalisten das Wort *Fanzone* zusammen, sodass man hätte meinen können, die Rede sei von einem Friulanischen Dorf so wie Venzone oder Pordenone. Um die italienischen Nachbarn nicht zu verschrecken, setzte man dann einen Bindestrich in das Wort ein. Jedenfalls wurden für die Hunderttausenden Gäste, mit denen man rechnete, drei große Fan-Zonen eingezäunt und eingerichtet, eine im Stadtzentrum am Hauptplatz, eine am Messegelände südlich davon, eine draußen am Seeufer in der Nähe der Plattenbauuniversität und der Rhinozeros Arena: großflächige, weitläufige Areale. In einer der riesigen Messehallen wurden Notbetten aufgestellt für die, denen es nicht mehr gelingen würde, ein Hotelzimmer zu bekommen. Um Staus zu vermeiden, wurde für die Ringstraßen der Stadt eine Einbahnregelung erlassen und eine eigene Spur für die städtischen Busse reserviert. Die drei Fan-Zonen wurden verbunden durch Fan-Meilen, die von Zäunen, Plakaten, Werbetafeln umschlossen waren. Diese drei Fan-Zonen und die Fan-Meilen bestanden, von den großen Leinwänden, auf denen die Fußballspiele der Europameisterschaft zu sehen sein würden abgesehen, aus unendlich vielen Reihen von Bierbänken und Biertischen, gesäumt von Bierbuden, die aber nur dänisches Bier verkaufen durften, das teuer war und außerhalb Dänemarks niemandem schmeckte. Die Bevölkerung reagiert empfindlich, wenn auch das Nationalniederlagengetränk aus dem Ausland importiert wird.

Zwei Tage vor der Europameisterschaft begann der Exodus. Das für die Europameisterschaft auserwählte Volk, also die

Bürger der Stadt, die sich noch nicht in unterirdischen Schutzräumen eingerichtet und versteckt hatten, packten ihr Hab und Gut in die Kofferräume ihrer Autos oder mieteten Lastwagen an, verriegelten ihre Wohnungen und Häuser, lieferten ihre Tiere im Tierasyl ab oder setzten sie aus, flüchteten zu mehr oder weniger entfernten Verwandten aufs Land, verbarrikadierten sich dort hirnzitternd hinter Gartenzäunen, quartierten sich stoßseufzend in die Gästezimmer ein und hielten die Luft an. Hier waren die treuen Frauen in Sicherheit und konnten nicht vergewaltigt werden. Hier waren die mannesmutigen Männer in Sicherheit und konnten weder ausgeraubt noch zusammengeschlagen noch totgetrampelt werden. Und ihre Kinder konnten auf der Wiese ein bisschen Fußball spielen. Politik der verbrannten Erde! Eine komplette Bevölkerung geschlossen im Exil! Eine komplette Bevölkerung geschlossen in der freiwilligen Verbannung. Aus Sicht der Macher und der Mächtigen eine ganze Stadt geschlossen: nicht zufriedenstellend.

Das Fest begann. Der Tag der Tage war angebrochen: Der Tag, für den ich seit vielen Jahren gelebt hatte, *überlebt* hatte, im Grunde mein ganzes Leben, der Tag, der alles wiedergutmachen sollte, was nicht gut gewesen war in diesem Leben und in dieser Stadt, Ionesco, der Tag, an dem ich nach so vielen Jahren aus der Verbannung zurückkehren würde, der Tag meiner Wiederaufnahme in die Bevölkerung, der Tag meiner Wiedereingliederung in die Menschheit – als Zufriedenstellender, als sehr, sehr Zufriedengestellter, der Tag, der mich mit den Menschen versöhnen würde und die Menschen mit mir, der Tag, an dem wir einen neuen Bund schließen würden, der Tag begann.

Ich war in Feierstimmung und ich spürte, dass die Botschaft ganz nahe war. Beim Frühstück am Tag der Tage fragte ich meine Haushälterin, ob sie auch spürte, wie nah die Botschaft schon war, und Marion lächelte mich an und sagte: »Ein bisschen. Ein bisschen schon!« Dann brachen wir auf. Das Fenster zur Welt öffnete sich. Es hielt mich nicht mehr in den eigenen vier Wänden. Ich musste hinaus! Ich musste nach so langer Zeit endlich einer von uns allen werden. An diesem Tag musste sich mein Paralleluniversum mit dem Universum wiedervereinen.

An die Stromleitungen der Straßenlampen, die von der Häuserfront der einen Straßenseite über der Fan-Meile zur anderen gespannt waren, hatte man Tausende und Abertausende Fähnchen gehängt, die Fahnen von Deutschland und Polen, von Kroatien und Hallodrien, von Europa und auch die Stadtfahne von Hintersiebenbergen. Auf großen über die Straßen der Stadt und insbesondere über die Fan-Meilen gespannten Transparenten stand weiß auf grün WILLKOMMEN. WELCOME. DOBRODOŠLI. WITAMY. Das dänische Bier plätscherte in stählernen Bierfässern hinter den Tresen der Bierbuden und lauerte potenziellen Biertrinkern auf, und Würste und Senf leisteten ihnen Gesellschaft. Es war alles vorbereitet für das Fest, und die Stadt war ausgestorben. Offenbar war über Nacht die Welt untergegangen oder zumindest die ganze Menschheit verschwunden. Der Genozid? Die Apokalypse? Die Neutronenbombe? Die Atombombe? Die Eier-Verordnung? Das Jüngste Gericht? Der Jüngste Tag? Ausgerechnet heute der Jüngste Tag – nach allem, was geschehen war in meinem Leben –, das wäre doch eine herbe Enttäuschung! Ich wollte einer von uns allen werden, und jetzt war keiner von uns allen da. Ich als letzter Mensch! Jetzt, wo die Botschaft zum Greifen nahe war! Mein Kindheitstraum! Mein Erwachsenenerwachen! Mein Weltwunder! Meine Auferstehung! Heerscharen des Himmels, lasst das bitte nicht zu, dass heute der Jüngste Tag ist! Englein aller Wolken, lasst das bitte nicht zu, dass ich der letzte Mensch bin! Alles, nur das nicht! Aber weder war die Stadt im Schnee versunken noch im See ertrunken noch durch ein Erdbeben zerstört und dem Erdboden gleichgemacht worden. Es war alles noch da: die gigantische Rhinozeros Arena in der Vorstadt, die allerdings auf Weisung des Europäischen Verbands zu meiner großen Freude und geringen Genugtuung während der Europameisterschaft nicht *Rhinozeros Arena* heißen durfte, sondern *Hintersiebenbergen Arena* genannt werden musste. Weiters waren die Häuser noch da, die Straßen und Plätze, die Fahnen und die Bierbänke. Nur keine Menschen. Ich mäanderte und mäanderte und mäanderte. Vielleicht wollte man mir eine Überraschung bereiten, wie man sie von Geburtstagsfesten kennt: mich alleine lassen, mir das Gefühl geben, man habe ganz auf mich und meinen Ehrentag vergessen, bis dann mit einem Mal auf geheimes Kommando ein Orkan von Menschen losbricht und alle Lichter angehen und Musik spielt und alle singen: »Hoch soll er leben! For he's a jolly good fellow …«

Vielleicht hatte aber ein böser Zauberer alle Menschen der Stadt in Bierbänke und Biertische verwandelt. Vielleicht verbarg sich in jeder einzelnen der unzähligen Bierbänke eine arme Seele, die nur darauf wartete, erlöst zu werden. Vor allen möglichen Gefahren hatten die Zeitungen die Menschen seit Wochen und Monaten, ja im Grunde seit Jahren gewissenhaft gewarnt, vor Hooligans, vor Rechtsextremen und Rassisten, vor vor Geilheit sabbernden Verrichtungsboxfreiern und bestialischen Vergewaltigern, nur nicht vor diesem hinterhältigen, bösen Zauberer, sodass er ungestört jegliches Leben aus der Stadt wegsimsalabimisieren konnte und es wegen seiner bösen Zauberei in der ganzen Stadt keine Menschen mehr gab, sondern nur noch die herbeisimsalabimisierten Bierbänke, auf denen niemand saß. Doch, einen gab es! Flankiert von zwei kleinen Nashörnern, die er an der Leine führte, kam der Chefkönig grinsend durch die Fan-Meile stolziert, grüßte die leeren Bierbänke links, die leeren Bierbänke rechts und legte von einem Ohr bis zum anderen grinsend auf jeden einzelnen leeren Biertisch einen Fünf-Euro-Gutschein für Freibier oder Freiwürstel. Der Chefkönig verrichtete diese spendable Wohltat derart überzeugend, dass man, hätte man es nicht mit eigenen Augen gesehen, nie und nimmer auf die Idee gekommen wäre, dass überhaupt niemand da war und der Chefkönig ganz einfach eine Spontanpantomime aufführte. Niemand: Was das alles heißen kann und bedeuten könnte! Listenreichtum etwa! Man muss bei niemand nicht unbedingt an niemanden denken, sondern zum Beispiel an einen, der sich aus purer Raffinesse selbst klein macht und erniedrigt, um desto besser ein großes einäugiges Ungeheuer umso brillanter besiegen und nach dessen Schaden auch noch für dessen Spott sorgen zu können, wenn das Opfer nach dem Täter befragt, sozusagen blauäugig jammert: »Niemand war es! Niemand!« Eine altbewährte, perfide politische Strategie!

»Niemand« wäre also ungenau gesprochen und auch nicht ganz korrekt, denn der eine oder andere Mensch war am ausgestorbenen Bierbankboulevard von Hintersiebenbergen schon zu sehen, die vergeblich auf Kundschaft wartenden Bierbudenbetreiber oder ein paar weniger patrouillierende als promenierende, bummelnde deutsche Polizisten in ihren deutschen Polizistenuniformen. Deren Los war es, nichts zu tun zu haben, aber auch nichts trinken und sich nicht einmal auf die Bierbänke setzen zu dürfen. So lehnte das Grüppchen deplatzierter deutscher Polizisten da und dort an einer der Hausmauern in dem fremden Städtchen und langweilte sich zu Tode. Als der Chefkönig in seinem Trachtensakko linksrechtsrundherum grüßend, gutscheinend und grinsend seines Weges durch die Bierbankwüste kam, sagte einer der an der Hauswand lehnenden Polizisten fast unmerklich schmunzelnd zum anderen: »Das ist eine Respektsperson.« Und der andere Polizist erwiderte: »Oh, was für eine schöne Uniform! Und die schönen Auszeichnungen!« Das habe ich ganz genau gehört, und Marion, meine Haushälterin, könnte die Wahrheit meiner Worte jederzeit bezeugen. Dann wieder der erste Polizist: »Er hat eine große Verantwortung als Hausmeister. Das füllt ihn aus. Doch, es ist wahr, in seinem Alter sollte er sich mehr Ruhe gönnen.« Der zweite Polizist: »Im Grab hat er genug Zeit, sich auszuruhen …« Der erste Polizist: »Ja, aber der Winter, ein gutes Buch, ganz nah an der Heizung, dazu die Erinnerungen eines ganzen Lebens …« – und mit diesem unvollendeten, gleichsam in die Ewigkeit gesprochenen Satz entschuldigte sich der erste Polizist beim zweiten, wandte sich um und betrat die völlig menschenleere Buchhandlung, an deren Fassade er eben noch gelehnt hatte, begrüßte die Buchhändlerin und bat sie, die Buchhandlungstoilette benützen zu dürfen.

Währenddessen passierte draußen auf der Fan-Meile Folgendes: Das linke Nashörnchen, das an der Leine des Chefkönigs eifrig synchrongrüßte und synchrongrinste, sagte zum dicht gedrängten Nichts auf den Bierbänken linker Hand: »Nur Ruhe, meine Herrschaften. Man wird sich Ihrer annehmen! Alles der Reihe nach. Es kommt jeder dran. Sie bekommen noch einen Platz. Möchten Sie ein Programm? Einen Augenblick noch, gnädige Frau, ich kann nicht alle gleichzeitig bedienen. Ich habe doch nicht dreiunddreißigtausend Hände. Dreiunddreißigtausend ist gut, was? Aber ich habe auch nicht zweiunddreißigtausend Hände. Bedaure! Bitte geben Sie das Programm doch der Dame dort … mein Geld, mein Geld …«, wohingegen das Nashörnchen zur Rechten des Chefkönigs dem zusammengepferchten Nichts auf den Bänken rechter Hand zurief: »Werden Sie nicht ungeduldig. Wer möchte noch ein Programm? Was soll ich denn bloß machen? Ich tue schon, was ich kann! Rücken Sie ein ganz klein bisschen zusammen!

Möchten Sie ein Programm? Schokoladeneis … Karamellen … Eisbonbons …«

Das Chefnashorn und seine beiden Begleitnashörnchen waren mir und Marion und ihrer Tochter, die den Horror Vacui unablässig fotografierte, sodass er für die Ewigkeit festgehalten und jederzeit nachweisbar ist, Ionesco, unterdessen so bedrohlich nahe gekommen, dass ich mich, um nicht von ihrem Grüßen und Grinsen gestreift zu werden, im richtigen Moment umdrehte und in die Auslage der Buchhandlung schaute, wo mein Blick auf das dort ausgestellte Buch über Niemand fiel, sodass mir exakt in diesem Augenblick die Idee kam, diesen Tag zum Programm zu erheben, alles und jedes und noch das nichtigste Detail über den Tag der Tage zusammenzutragen, alles zu sammeln, was sich nur sammeln ließ und alles über den Tag der Tage Gesammelte so lange zu verdichten, bis die größtmögliche Dichte den größten Tag der Geschichte der Stadt betreffend erreicht war. Dieser eine Tag an diesem einen Ort sollte alle Weltgeschichten der Weltgeschichte spiegeln. Ich würde, dachte ich, den Chefkönig im Rücken, ins Buchhandlungsschaufenster starrend, nicht nur das Spiel und die Spielzüge und die Spielstände und die Mannschaftsaufstellungen als Material verwenden. Ich würde auch die Tagesmenüs auf den Speisekarten der Restaurants der Stadt abschreiben, auch das Tagesmenü der Volksküche, die Zahnarztnotdienste, die Bereitschaftsapotheken, die Einsatzfahrten der Rettungswagen des Roten Kreuzes, die Ausstellungen in den Galerien von Stadt und Land, den Wortlaut der Predigten der Gottesdienste, den Detailverkauf samt Umsatz in den Buchhandlungen und Blumenläden und Möbelgeschäften. Das Kinoprogramm am Tag der Tage, welche Vorstellung im Theater gegeben wurde und die Route der Wanderung des Alpenvereins. Die Abfahrts- und Ankunftszeiten sämtlicher Züge, ebenso der Ausflugsschiffe auf dem See, wie viel welche Zigarettenmarke an diesem Tag in der Bahnhofstrafik gekostet hat, wie viel das Croissant ohne Fülle, mit Vanillefülle, mit Nougatfülle, mit Marmeladefülle in der Bahnhofsbäckerei, die Nachrichten im Radio und im Fernsehen. Ich würde alle Menschen, die ich kannte – wozu auch Menschen in Deutschland, Polen und Kroatien zählten: Ja, damals kannte ich noch manche Menschen, das bildete ich mir zumindest ein! –, alle diese Menschen würde ich also anschreiben und sie dringend auffordern, detaillierte Protokolle des Tages der Tage anzufertigen und mir zu schicken: Ob und wenn ja wie lange sie ihre Zähne geputzt haben, ob sie gar Zahnschmerzen gehabt haben, ob und wenn ja welchen Friedhof sie besucht haben, außerdem: welches Grab, ob und wenn ja auf welcher Höhe sie (zu welcher Uhrzeit auf die Minute, falls möglich: auf die Sekunde genau) welche Straße überquert haben, ob und wenn ja womit sie ihre Katze gefüttert haben. Die, von denen ich wusste, dass sie genügend Zeit hatten, würde ich bitten, außerdem die Blätter auf den Bäumen zu zählen, die sie von ihrem Fenster aus sehen konnten, zuzüglich zu den Blättern, die im Lauf des Tages der Tage vom Baum gefallen waren. Selbstverständlich musste ich mich auch über sämtliche Intimitäten genauestens informieren, die am größten Tag passiert waren. Ich musste wissen, wer an diesem einen Tag in dieser Stadt wen kennengelernt hat, wie, wo, unter welchen Umständen, wer sich in wen verliebt hat, wer sich in dieser Stadt mit wem gestritten, wer sich scheiden lassen hat. Ich würde erfragen, wie viele psychotherapeutische Sitzungen und wie viele Augenoperationen es gegeben hat. Ich würde Listen über sämtliche Geburten und Todesfälle anfordern, außerdem Listen über Herzinfarkte, Ladendiebstähle und Bananenverkäufe. Strafmandate, Ehestreitereien, Nasenputzereien, welche Zeitung welches Kreuzworträtsel gestellt hatte und wie die richtige Lösung lautete, wie viel ein Liter Benzin gekostet hat, wie viel eine Flasche Jameson und eine Flasche Bushmills. Wie viel Wasser an diesem Tag in der Stadt auf den Liter genau verbraucht worden ist und wer an Blähungen gelitten hat. Wie viele Menschen der Stadt in der Nacht in Richtung Ost-Südost liegend geschlafen haben, wie viele in Richtung West-Nordwest. (Ich schlafe seit zwanzig Jahren in Richtung Süd-Nord, und ich kann mir nicht vorstellen, dass das gesund ist …; in meiner Kindheit hingegen habe ich immer entweder in ost-westlicher oder west-östlicher Richtung geschlafen, und man sieht ja, wohin das geführt hat.) Wie viele Menschen auf der (lebensverkürzenden) Herzseite, wie viele auf der (lebensverlängernden) Nichtherzseite und wie viele im Schlaf einfach dumm auf dem Bauch gelegen sind. Alle Menschen der Welt würde ich bitten, mir mitzuteilen, welches Buch sie am Tag der Tage gelesen haben. Alle müssten mir mitteilen, ob sie sich am Tag der Tage die Fingernägel geschnitten haben, und wenn ja, ob zuerst die Finger der linken oder die der rechten Hand. Alles, alles und noch das allernichtigste Detail konnte von enormer Bedeutung für die Botschaft sein, für die ganz große Botschaft. Mein Mosaik würde aus Millionen und Abermillionen Mosaiksteinchen bestehen, es würde vollkommen sein und alle Zeiten überdauern. Über diesen einen Tag mussten alle alles wissen, denn dieser Tag, dieses Datum spaltete die Geschichte der Stadt in ein Vorher und in ein Nachher, in ein Bis dahin und ein Seither. Dann waren der Chefkönig und seine Nashörnchen in meinem Rücken vorbeigegangen und hatten sich wieder entfernt, ohne mich bemerkt und in den Nacken gegrüßt zu haben. Der deutsche Polizist kam entleert und erleichtert aus der Buchhandlungstoilette zurück und ich drehte mich um und wandte mich wieder der Menschenleere zu. Die Fünf-Euro-Freibiergutscheine des Chefkönigs blieben unberührt auf den Bierbänken liegen.

»Ich habe es nie geschafft, mich ganz an das Dasein zu gewöhnen, weder an das Dasein der Welt noch an das Dasein der anderen, noch, vor allem, an meins. Oft passiert es mir, dass die Worte nur noch sinnlose Geräusche und diese Häuser und dieser Himmel nur noch Fassaden des Nichts sind. Die Leute scheinen sich automatisch und grundlos zu bewegen. Alles scheint sich zu verflüchtigen, alles – mich inbegriffen – ist von einem bevorstehenden schweigenden Sturz bedroht …«

Insbesondere interessierte mich die Gesamtanzahl der Orgasmen, die am Tag der Tage, am Tag des prognostizierten Universalorgasmus, innerhalb des Ortsgebiets von Hintersiebenbergen stattgefunden haben sowie die Umstände und die Art und Weise, wie sie, nach Alter und Geschlecht geordnet, zustande gekommen waren, Ionesco! Das würde mich sehr interessieren, auf wie viele Orgasmen einer in seinem Leben kommt. Auf das Endergebnis, den Endstand. Die abschließende Zahl. Und wie viel Prozent dieser Orgasmen macht man gemeinsam und paarweise, wie viele Orgasmen werden einem bereitet, wie viele Orgasmen bereitet man sich selbst? Natürlich, einerseits könnte man sagen: Orgasmus ist nicht gleich Orgasmus. Aber andererseits müsste man sagen: Ein Orgasmus ist ein Orgasmus ist ein Orgasmus! Ein Schuss ins Kreuzeck ist ein Schuss ins Kreuzeck. Simenon war stolz darauf, tausend Frauen gehabt zu haben. Und Don Giovanni tausendunddrei allein in Spanien. Gewonnen! Knapp, aber doch! Um ein Frauenhaar, hätte man früher gesagt. Heute darf man das natürlich nicht mehr. Simenon hatte zehntausend Frauen! Na dann! Da muss man noch einmal nachrechnen. Aber die entscheidende Frage ist doch nicht: Wie viele Frauen? Welche Berufe? Welche Stadt? Welche Titel? Welches Land? Welche Reisen? Die entscheidende Frage ist: Wie viele Orgasmen? Nicht ungefähr und grob geschätzt. Genau. Exakt. Siebzehntausendeinhundertzweiundzwanzig zum Beispiel. Oder neuntausendvierhundertdreiundachtzig. Oder zwanzigtausendsechshundertneunzehn. Nicht wegen eines Wettkampfs und Sieg und Niederlage. Nur wegen der Befriedigung, Erleichterung, Zufriedenheit, dem Glück. Zufriedenheitsendresultat. Glücksendresultat. Wie viele Menschen sind gestorben, ohne überhaupt Orgasmen erlebt zu haben? Ohne einen einzigen Orgasmus! Was hatten die für Leben? Ich denke, man sollte auf dem Grabstein die absolute Gesamtanzahl der Orgasmen im Leben des hier begrabenen Menschen genauso angeben wie den akademischen Grad, Titel, Geburtsdatum und Sterbedatum. Das wäre dann einmal wirklich eine Qualitätssicherung! Anhand der Orgasmuszahlen auf den Grabsteinen der Friedhöfe dieser Welt könnte man dann berechnen, wie viele Orgasmen im Weltraum seit dem Urknall insgesamt stattgefunden haben.

Ich weiß nicht, ob mehr Männer oder Frauen Orgasmen haben. Ich weiß auch nicht, ob mehr Männer oder Frauen Orgasmen vortäuschen, um nicht schlecht dazustehen und keine schlechte Stimmung auf der Welt zu erzeugen. Aber ganz sicher ist noch kein Mann ohne Orgasmus Vater geworden. Frauen können durchaus ohne Orgasmus Mütter werden. Aber kein Kind, kein menschliches Lebewesen ist jemals ohne väterlichen Orgasmus entstanden und zur Welt gekommen …

»Sie haben keine Kinder, Fraundorfer, habe ich recht?«

»Nein, leider. Orgasmen hatte ich. Kinder habe ich nicht. Es hat sich nicht ergeben. Marion, also Frau Gibraltar, hat eine Tochter. Gundula ist auch mir wie eine Tochter.«

»Mir sagt man, ich hätte alles, was man zum Glücklichsein braucht: eine anmutige, mir unendlich ergebene Frau, die für mein Glück ihr Leben opfern würde, eine Tochter, die viel gebildeter, viel intelligenter ist als ich selbst … meine Frau und meine Tochter sind Sonnenstrahlen in meinem Leben, falls es eine Sonne gibt. Rodica und Marie-France, wir kuscheln miteinander, meine Frau und meine Tochter beschützen mich, nur dieser Schutz hält mich am Leben. Meine Tochter wird einmal meine Beerdigung organisieren: Der Gedanke ist mir eine große Beruhigung.«

»Sie haben es gut!«

An diesem Tag der Tage also, am Eröffnungstag der Europameisterschaft in Hallodrien zogen über dem ganzen Land bedrohliche Gewitterwolken auf und verfinsterten den Himmel. Es blitzte und donnerte, es regnete und schüttete bei vielen Spielen, außerdem vor und nach vielen Spielen. Es gab bei Fernsehübertragungen sogar minutenlange Bildausfälle und Störungen. Die Meteorologen waren verzweifelt, und sie fürchteten, man würde nach alter Sitte den Boten für die Botschaft bestrafen, aber sie konnten nichts für diese sintflutartigen Regenfälle. Selbst in den Alpen hatte es einen solch apokalyptischen Juni seit Jahrzehnten nicht gegeben. Es wollte nicht und nicht schön werden, angesagte Sommermärchen finden nicht statt, Volksmärchen werden keine Kunstmärchen, Kunstmärchen keine Volksmärchen, wie mächtig die Industrie auch sein mag, die dahintersteht und das Sommermärchen zur Profitmaximierung durchpeitschen will.

Der Tag nach dem Tag der Tage des Landes war der Tag der Tage Hintersiebenbergens, der Tag, an dem Hintersiebenbergen vor alle Berge treten würde. Man schrieb den 16. Juni, den Tag des ersten Spiels, das für ganz Europa bedeutend sein würde, ja für die ganze Welt. Den Tag, der das allererste Endresultat liefern würde, das die Stadt in ihrer gesamten Stadtgeschichte hervorbringen würde, das Gültigkeit für alle Zeiten haben würde, ein Resultat, ein Endstand, auf den die Welt schon lang gewartet hatte, in Stein gemeißelt, auf Wikipedia gespeichert, auf Google abrufbar bis zum Tag des Jüngsten Gerichts. Dieser eine Tag, an dem ein Platz in der Geschichte sich auftun würde, war angebrochen nach vielen Jahren und Jahrzehnten und Jahrhunderten: Ich erwachte und dachte: Heute! Jetzt oder nie! Einmal muss das Fest ja kommen! Aber noch immer waren sämtliche Bürger verschwunden. Eine große Katastrophe drohte, die Katastrophe der Peinlichkeit. Die Fan-Zonen waren leer, alle Bierbänke und Biertische waren leer. Die Fan-Meilen waren leer.

Weil die ganze Stadt leer gefegt war, konnte niemand sehen, was dann passierte. Durch die bedrohlich dunklen Wolken am verfinsterten Himmel über Hallodrien sank ein Flugzeug, ein großes Flugzeug, ein Airbus A321, und landete am Flughafen von Hintersiebenbergen. Gerade war die Stewardess dabei, die Passagiere willkommen zu heißen und zu ersuchen, angeschnallt zu bleiben, bis die Maschine ihre endgültige Position erreicht hatte und das Signal *Engines off!* gegeben wurde, da kam schon wieder ein Airbus vom Himmel und noch einer und noch einer und noch einer. Nur ein paar wenige Schaulustige sahen von der Terrasse des Flughafenrestaurants aus, was noch nie ein Mensch zuvor gesehen hatte, dass nämlich binnen fünf Minuten fünf Airbusse A321 in Hintersiebenbergen gelandet waren und nun gleichzeitig auf dem Rollfeld des Flughafens parkten. Für einen sechsten wäre kein Platz mehr gewesen. Der Flughafen von Hintersiebenbergen hatte nur zwei Terminals und nur zwei mobile Treppen, die zu den Airbustüren transportiert werden konnten, weshalb es viel Zeit in Anspruch nahm, bis alle Passagiere ausgestiegen waren. Es gab nur eine Musikkapelle für das Begrüßungsständchen und nur einen Bus, der vielleicht gar nicht notwendig gewesen wäre, weil doch ein Airbus wie der andere keine hundert Meter vom Flughafengebäude entfernt geparkt worden war. Aber weil es durch die Löcher, die die Flugzeuge in die Wolken gebohrt hatten, zu regnen begann, nahm man die zehn Sekunden dauernde Busfahrt zum Terminal 1 oder zum Terminal 2 unmittelbar daneben doch in Anspruch. Den Airbussen auf Hintersiebenberger Boden entstiegen keine gewöhnlichen Passagiere, sondern Faschingsgilden, schwarz-rot-goldene Faschingsgilden ebenso wie rot-weiße Faschingsgilden, lustige, ein wenig ausgelassene aber durch und durch friedliche Menschen beiderlei Geschlechts und jeglichen Alters, alle kostümiert, viele maskiert, manche bis zur Unkenntlichkeit verkleidet.

Aus dem Airbus stiegen die Faschingsnarren in den Flughafenbus, aus dem Flughafenbus in den städtischen Bus, der sie ins Zentrum chauffierte, wo sich die Tausenden und Abertausenden auf die Tausenden und Abertausenden Bierbänke niederließen und, sofern der Regen sie noch nicht völlig aufgeweicht und aufgelöst hatte, die bereitliegenden Gutscheine des Landeshauptnashorns gegen dänisches Bier tauschten. Von einem Augenblick auf den anderen war jetzt mitten am Nachmittag das pralle Leben in der Geisterstadt ausgebrochen, Menschen, Menschen, noch einmal Menschen – aber es waren ausnahmslos andere Menschen als die Ureinwohner, die noch bis gestern hier gelebt hatten, eine andere Bevölkerung, eine neue, komplett ausgewechselte Menschheit: Tausende und Abertausende in schwarz-rot-goldenen oder rot-weiß karierten Kostümen unter absurd hohen Samtzylinderhüten und Tüchern und Fahnen, die sie wegen der erstaunlich niedrigen, unwirtlichen Junitemperaturen als Umhänge und Wetterflecke benutzten. Manche Faschingsnarren kamen auf Stelzen, manche führten Hunde an schwarz-rot-goldenen Leinen und rot-weiß karierten Halsbändern. Aus der Menge tauchte auch ein schwarz-rot-goldener Indianer, der sich eine opulente Indianerfederperücke auf den Kopf gesetzt und Handpuppen aller deutscher Nationalspieler in ihren schwarzen Hosen und weißen Trikots an seinem Indianergürtel zappelnd um seinen

Bauch geschnallt hatte, als würde hier die originellste Verkleidung prämiert. Karl May in Hintersiebenbergen! (Robert Musil im Glaskubus ein paar Häuserblöcke weiter zu zitieren, hatte auch Karl May weder Lust noch Veranlassung.) Kriegsbemalung hatten alle im Gesicht, schwarz-rot-goldene oder rot-weiß karierte Kriegsbemalung. Aber es war kein Feindschaftskrieg an diesem nasskalten Junisonntagnachmittag in diesem elenden Städtchen in der tiefsten Provinz, sondern ein Freundschaftskrieg, ein Faschingskrieg. Die Faschingskrieger kamen gar nicht auf die Idee, einander zu bekriegen, warum auch? Man sang und lachte und tanzte kunterbunt durcheinander. Man umarmte und verbrüderte sich und fand gar nichts dabei. Keiner der Faschingsnarren verschwendete auch nur einen Gedanken an eine von Großvätern und Urgroßvätern aufgehalste historische Belastung. Zwei, drei Stunden vor dem Spielbeginn machte sich die Faschingsmenge auf die Pilgerwanderung hinaus in die Vorstadt zum Stadion, die Deutschkomantschen und die Polenapachen bunt gemischt, Friedenspfeifen rauchend, und so plötzlich, wie das Zentrum der Geisterstadt sich mit Menschen gefüllt hatte, so plötzlich leerte es sich jetzt wieder.

Die große Uhr in der Altstadt zeigte: null Tage, null Stunden, null Minuten. Countdown completed. Incipit comedia: Die deutschen Faschingsnarren erhoben sich von ihren Plätzen und eröffneten die Faschingssitzung mit den Worten »Einigkeit und Recht und Freiheit für das deutsche Vaterland: Danach lasst uns alle streben brüderlich mit Herz und Hand«, worauf die polnischen Faschingsnarren prompt antworteten: »Noch ist Polen nicht verloren! Jeszcze Polska zginęła kiedy my żyiemy!«

Kaum hatte ich mich auf der Tribüne auf meinen Stuhl gesetzt und meinen Blick schweifen lassen, um das Panorama meines vor Menschen überquellenden Stadions am Tag der Tage, im Augenblick der Augenblicke, als das Europameisterschaftsspiel bei mir daheim mit einem knappen Schiedsrichterpfiff begann, in mich aufzusaugen, überkam mich ein Gefühl der Fremdheit. Die Wirklichkeit hier war der Fernsehwirklichkeit nachgemacht und für Fernseherinnen und Fernseher hergestellt. Ich hätte hier und jetzt in irgendeinem beliebigen Stadion der Welt sitzen können, in irgendeinem europäischen jedenfalls. Ich meine gar nicht, dass zweiunddreißigtausend Deutsche und Polen in Nationalkarnevalskostümen und internationales Publikum friedlich und freundlich, freudvoll und hochgestimmt vereint waren, ich meine das Stadion selbst. Es gab in diesem Kessel keine Außenwelt, und die Innenwelt hatte mit der Außenwelt nichts zu tun. Auf der Höhe der Mittellinie, der Position der Hauptfernsehkamera gegenüber, stand auf der Bande am Spielfeldrand zwar weiß auf blau »Hintersiebenbergen«, wie eben in jedem europäischen Großstadion auf der Bande weiß auf blau der Name der jeweiligen Stadt steht – sogar die Buchstabentypen, die Schriftarten sind standardisiert und identisch. Aber innerhalb des Stadions war Niemandsland, auch und gerade weil es voller Menschen war. Die Menschenmasse versteckte die Architektur, jedenfalls die feinen architektonischen Unterschiede, die von Stadion zu Stadion bestehen. Innerhalb des Stadions von Hintersiebenbergen erinnerte nichts an Hintersiebenbergen. Hier drinnen konnte ich irgendwo sein. Hier drinnen konnte ich irgendwer sein. Irgendwer irgendwo in Europa. Statt Religion urplötzlich Fremdheit. Der einzige Unterschied war der: In alle anderen großen Stadien Europas hätte ich mit dem Flugzeug anreisen müssen. In dieses bin ich mit dem Fahrrad gekommen.

Die deutsche Faschingssitzung wurde am Ende eine fröhliche Faschingssitzung, die polnische eine traurige. Aber das war kein Wunder und kein Malheur. Fasching bleibt Fasching, Narren sind Erzähler und Clowns traurig, das weiß man und das hat man immer schon gewusst, für alle gemeinsam eine schwarz-rot-gold-rot-weiße Faschingssitzung schon deshalb, weil ein gebürtiger Pole, der die deutsche Staatsbürgerschaft angenommen hatte, Polen mit zwei Toren abschoss und nicht jubelte. Die Deutschen sangen »Oh wie ist das schön! Oh wie ist das schön!« Und die Polen eine alte polnische Weise, »Jetzt ist Polen doch verloren, aber das ist auch egal«. Zum Glück im Unglück lebte Polen auch abgeschossen weiter, und weiter war nichts passiert. Mit dem Bus fuhren deutsche und polnische Faschingsgilden wieder zurück zum Flughafen, bestiegen ihre Faschingsflugzeuge und flogen heim. War das jetzt die so lang ersehnte Botschaft? Zwei zu null? Nichts weiter? Nein, das war noch nicht die Botschaft. Das konnte nicht die Botschaft sein.

Es gab am Tag der Tage in Hintersiebenbergen viele freie Hotelzimmer, aber keine Verrichtungsbox irgendwo, keine Vergewaltigung und keinen Toten. Den Toten fand man erst zwei Tage später. Es war ein Pole, ein Fußballer, und ein Fußballer fand ihn. Aber es war kein polnischer Pole, sondern ein polnischer Legionär, der in Hintersiebenbergen gelebt, bei Hallodria Rhinozeros gespielt und der sich in seiner Wohnung in der Nähe des Stadions aufgehängt hatte, aber nicht weil Polen verloren, sondern weil seine Frau ihn verlassen hatte. Der Nashornnachbar und Rhinozeros-Präsident Spardelotto-Schleck sagte in einem Interview, er sei erschüttert, und zur Erinnerung an den Freitoten werde Hallodria Rhinozeros dessen Rückennummer zehn Jahre lang nicht vergeben. Drei Tage nach dem ersten Spektakel fand das zweite statt, und es glich dem ersten bis ins Detail. Die Faschingsflugzeuge landeten, die Stadt füllte und sie leerte sich, vor dem Anpfiff sang die schwarz-rot-goldene Faschingsgilde »Einigkeit und Recht und Freiheit für das deutsche Vaterland«. Die rot-weiß karierte Faschingsgilde erzählte singend, dass Kroatien schön und ruhmreich sei. Diesmal gewannen die Kroaten und jubelten »Oh wie ist das schön! Oh wie ist das schön!«, während die Deutschen Zuflucht zu einer alten deutschen Weise nahmen, »Ich weiß nicht, was soll es bedeuten, dass ich so traurig bin?« Es bedeutete nichts, die Deutschen kamen trotzdem weiter, wie immer. Drei Tage nach dem zweiten das dritte Spektakel, die dritte Faschingssitzung, damit hatte die Schrift sich erfüllt, dann war der Karneval vorbei.

Nach dem letzten Europameisterschaftsspiel kehrten alle Landflüchtlinge wieder in die Stadt zurück und krochen aus den Luftschutzkellern. Die große Countdownuhr wurde aus der Altstadt entfernt und am Stadtrand vor dem Stadion wieder aufgestellt. Sie zeigte nichts mehr an und würde bis zum Tag des Jüngsten Gerichts ausgeschaltet bleiben. Vierzehn Tage nachdem er von der Fassade der Hintersiebenbergen Arena abmontiert worden war, wurde der riesige Schriftzug »Rhinozeros Arena« wieder angebracht.

An diesem Tag wurde mir bewusst: Hier würde nichts werden! Niemals! Hier würde immer Nichts sein! Hier gab es kein Zusammenleben, kein Fortkommen im Dableiben. Hier war mit anderen nichts anzufangen. Hier waren alle für immer nicht zufriedenstellend. Hier konnte man nur allein leben, als Eremit, als Unberührbarer. Oder man verließ das Land für immer. Hier war kein Staat zu machen. Ich hatte mit den Menschen, die hier lebten, nichts gemeinsam, wahrscheinlich nie etwas gemeinsam gehabt von Kindesbeinen an. Selbe Stadt. Andere Welt. Ich würde hier bleiben, in diesem Haus, aber innen würde ich fortgehen und nie wieder zurückkommen.

Statt der Deutschen, der Polen, der Kroaten trampelten nun wieder die Rhinozerosse. Ich blieb draußen. Ich blieb im Exil. Ich hatte keine Ahnung, wie lange mein Exil dauern und ob ich mein Stadion jemals wieder betreten würde.

»Es ist wirklich schwer zu widerstehen, Fraundorfer, sich nicht überzeugen zu lassen, wenn man Lehrer hat, die einem Theorien und wissenschaftliche oder pseudowissenschaftliche Darlegungen geben, wenn man die Zeitungen, wenn man die ganze Umgebung, Doktrinen, eine ganze Bewegung gegen sich hat.«

Ich stand vor dem Stadion und rief hinein: »Ich werde mich verteidigen. Ich bin der letzte Mensch … ich kapituliere nicht.« Aus dem Stadion tönte es heraus: »Er ist ein Luftikus, ein Farceur, ein Mystifizierer, ein kleiner Witzbold. Aus ihm spricht die Tollheit eines isolierten Farceurs. Wir werden unsere Geschäfte nicht von ihm stören lassen. Wir werden ihm nicht die Ehre der Wahrnehmung zukommen lassen.«

Nach der Europameisterschaft trat in der Hauptstadt der Teamchef zurück. Der Fußballverbandspräsident trat in der Hauptstadt zurück. Der Chefredakteur ging in Pension. Der technische Direktor des Stadions wurde binnen Jahresfrist vom Lymphdrüsenkrebs hinweggerafft. Der Bürgermeister wurde bei den nächsten Wahlen von den Stadtbürgern regelrecht davongejagt und DASGESETZBINICH, der Chefkönig, das Landeshauptnashorn, raste bei Nacht und Nebel ganz allein auf einer elenden Landstraße sturzbetrunken in den Tod, keine vier Monate nach dem Fest und wenige Hundert Meter von der Rhinozeros Arena entfernt. Obwohl sein äußerer Untergang keineswegs mit einem Sieg der Pflicht und insofern nicht mit Erhabenheit (3) und moralischer Schönheit (II.) verbunden gewesen war, reagierten die Menschen, weil sie eben nicht aufgepasst hatten, mit 3c: tragischem Mitgefühl. Beim nächsten Spiel der Rhinozerosse hing hinter dem Tor ein riesiges Transparent mit der Aufschrift »DANKE CHEFKÖNIG!«

***

Die Nashörner wussten jetzt nicht mehr, wohin sie rennen, stürmen, trampeln sollten. Sie wussten nicht mehr, wo vorn und hinten war. Die Nashörner stoben auseinander, sie verirrten und verloren sich. Spät, aber doch erkannten sie jetzt, dass das Nashorn gar kein Herdentier ist. Sie hatten die Nashornherde nur dem Landeshauptnashorn zuliebe gebildet. Ohne ihn war die Herde führerlos, sinnlos. Ohne ihn verkam sie. Die Nashörner kamen vom Trampeln ins Strampeln.

Ähnlich wie den Nashörnern ging es der Rhinozeros-Bank. Ohne den Chefkönig versiegten plötzlich alle obskuren Geldquellen. Zunächst fehlten Millionen und Abermillionen, dann Milliarden und Abermilliarden. Die Menschen konnten zwischen den Millionen, die sie nicht hatten und die ihnen abgezogen wurden, und den Milliarden, die sie nicht hatten und die ihnen abgezogen wurden, gar nicht unterscheiden. Die Manager wurden getauscht, das kostete Millionen. Die Bank musste notverkauft werden, das kostete Milliarden. Dann musste sie notrückgekauft werden, das kostete wieder Milliarden. Die Staatsanwälte staunten, die Richter rätselten.

Renato Spardelotto-Schleck brauchte dringend Millionen für Hallodria Rhinozeros, aber es flossen keine Millionen mehr. Ihm machte niemand Geld. Er war jetzt allein in der Mistinsel. Je öfter die Rhinozerosse verloren, desto weniger kamen zuschauen. Verzweifelt bot Renato Spardelotto-Schleck in ganzseitigen Zeitungsinterviews beinahe wöchentlich seinen Rücktritt an und inserierte seinen Präsidentenposten. Aber den wollte niemand haben. Zwischen diesen Rücktrittsangeboten drohte Spardelotto-Schleck immer wieder damit, Hallodria Rhinozeros zu verkaufen. Aber niemanden erschreckte diese Drohung, und niemand wollte die Rhinozerosse kaufen. Die sehr wichtigen Personen verließen den sinkenden Klub. Trotz der teuersten Spieler und der teuersten Trainer folgte Niederlage auf Niederlage, am Ende der Saison der letzte Platz, der Abstieg. Einfach noch einmal irgendeinen anderen Fußballverein aus irgendeiner anderen Stadt kaufen, umsiedeln und umtaufen konnte man nicht. Es war kein Geld mehr da. Aber selbst der Abstieg kostete Geld. Spardelotto-Schleck forderte wieder Millionen, sonst müsste Hallodria Rhinozeros Konkurs anmelden. Er bekam keine Millionen. Die Rhinozerosse meldeten Konkurs an, sperrten zu und platzten.

Ich war jetzt der Indianer, der am Ufer des Flusses sitzt und wartet, bis die Leiche des Feindes vorbeischwimmt. Jetzt schwamm die Leiche vorbei. Wenn man genau hinsah, bestand die Leiche aus vielen Leichen. Drei Jahre nach seiner Erschaffung, zwei Jahre nach dem Unfalltod seines Schöpfers, ein Jahr nach dem politischen Tod des Bürgermeisters war nun auch die falsche Fußballfirma tot. Die Worte, die sich von den Dingen getrennt hatten, waren verhungert. Jetzt endlich war das Stadion frei und völlig leer: das Millionengrab. Das Freudenhaus. Das Gotteshaus. Die Götter weg. Die Hetären weg. Die Freier weg. Die Bankiers und die Rotlichtbarone und die sehr wichtigen Personen weg, weg, weg.

Jetzt war der Weg frei.

Ich war der Allererste, der das Stadion betrat, nachdem alle es verlassen hatten. Mein Stadion. Es wehte ein kühler Wind durch die Schleuse zwischen Unterrang und Oberrang. Ich war der Allererste, der die wunderbare Qual der Wahl hatte, auf welchen der zweiunddreißigtausend Plätze er sich setzen sollte. Moses betrat das gelobte Land doch noch, der Herr konnte ihn nicht hindern, tot wie er war, und Moses sah, dass das Land versteinert war und nichts wuchs. Das Stadion war, anders als vorgesehen, schließlich in der gigantomanischen Größe, in der man es gebaut hatte, erhalten worden, aber nicht aus Größenwahn oder wegen all der Visionen, die doch niemand hatte, sondern weil man sich nicht einigen konnte, bis zu welcher Kapazität man das Stadion verkleinern sollte und was das kosten – und wer das zahlen würde. Ein paar Liebhaber gründeten die alte Hallodria Hintersiebenbergen neu, reanimierten mein altes Mädchen, mein kleines altes Luder, zogen es violett an, und das spielte nun, vor der Außenwelt durch die riesigen Tribünen rundherum gut beschützt, in der Regionalliga seine Geisterspiele gegen Kapfenberg, Union St. Florian, Leoben, Allerheiligen. Allerheiligenstimmung war immer. Drei Jahre war mein Luder tot, jetzt keuchte es wieder, wenn auch abgemagert zu einem Skelett. Nur noch Haut und Knochen! Als der gottlose Moses sein Stadion zum ersten Mal betrat, vermittelte es ihm den Eindruck der Trauer, der Unordnung und der Leere des Ballsaals nach dem Ball. Eben noch der letzte Mensch. Jetzt der erste Mensch. Das Glück im Unglück nach der Apokalypse. Es gibt kein gemeinsames In-den-Himmel-Kommen. In den Himmel kommt man nur allein. All diese leeren Tribünen rund um mich, das waren alles Himmelstreppen. Nun würden die Stühle, die Dekoration, das Nichts auf unerklärliche Weise zu leben beginnen …

Ich würde mich also an die letzte und größte Aufgabe meines Lebens machen, mein Stadion zu füllen, die zweiunddreißigtausend Plätze zu besetzen. Ich trug das Shirt, das ich damals am Tag seiner Eröffnung gekauft hatte, auf dem es selber abgebildet war mit seinen zweiunddreißigtausend leeren Plätzen, und auf dem stand in Copperplate-Gothic-Lettern »Hintersiebenbergen Stadium«. Mein Plan war, die Welt zu missionieren und allen Ländern die wahre Größe und Bedeutung meiner Stadt zu verkünden. Auf dem Senatsplatz von Helsinki stand ein Exhibitionist, riss sein rotes Sakko auf und auf seiner Brust stand in großen Lettern unvermittelt »Hintersiebenbergen Stadium«. Das war ich. Marion machte Klick. Die Finnen staunten und verneigten sich in Ehrfurcht. Auf den Balkon seiner Kabine auf dem Kreuzfahrtschiff »Costa Favolosa«, das gerade auf dem Bosporus fuhr, trat im milden Morgenlicht der Orientreisende, riss sein strahlend weißes Sakko auf, und auf seiner Brust leuchtete »Hintersiebenbergen Stadium«. Die Istanbuler verstummten und nickten und fielen in den Türkensitz. Im Dämmerlicht der prächtigen Bibliothek des Trinity College entblößte ein Bibliophiler plötzlich seine Brust. Auf der stand »Hintersiebenbergen Stadium«. Die Dubliner Studenten schlugen das »Book of Kells« zu und bekreuzigten sich. Auf der Brücke über die Limmat, die den Limmatquai von der Goldküste des Zürcher Sees trennt, knöpfte ein Herr mit Embonpoint sein Hemd auf, und zum Vorschein kam auf seinem massigen Oberkörper der Schriftzug »Hintersiebenbergen Stadium«. Da verbeugten sich nicht nur die Angestellten des Weltverbands, sondern auch die Kellnerinnen und Kellner aus der Kronenhalle und dem Grand Café Odeon und winkten mit ihren Geschirrtüchern. Auf dem Newski-Prospekt, die Auferstehungskirche in seinem Rücken, entblößte einer sein Vorderteil, darauf stand »Hintersiebenbergen Stadium«. Sofort erschien Fürst Myschkin und machte dem edlen Gast den Weg auf St. Petersburgs Prachtboulevard frei. Wie er es schon vor der Tower Bridge und dem Big Ben getan hatte, packte der Zeitreisende zur Zeit der Wachablöse auch vor dem Buckingham Palace die beiden Enden seiner Burberry-Jacke, zog sie auseinander und präsentierte dem Empire stolz die Worte »Hintersiebenbergen Stadium«. Die Queen was *very amused*, vollführte mit dem Handtäschchen ein Looping des Respekts und der Freude, ihre Untertanen zogen ihre Hüte und Kappen, und alle sangen »You'll never walk alone!« Und Marion machte Klick! Klick! Klick!

9
DAS GOTTESHAUS

Der Weltraum. Die Erdkugel. Die nördliche Hemisphäre. Einer der kleineren, zerklüfteten Kontinente. Einer der kleineren Staaten dieses Kontinents. Eine der kleineren Städte dieses Staates dieses Kontinents. Ihr Südwesten. Das große Stadion der kleinen Stadt. Das prächtige neue Stadion, die Silberschüssel, die man schon vom Flugzeug oder von der Autobahn aus erkennt. Das Wahrzeichen. Es gibt Städte mit Silberschüsseln und Städte ohne Silberschüsseln. Es gibt Silberschüsseln, in denen es kocht und Silberschüsseln, in denen es nicht kocht.

Zweiunddreißigtausend Sitzplätze. Einunddreißigtausendsiebenhundert leere Sitzplätze, weinrot. Lauter leere Plätze, wohin man seinen Blick auch schweifen lässt. Prächtige Öde! Ich, Egyd Fraundorfer, Bewohner des Weltalls und Teil des Universums, lebe in einer Stadt mit einer Silberschüssel, in der es nicht kocht. Ich gehöre hier mit niemandem zusammen. Ich bin allein gekommen, ich sitze allein, ich werde allein gehen.

Mit exakt den Worten, mit denen diese Aufzeichnungen beginnen, habe ich auch meinen Vortrag für die Architekten begonnen, die aus dem ganzen Land, aus der ganzen Republik zusammengekommen und auf den Berg gestiegen waren, um mich zu hören: den Redner. Es gab sie wirklich. Sie existierten! Und wir haben zueinander gefunden!

Als ich die Einladung bekam, bei ihrer großen Gipfelkonferenz zum Thema »Architekturen des Scheiterns« zu sprechen, war ich sofort vom Wort *Leerstandskonferenz* fasziniert – und wollte sofort absagen: Nicht, weil die Einladung ziemlich kurzfristig gekommen war, sondern eben weil das genau mein

Thema war: Die Leere hatte mich als Lebensthema als einen, der zufällig in der hintersten, schrulligsten Provinz geboren worden ist (wo man sein ganzes Leben mit der Aufzählung von Dingen verbringen könnte, die es hier nicht gibt) und der dank einer Kette anderer zufälliger Umstände bis heute seinen Schreibtisch dort stehen hat, von klein auf das leere Leben als das sinnlose Leben lebend, als das schwer mit selbst erschaffener Größe oder Besonderheit anzufüllende Leben in diesem versteckten Randraum. Die Menschen hier – und das ist eben ein Zeichen von Armut (die freilich glücklich, idyllisch oder wenigstens »hold« sein kann) und Zurückgebliebenheitsromantik – sind stolzer auf ihre Natur als auf ihre Kultur, Natur ist ewig, Kultur ist Mode – die Kultur lassen sie sich von Experten vorschreiben, die Natur lassen sie sich nicht vorschreiben, die Natur erkennen sie selbst – und deswegen haben sie auch ein dringendes Bedürfnis, die Natur in ihrem Naturzustand zu belassen, alles beim Alten zu lassen, denn die Natur zu kultivieren hieße ja auch, sie zu verändern und sie also in ihrer Existenz zu bedrohen. Kultur ist der erste Schritt zur Kunst. Kunst ist Veränderung, und Veränderung ist gefährlich. Zum Beispiel ist ihrer Entstehungsidee nach eine Stadt ganz generell ein Kunstwerk. Jede Stadt. Eine große Stadt ist ein großes Kunstwerk, eine Kleinstadt ein kleines. Kunst ist nicht notwendig schön, aber sie ist notwendig konstruktiv-pervers. In diesem Land sagt man überall, man sei »am Land«. Anders als eine Stadt ist ein »Land« kein Kunstwerk.

Es muss wohl geografische, topografische Gründe haben, dass mein Werk fast immer mit der Leere zu tun hat – mit der Leere des Landes, mit der Leere des Lebens, mit der Leere der Menschen, mit der Leere des Himmels und der Hölle. Im Einladungsschreiben zu dieser *Leerstandskonferenz* wurde ich selbst zitiert: »Niederlagen sind unterhaltsamer als Siege. Und auch besser zu analysieren.« Salopp könnte man mein Zitat zwischen zwei andere Zitate stellen, Goethes Bonmot »Nichts ist schwerer zu ertragen als eine Reihe von schönen Tagen« und Karl Poppers These »Alles Leben ist Problemlösen«. Schönheit ist unlösbar, Schönheit will Stillstand. (Nur eine Niederlage ist ein Problem. Ein Sieg ist kein Problem. Ein Triumph ist leider kein Problem. Ein Triumph ist steril. Ein Sieg kann nicht gelöst werden. Siege und Triumphe sind unendliche Enden – und insofern schlimmer als alle Probleme der Welt zusammen.) Wo kein Problem, da kein Leben – nur Stillstand. Und Stillstand ist eine Form von Leerstand. Allerdings gibt es neben lösbaren Problemen auch unlösbare Probleme. Unlösbare Probleme kann man nur verwalten, bestenfalls »kultivieren«. Alles Leben ist Problemverwalten, Probleme vor sich herschieben, Probleme wälzen – das wäre die pessimistischere, aber realistischere Lesart. Ausweglosigkeit lässt sich nur bewältigen, zur Seite schieben, verdrängen durch Schöpfung, Schöpfung, Schöpfung. Je gewaltiger das Vorhaben, desto wirksamer das Antidepressivum.

In der Verzweiflung über die Tristesse der condition humaine muss man immer ein Bauender sein, habe ich den Architekten gesagt, Ionesco, ein Bauer oder ein Erbauer, Kulturtreibender oder Kunstschaffender, Ackerbau oder Hausbau, sozusagen Baubau, das ist die Grundidee aller Kunst: Baubau. Der Zweck, der Nutzen des Baus liegt außerhalb und ganz woanders, der Zweck, der Nutzen ist ein psychologischer und philosophischer und metaphysischer, kein praktischer. Das Praktische, das wäre das Primitive! Nichts außer Schöpfung macht das Elend wieder gut, und sei sie, die Schöpfung, auch noch so absurd, also wortwörtlich entwurzelt oder gar überhaupt wurzellos. (Das Wort *Absurdität*, eines der großen lexikologischen Denkmäler meines Lebens, ist im Leerstandskonferenz-

Einladungsschreiben explizit erwähnt ...) Unser Bau steht für uns. Unser Bau wird für uns stehen, wenn wir nicht mehr sind. Unser Bau kann aus Stein und Stahl und Glas sein, aus Worten, Farben und Tönen. Seine Vorrede zum »Bildnis des Dorian Gray« beschließt Oscar Wilde mit den Worten: »Der Künstler ist der Schöpfer schöner Dinge. Alle Kunst ist völlig nutzlos.« Freilich war Wilde Dichter, nicht Architekt, und Architektur lässt sich schwer ohne jeden Nutzen denken, aber in dem Maß, in dem man Architektur als Kunst begreift, in dem Maß muss dieses Wilde'sche Diktum auch für die Architektur gelten können, sagte ich den Architekten.

Als ich in der Einladung den Satz las: »Stadien sind exzellente Leerstandsobjekte, die meist nur wenige Tage im Jahr gefüllt sind ...«, war es gewissermaßen um mich geschehen. Jetzt war ich elektrisiert, es gab aus dem Stromkreis kein Entkommen mehr. Denn das mit Abstand absurdeste Bauwerk dieses Landes ist eben das Stadion, das drei Kilometer von meinem Schreibtisch entfernt steht, eine Absurdität von europäischer Dimension – und insofern meinem Empfinden, meinem Dafürhalten nach auch ein großes literarisches Thema, geschätzte Architekten, wortwörtlich ein Topos, ein neuer, ein noch nicht dagewesener Topos. Denn im Unterschied zu all der vorhandenen Leere in diesem Land und Landleben, von der ich bisher gesprochen habe, ist das etwas grundsätzlich Neues, nämlich eine *geschaffene* Leere, eine ganz bewusst und planmäßig geschaffene, eine komponierte, eine gebaute Leere. Im Unterschied zur bedauerlichen und verschämt vertuschten und gern unter den Teppich gekehrten Leere die Pornografie der Leere! Hat schon jemals in der gesamten Literaturgeschichte vom »Wessobrunner Gebet« an ein einziger Schriftsteller auf der Welt einen Roman über ein Stadion geschrieben? Romane über den Bau von Domen und Kathedralen gibt es zuhauf, sogar Romane über den

Bau der Pyramiden, also über Grabmäler, gibt es, einen Roman über den Bau eines Stadions kenne ich nicht.

Sofort absagen wollte ich diesen Vortrag vor den Architekten also keineswegs, weil mich ihr Thema zu wenig gereizt hätte, sondern im Gegenteil, weil es mich so brennend interessiert und weil ich tatsächlich insgeheim an einem Roman arbeite, der von diesem Bau, genau von diesem absurden Bauwerk handelt. Das Stadion selbst soll in meiner neuen Arbeit mein tragischer Held werden. Schweren Herzens absagen wollte ich nun einerseits deswegen, weil es fast ein heiliges, wenn auch ungeschriebenes Gesetz ist, über laufende Projekte, schwebende Verfahren, Kunstschwangerschaften nichts zu verraten aus purer Angst, sie dadurch zu zerstören, zu vernichten, Totgeburten zu erleiden: So gab es schließlich auch eine Verschwiegenheitspflicht beim Ausschreibungsverfahren zu diesem Stadion, und beinahe wäre das Projekt, der Bau, das Stadion und die Europameisterschaft durch eine vorsätzliche, politisch inszenierte Verletzung der Verschwiegenheitspflicht – durch Weitergabe detaillierter Pläne eines der Bewerber an ein Medium – zum Platzen gebracht worden. Vieles liegt im Status Nascendi der Schöpfung ja noch im Dunkeln, vieles entsteht erst beim Entstehen: Die Gedanken entstehen beim Reden, die Sprache beim Schreiben, die Handlung beim Erbauen …; der Fötus bedarf besonderen Schutzes. Andererseits quält mich unablässig die Angst, ein anderer könnte mir meinen Stoff wegnehmen – so einen Stoff findet man kein zweites Mal im Leben, und patentieren und urheberrechtlich schützen kann man ihn sich nicht lassen! Wenn nun Dr. h.c. Kaspar Exhauser oder Gustav Gurnemanz gleichzeitig mit mir auf die Idee kämen, einen großen Roman über das Stadion zu schreiben … furchtbar! Der Stoff ist das Sensibelste! Man muss ihn hegen und behüten. Man muss brüten, man muss eine Glucke sein.

Ein Werk – gleich welches – zu erschaffen, ist immer auch mit einer Rumpelstilziade verbunden. Unbefugten ist das Betreten der Baustelle strengstens verboten! Sie kennen das, sagte ich den Architekten.

Umgekehrt trägt man so ein Ding jahrelang mit sich herum und würde natürlich nichts lieber als sich mitteilen. Vom Erzählen erzählen! Von der Schöpfung berichten! Den Sommer über stellte ich mein literarisches Stadionprojekt ein wenig zurück und ließ es ruhen. Zunächst galt es, die Endfassung des letzten Romans zu erstellen, dessen Fahnen zu korrigieren und mit meiner Lektorin zu besprechen, die Fertigstellung und das Erscheinen zu überwachen und auch die Präsentationen vorzubereiten. Dann war ich auf Reisen und schließlich wollte ich mir noch ein wenig Ferien als Landedelmann in Kufstein gönnen.

Und nun kam mir der Gedanke, dass die Konzeption eines solchen Vortrags vor den Architekten gleichzeitig der Wiedereinstieg in meine Schreibarbeit wäre und ich mir auch selber in Erinnerung rufen konnte, was ich mir vorgenommen hatte und wie weit ich mit der Verwirklichung meines Plans gekommen war. (Außerdem würden in den kleinen Bergort, den man für die Leerstandskonferenz auserkoren hatte, bei Nacht und Nebel wohl nicht gar so viele Leute kommen und mich verpetzen …) Und deswegen habe ich dann doch zugesagt. Ich musste und brauchte den Architekten bei der Projektbeschreibung ja nicht zu viel zu verraten, um Selbstgefährdung zu vermeiden, und ich würde auch keine Inhaltsangabe geben. Aber so viel war klar, dass ich in den Roman – in Rückblenden – auch die Entstehungsgeschichte des Stadions hineinverweben würde, die politischen Hintergründe, das Hickhack bei der Planung, Seltsamkeiten und Ungeheuerlichkeiten des öffentlichen Bauwesens, die Zeitgeschichte des Landes, die Geschichte seiner

Verantwortung, seiner Moral und moralischen Verfehlungen, die Geschichte der unterschiedlichen Vereine und Unternehmen, die hier gespielt haben und spielen, die gespenstische Mutation von Vereinen zu Firmen und Fabriken, von Vereinigungen – dem Zusammenschluss vieler aufgrund eines gemeinsamen Interesses zu einer wild gewordenen Herde, die sich bedingungslos einem Führer unterordnet – und last but not least auch meine eigene Geschichte. Meine eigene fatale Geschichte. Mit Fußball würde die Geschichte des Fußballstadions am allerwenigsten zu tun haben. Die Hauptzeitebene des Romans wird die der sportlichen Bedeutungslosigkeit sein: Seine einzelnen Kapitel sind den jeweiligen Heimspielen Hallodrias in der Regionalligameisterschaft zugeordnet, habe ich den Architekten erzählt, zum Beispiel dem Spiel gegen Kapfenberg vor einunddreißigtausendsiebenhundert leeren von insgesamt zweiunddreißigtausend Plätzen; aber das zentrale Motiv des ersten Kapitels ist die Religion, das religiöse Moment. Die Einkehr.

Es ist eine der grotesken Situationen meines Lebens, dass ich dieses Stadion, diese Arena, diese Kathedrale, diesen Dom liebe, dessen Erbauer ich zutiefst verabscheut habe, aber inmitten einer Bevölkerung lebe, die dieses Stadion in großer Mehrheit verabscheut und gering schätzt, dessen Erbauer sie geliebt hat. Die Hauptkritikpunkte an diesem Stadion, die die Bevölkerung immer wieder vorbringt, habe ich den Architekten berichtet, sind die: Erstens: Es sei viel zu groß. Zweitens: Es sei viel zu teuer – zum einen die Errichtung, zum anderen die Erhaltung. Drittens: Es sei nur für die drei Spiele der Europameisterschaft erbaut worden, seither liege es brach und stehe leer. Diese drei Hauptkritikpunkte lassen sich in einem einzigen Satz zusammenfassen: Das Stadion ist unnütz.

Zwei Schriftsteller leben außer mir noch in der Stadt, beide nicht weit entfernt von meinem Eiffelbeinturm – beide verachten das Stadion, beide schreiben aber zu meinem Glück keinen Roman darüber: Der alte Gustav Gurnemanz, der katholische Schriftsteller, und Dr. h.c. Kaspar Exhauser, der Poet, der aus dem Misthaufen kam – so bezeichnet er sich selber. Beide waren sie an der Plattenbauuniversität beschäftigt, der eine, Gurnemanz, als Professor, der andere, Exhauser, als Bediensteter im nicht wissenschaftlichen Dienst. Kaspar Exhauser rechnet immer wieder vor, wie viele Einwohner Hintersiebenbergen hat, wie viele Plätze sein Stadion, und daraus errechnet er den Quotienten der Unvernunft und des Größenwahns. Um dieses Stadion füllen zu können, schreibt Kaspar Exhauser, müsse man wohl auch den halben Hintersiebenberger Zentralfriedhof exhumieren und dazu einladen, und dann könnten in den Schlachtenbummlerrängen die Skelette auf ihre eigenen, dazugehörigen Totenköpfe trommeln und unsere Fußballmannschaft anfeuern, die es auch schon lange nicht mehr gibt. Für meinen Geschmack eine vorlaute Meldung und: nicht zufriedenstellend!

Gerade eben ist auch ein Buch von Gustav Gurnemanz erschienen, dessen Haus noch näher beim Stadion steht als meines, der sich also mit Fug und Recht »Anrainer« nennen könnte (viele Anrainer beschweren sich übrigens auch noch über das Verkehrschaos und die große Lärmbelästigung, die vom ständig leer stehenden Stadion ausgehen …) und den ich als großen Philologen kenne, als Fußballbanausen zwar nicht gerade, als sattelfesten Fußballfachmann aber ebenso wenig. Gurnemanz hat mir als einer von ganz wenigen Gutes getan, das will ich ihm nicht mit Ungutem vergelten. Aber in diesem Buch, in dem es wie in allen seinen Büchern um Gott und die Welt geht, schreibt er, einen großen Wirbel habe in Hintersiebenbergen der Bau und Betrieb des neuen Stadions ausgelöst, das

+) Brandstetter Alois
++) Winkler Sepp

man für die Europameisterschaft 2010 gebaut habe und das sich inzwischen zu einem lähmenden Klotz am Bein der Stadt und zu einer skandalösen Belastung entwickelt habe …; abgesehen davon, dass Gurnemanz sich bei der Europameisterschaft, die erst ein paar Jahre zurückliegt, um volle zwei Jahre vertan hat, abgesehen davon, dass er Vereine und Ligen und FIFA und UEFA und was nicht noch alles verwechselt und durcheinanderbringt, abgesehen davon, dass nicht nur die drei Spiele der Europameisterschaft hier stattgefunden haben, sondern sieben Länderspiele, außerdem fünf internationale Länderspiele, abgesehen davon, dass hier – wie mein Roman hoffentlich für alle Ewigkeit dokumentieren wird, alle vierzehn Tage ein Fußballspiel von Hallodria Hintersiebenbergen stattfindet, abgesehen davon, dass die strengsten Kritiker einer Sache oft die sind, die den Gegenstand ihrer Kritik nicht wirklich gut kennen, abgesehen davon, dass zahlreiche Einwände sachlich zu entkräften wären, sind alle diese Einwände grundsätzlich falsch und irrelevant: Denn das Stadion, die Arena, der Dom, die Kathedrale ist ein Sakralbau! Ein Sakralbau ist über Fragen der Effizienz prinzipiell erhaben!

Ich bekomme Einladungen zu Vorträgen oder Lesungen auch aus Dörfern und kleinen Landgemeinden. Wenn es sich ausgeht, schlendere ich vor meinem Auftritt durch den Ort, und jedes Mal denke ich: So eine große Kirche in so einem kleinen Ort! Wie konnte man nur in einem so kleinen Ort eine so große Kirche, einen richtigen Dom bauen? Ochsen, Esel, Hirten, Hofer, Lidl, Kühe, Stall – und eine riesige Kathedrale! In diesen Dom würde ja die gesamte Ortsbevölkerung hineinpassen! Und dafür wurde er eigentlich wohl auch gebaut, nicht für den täglichen Gebrauch, nein, für das Besondere, für das Seltene und Außergewöhnliche! Für die hohen Feste des Menschen! Für geheimnisvolle Offenbarungen! Für die Höhepunkte! Zum Zelebrieren von Geburt, Tod und Auferstehung. Zu Weihnachten und zu Ostern wird womöglich wirklich die ganze Ortsbevölkerung im Dom sitzen. Oder wenn die Wallfahrer kommen. Wenn ich so eine Kleinortgroßkirche inspiziere, ist sie aber immer ganz leer, von ein, zwei schwarz gekleideten, knienden, rosenkranzmurmelnden Frauen mit Kopftüchern vielleicht abgesehen. Auch diese Leere ist schön, wenngleich eine aus flachen hölzernen Kirchenbankreihen aufsteigende Leere nicht so eindrucksvoll und erhaben und förmlich brüllend ist wie eine steile und streng geometrische Sitzplatztribünenleere.

Gurnemanz wird all die leeren Kirchen in den nach Heiligen oder Aposteln oder der Jungfrau Maria benannten kleinen Landgemeinden wohl ganz bestimmt ebenfalls kennen – und trotz ihrer geringen Auslastung keinen Gedanken an einen Rückbau verschwenden oder die Gebäude als skandalöse Belastung und lähmenden Klotz am Bein der Dörfer empfinden.

Dabei hat auch der Kirchenbau viel Geld gekostet! Ein Gotteshaus hat natürlich immer mit Gott zu tun. Aber die Existenz eines Gotteshauses ist kein Beweis für die Existenz Gottes. Ganz im Gegenteil: Ein Gotteshaus baut man, weil man sich innig und dringend wünscht, dass irgendwo und irgendwie ein Gott existieren möge – auf reinen Verdacht hin, einfach um ihn oder es, das allerhöchste Wesen, Gott, sollte es sich jemals offenbaren und erscheinen und »eingehen unter unser Dach«, um seine Botschaft zu verkünden, nicht zu enttäuschen mit einer Hütte oder einem Notquartier. Alle Kirchen, alle Kathedralen, alle Dome sind im Geist Spinozas gebaut, nicht utilitaristisch. Das ganz bewusst Gigantomanische der Sakralbauten, das sich noch in kleinen Ansiedlungen finden lässt, erklärt sich einfach durch die Hoffnung auf Wiederkehr und gleichzeitig durch die Furcht vor einer persönlichen existenziellen Blamage: Jedes Kaff könnte Bethlehem werden, aber ein zweites Mal darf uns die peinliche Geschichte mit Stall und Krippe nicht passieren! Nie wieder Bethlehem! Was ist heute in Bethlehem über Krippe und Ochs und Esel und Stall drübergebaut? Eine Kathedrale! Wenn der Allmächtige kommt, dann möchten wir uns nicht neuerlich auf dem falschen Fuß erwischen lassen! Kirchenbau heißt seit zweitausend Jahren: warten, warten, warten ... Und dieses Warten, sagte ich den Architekten, ist auch die dramatische Grundsituation des modernen Theaters. Alles Theater ist warten.

Ob man gläubig ist oder nicht: Solche Dome, Kathedralen, Gotteshäuser sind das Höchste und Schönste und Großartigste an Kunst, was der Mensch geschaffen hat – alle viel zu groß natürlich, die in Deutschland und Italien und Spanien, die in Großbritannien und Frankreich. Ihre Botschaft ist überall die gleiche: Ja, wir (Menschen) sind desperat, aber wir wollen uns zusammenrotten und zusammen sein und uns in Trance singen und beten, dann sind wir gemeinsam für eine kurze Weile so stark, als wären wir gar nicht desperat. Diese eindrucksvollen Kathedralen sind nichts als die in Architektur gegossene Botschaft, dass wir auf eine Botschaft warten, dass wir auf einen warten, der uns *die* Botschaft bringt. Wir schaffen das Majestätische, weil wir auf eine Majestät hoffen.

Ich staune, dass ich einem so religiösen Menschen diese Lehre erteilen muss: Das Stadion ist nutzlos. Aber nicht sinnlos. Der Sinn eines religiösen Baus ist sozusagen religiöse Erbauung. Basilica aedificare significat basilicam spiritualem: Wer wüsste das besser als Gurnemanz? In der Form des Kirchenbaus spiegelt sich die Kirche des Geistes: Leitsatz der mittelalterlichen Architektur. Die Existenz eines Gotteshauses ist kein Beweis für die Existenz Gottes, aber ein Beweis für die Existenz der Gotteslust und Gottessucht. Schweren Herzens muss ich daher urteilen und scharfrichten: Lieber Gustav Gurnemanz, diesmal leider nur: nicht zufriedenstellend!

Je weiter in unseren Breiten die Zeit fortschreitet, je urbaner der Schauplatz wird, je weniger Gott straft, sei es mittels Gewittern, sei es mittels Naturkatastrophen, sei es mittels Krankheit und Tod – vor allem nicht die Bösen, die es sich verdient hätten –, je weniger Gott die Guten belohnt mit diesseitigem Benefit und ewigem Leben im Jenseits, je weniger er sich um die Einhaltung seiner eigenen Zehn Gebote schert und sich von lustigen Gaudimaxfiguren in Tommy-Hilfiger-Mode unter dem Talar in einer gerade noch ethischen Freizeitfirma auf Erden stellvertreten lässt, je deutlicher sich also das Christentum als verkappter Atheistenclub und Taufscheinclique enttarnt, desto brisanter wird zwangsläufig auch die Frage: Wie baut man Gotteshäuser ohne Gott? Für wen und zu welchem Ende? Der Wettbewerb bietet sich an, der Ausscheidungskampf, der Sieg, der Gewinn, durchaus doppeldeutig, also auch finanziell gesehen, die Parallelität von Gott und Geld ist in unserer Gesellschaft ja augenfällig, und diese Wettbewerbisierung jeder Faser der Wirklichkeit ist die letzte schicke Modeabsurdität, auf die man gekommen ist, der letzte Schrei.

In größeren Städten habe ich es mir zur Angewohnheit gemacht, pro Gotteshaus ein Stadion zu besichtigen, also zum Beispiel in London St. Paul's Cathedral und das Emirates Stadium, Westminster Abbey und Wembley. Die Gedächtniskirche und das Olympiastadion in Berlin, den Petersdom und das Stadio Olimpico in Rom, in Istanbul Hagia Sophia und Ali Sami Yen. Auch in Lissabon und Porto und Braga, in Amsterdam, in Dublin, in Stockholm und Bukarest, in Köln und Frankfurt, Hamburg und München, in Zürich, in Danzig oder Warschau, in Athen, in Turin, in Brüssel, selbst in Donezk und St. Petersburg, in zahlreichen europäischen Metropolen, geschätzte Architekten, sind in den letzten zehn, zwanzig Jahren neue, architektonisch spektakuläre Arenen erbaut worden (während gleichzeitig kein nennenswerter Domneubau zu vermelden ist) – und für alle diese Arenen gilt ganz prinzipiell: Sie sind sehr teuer und sehr groß, sie stehen an dreizehn von vierzehn Tagen leer, ihr Nutzen steht in den Sternen, genau dort, jedenfalls von oben sehen sie alle aus wie riesige fliegende Untertassen, wie Zeugnisse außerirdischen Lebens, und bei den Eröffnungsfeiern aller dieser Arenen ist garantiert der Satz gefallen: »Das Ufo ist gelandet.« Wenn schon nicht Gott, wenn schon nicht der Schöpfer des Himmels und der Erde, dann zumindest Außerirdisches, Übernatürliches, Übersinnliches. Wir wollen nicht ganz alleine sein.

Eine einzige europäische Metropole der Gegenwart fällt mir ein, wo eben jetzt, während ich zu den Architekten sprach, als Gotteshaus kein Stadion, sondern ein Dom im Bau steht, einer, der ausschließlich aus Spenden von Gläubigen finanziert, der unglaublich schön und verspielt werden wird und in zehn, vielleicht fünfzehn Jahren fertig werden soll. Es könnte aber – und das hoffen viele – weil das Wunderbarste am Werk ja der Bauprozess selbst ist – noch länger dauern. Der Dom, von dem die Rede ist, heißt Sagrada Família, und die Stadt ist Barcelona. Man könnte vielleicht ein wenig kitschig und klischiert sagen, dass ganz Barcelona seit hundert Jahren an der Sagrada Família baut, weil eben ganz Barcelona eine Sagrada Família ist und sein will, seit den Tagen, als der Architekt Gaudí das Großprojekt in Angriff genommen hat, der unter so tragischen Umständen gestorben ist und längst in seinem wunderbaren Großrohbau wenn schon nicht die ewige Ruhe, so den ewigen Frieden gefunden hat: der Moses unter den Architekten. Seine Baupläne sind verschollen: sie zu befolgen daher eine umso größere Kunst, Inspiration, Einfühlungsvermögen ist alles. Moses wäre nicht Moses, dürfte er das gelobte Land selbst betreten, das er seinem Volk gezeigt hat, sagte ich den Architekten. Moses wäre nicht Moses, würde er nicht zufällig von einer Straßenbahn überfahren und von Passanten für einen Clochard gehalten werden. Moses wäre nicht Moses, wenn Schopenhauer über ihn nicht sagen würde: Der Wegweiser geht nicht mit!

Nicht zufällig ist gerade Barcelona die Fußballwelthauptstadt des letzten Jahrzehnts gewesen – und besitzt ohnehin bereits das größte Fußballstadion Europas, das mittlerweile nicht mehr ganz zutreffend so heißende Nou Camp oder Camp Nou, in dessen Katakomben sich nicht nur ein kleines Fernsehstudio befindet, sondern genau gegenüber – nota bene: auch eine Kapelle. Und nicht zufällig spreche ich vom tiefgläubigen Südeuropa, von Spanien, wo man die altehrwürdigen Stadien ebenso wie die Dome nicht am Rand, an der Peripherie gebaut hat, sondern im Zentrum, mitten in der Stadt, mitten im Häusermeer, mitten unter den Menschen. Parkplätze gibt es dort natürlich keine. Aber man braucht auch keine. Man fährt ja nicht ins Gotteshaus. Man pilgert.

Nicht in Dublin, Stockholm und Bukarest, aber in den meisten anderen Großstädten, die ich erwähnt habe, war der Anlass der Erbauung ihrer neuen spektakulären Arenen drei Spiele einer Europameisterschaft oder Weltmeisterschaft, ebenso wie hier, erzählte ich den Architekten. Nur ist der »Anlass« eben nicht zu verwechseln mit dem »Grund«, dem »Nutzen«, dem »Sinn«. Ausgerechnet hier, in der kleinsten Stadt der Europaveranstaltung, wurde das einzige neue Stadion gebaut – sozusagen das einzige Baudenkmal, das von der Europameisterschaft übrig geblieben ist. Wie schön war das Ding in seiner vollen Größe! Nur wusste man nicht, was mit der Schönheit anfangen. Aber das ist das Dilemma mit Schönheit ganz generell, und damit das Dilemma mit Kunst und den Schöpfern schöner Dinge. Schönheit ist Selbstzweck, und sie existiert ausschließlich, um bewundert und genossen zu werden. Wenn man Schönheit nutzbar machen will, ruiniert und vernichtet man sie. Schon wenn man Schönheit zu nahe kommt, verschwimmt sie im Auge des Betrachters. Schönheit ist eben kein Anfang, sondern ein Ende, auf das alles zusteuert, und wenn es am schönsten ist, soll man aufhören, nicht beginnen. Schönheit – wieder Oscar Wilde – ist das Wunder aller Wunder. Aber sie fordert auch alles. Den amtierenden Bürgermeister hat sie den Kopf gekostet – zu seinem Glück im Unglück wenigstens nur politisch. Selber nicht schön, hat er Schönheit hinterlassen.

Ich will hier nicht unnötig psychoanalytisch werden, liebe Architekten (obwohl ich damit eine neue und ganz aktuelle Facette von Religiosität erschlösse), aber was sollte man schon anderes zu Rückbauplänen assoziieren als Impotenzängste. Sei es wie es sei. Jedenfalls geht es also gerade um das Überdimensionierte. Ich vermute, um das Überdimensionierte (das heißt, um das Geistige und Fantastische) geht es in der Kunst immer (denn das Fantastische ist ja das überdimensionierte Reale). In der Architektur ist dieses Phänomen von allen Kunstäußerungen am augenscheinlichsten und auffälligsten, weil Architektur eben die sichtbarste aller Künste ist: sichtbarer als die bildende Kunst, die sich der Fassaden der Architektur bedient, der Innenwände, der Leinwände und platzschonend in Depots geschoben und versteckt werden kann; sichtbarer als das Theater, das ebenfalls innerhalb der Architektur stattfindet, in großen Räumen, viel sichtbarer als Literatur – ebenfalls innerhalb der Architektur passierend, aber in kleineren Räumen, Bibliotheken, Lesesälen, Wohnzimmern, am Schreibtisch, auf dem Sofa; sichtbarer selbstverständlich als die Musik, die ja unsichtbar ist.

Aber es geht überall um das Überdimensionieren! Wer gigantomanisch nicht wenigstens denkt, der kann das Denken gleich ganz bleiben lassen – und der denkt auch nicht wirklich, der sorgt sich bloß oder er kalkuliert. Also: wortwörtlich *hervorragend* sein, *herausragend* sein, das Hervorragende schaffen, wortwörtlich das Herausragende schaffen, das Überdimensionierte!

Leider muss sich auch der hervorragende, das Herausragende schaffende Künstler fragen: Wer soll das Herausragende bezahlen? Das alte, niedergerissene Stadion stand, das neue, praktisch am selben Platz erbaute Stadion steht in einem Stadtteil, der Siebenhügel heißt, und es grenzt im Norden an die Siebenhügelstraße. Siebenhügel im Südwesten Hintersiebenbergens. Auf sieben Hügeln wurden außerdem Lissabon und vor allem Rom erbaut, und deswegen liegt die Analogie zur Basilica San Pietro nahe, zum Präsidentenpalast des Vatikan, zum Zentrum und zur Zentrale der Christenheit. Man redet nicht gern darüber, aber man weiß es ja, dass der Petersdom mitsamt der eindrucksvollen Arkadenarchitektur Berninis mit dem Schandgeld aus dem Ablasshandel erbaut worden ist. Ohne Korruption und brutale, schmutzige Geschäfte gäbe es keinen Vatikan, keinen Petersplatz, keinen Petersdom, wie wir ihn kennen und lieben. Ohne die beeindruckende Rundarchitektur Berninis gäbe es vielleicht gar keine katholische Kirche mehr, nur wegen dieses Landeplatzes für Außerirdische …

Die Erbauung des Welthauptquartiers der Christenheit war also bei all ihrer Großartigkeit ein gigantomanisches Gaunerstück, gespeist durch unzählige Schwerverbrechen, Raub, Blutvergießen, Mord und Totschlag. Und keiner der friedlichen Pilger und Gläubigen aus aller Welt verschwendet auch nur einen Gedanken an die Unmoral der Moral, also an die Absurdität, wenn der neue Papst heute zu Ostern oder Weihnachten den Segen urbi et orbi spendet.

Damit eine Absurdität so großen Stils Wirklichkeit werden kann, müssen mehrere Zufälle zusammenspielen, geschätzte Architekten. Jeder verantwortungsbewusste, kühl denkende Rationalist und Rechner, jeder mit Augenmaß hätte in diese kleine Provinzstadt eine Europameisterschaft erst gar nicht gelockt und ein solches Riesenstadion erst gar nicht erbaut. Nur ein Manischer, nur ein Größenwahnsinniger wie das Landeshauptnashorn, der Chefkönig, der von diesem kleinen Flecken aus um jeden Preis in ganz Europa wahrgenommen werden wollte, nachdem er in Europa längst ein Unberührbarer geworden war – nur einer, dessen Taten und Untaten, Worte und Unworte stets unterschiedslos Erfolg bei den Gläubigen gebracht hatten, konnte sich zu einer so gigantischen Absurdität hinreißen lassen in der Hoffnung, sie für sich selbst und seine Zwecke nutzbar zu machen. Das – nämlich der Nutzbarmachungsversuch der Absurdität – war dann auch der Keim des Verderbens …

Denn, liebe Architekten, der Machtmaniker dachte sich: Wenn ich mir ein Gotteshaus bauen kann, kann ich mir auch einen passenden Gott hineinkaufen, mir zu Diensten und im Übrigen omnipotent und allmächtig. Er hatte die Macht, das Geld, das Dunkelkanalgeld. Er ließ sich beim Verkauf seiner Rhinozerosbank bestechen und bezahlte einfach mit dem Schmiergeld. Mit den Bestechungsmillionen. Alle schauten weg. Die Zeitungen applaudierten. So einfach war das. Er kaufte den Gott einer anderen Kirche, einer anderen Religion, einen Prostitutionsgott von außerhalb. Nach dem Probesitzen der Feldherren auf den Stühlen der weinroten Wüste wurde nun das Probesitzen aller Truppen und Divisionen der Armee anberaumt. Für ein paar Fototermine waren sozusagen fast alle Plätze mit Hinterteilen besetzt … Mein Volk, dessen Obere mich vor so langer Zeit aussortiert und verbannt hatten, tanzte jetzt ungeniert um ein goldenes Kalb.

Drei Jahre lang betrat ich das gelobte Stadion nicht. Drei Jahre sind eine lange Zeit, wenn sie die Zeitspanne eines Verbrechens markieren. Aber sie sind auch eine sehr kurze Zeit, wenn sie die Existenzdauer eines sogenannten Traditionsvereins markieren. Drei Jahre sind aberwitzig kurz als Lebensdauer eines Gottes, *verdammt* kurz sozusagen. Ein Sprichwort sagt: Wenn das Haus fertig ist, kommt der Tod. Eine göttliche Fügung ist es vielleicht, wenn der Gauner gleich nach dem Gaunerstück in die Hölle fährt und das Gotteshaus, das Freudenhaus von seiner Sündhaftigkeit befreit.

Nachdem DASGESETZBINICH sich erschlagen hatte, geschätzte Architekten, waren die falschen Gläubigen, die aus Jux und Tollerei ins Stadion gekommen waren, schnell wieder weg. Also hatte ich den Palast nun für mich allein. Ich hatte einfach drei Jahre warten müssen, bis sich die Tore des Himmels nach der Apokalypse wieder öffneten, das war ein verhältnismäßig günstiger Preis. Endlich Sedisvakanz! Extra omnes! Jetzt hatte ich Platz! Heute kann ich behaupten, dass ich der einzige Mensch auf der ganzen Welt bin, für den exklusiv und allein ein Zweiunddreißigtausend-Plätze-Stadion gebaut worden ist, gewissermaßen auf Wunsch vor seine Haustür gebaut worden ist, sozusagen schlüsselfertig, der sich dafür um keine Bewilligung kümmern, der sich nicht in Schulden stürzen, der dabei nicht ins Schwitzen gekommen ist, ja, der dafür nicht den kleinen Finger rühren, der sich weder Unverantwortlichkeit noch Größenwahn, weder religiösen Wahn noch Irrwitz vorwerfen lassen, der auf die Erfüllung seines Kindheitstraums – seines absurden, aberwitzigen Kindheitstraums – zurückgelehnt einfach ein bisschen warten musste. Auf die Rehabilitierung. Ich muss mein Stadion nicht absperren und nicht diebstahlsversichern. Man kann es mir nicht mehr wegnehmen, nicht stehlen, nicht forttragen, nicht wegdiskutieren. Umbenennen könnte man es, aber Namen sind Schall und Rauch, die Buchstaben des Namens einer Bank sind schnell wieder von der Fassade entfernt, wenn die Hypothek eine zu große Belastung wird ... Mittlerweile heißt die *Rhinozeros Arena* wieder *Hintersiebenbergen Stadium,* genauso wie es auf meinem Trikot steht; bis zum nächsten Erdbeben wird mein Tempel nicht fallen und nicht in sich zusammenstürzen. Man sollte ihn aber, wie es einer Absurdität solcher Größenordnung zukommt, vorsorglich unter Denkmalschutz stellen. Unter Wahrzeichenschutz. Man sollte es für spätere Generationen bewahren. Ich habe einen großen Sieg errungen! Ist das nicht ein schönes Ende für meine Geschichte?

Im Sport gibt es den Terminus technicus *Geisterspiel.* Der bedeutet, dass eine Mannschaft ein Heimspiel – zur Strafe – vor leeren Rängen austragen muss. Hier in meinem Riesenstadion finden nun seit Jahren praktisch ausschließlich solche Geisterspiele statt, nur dass niemand eine Strafe verhängt hat, es sei denn: das Schicksal selbst. Die größtmögliche Absurdität ist erreicht, wenn es Schuld, aber keine Schuldigen gibt, Strafe, aber keine Bestraften. Die Leere nach der Apokalypse.

Ich aber bin tatsächlich nicht bestraft: Ich bin einerseits durch meine Liebe zur Schöpfung, andererseits durch meinen Boykott ihres Missbrauchs als einziger Postapokalyptiker meines Landes qualifiziert, ins Stadion zu gehen, auch übermorgen wieder, wenn es vor zweiunddreißigtausend leeren Plätzen gegen Allerheiligen geht, erzählte ich den Architekten. Ich bin der König des Nichts, Präsident im Niemandsland. Ich werde mein Stadion auch gegen Allerheiligen nicht leer lassen, sagte ich den Architekten bei der Leerstandskonferenz, sondern Gäste mitbringen, illustre Gäste, große Gäste, Gäste nach meinem Geschmack, Gäste, die vielleicht niemand sieht, weil sie aus dem Himmel kommen! Aus dem Himmel! »Attraktionen! Sensationen!«, werde ich rufen und meinen Zylinder schwingen, »Hereinspaziert! Hereinspaziert! Kommen Sie! Willkommen! Dobrodošli! Witamy! Welcome! Bienvenue!« Man wird staunen. Die Plätze einer Platzwüste sind nie nur Leere, die Plätze sind Platzhalter für etwas, das kommt oder kommen kann oder kommen könnte. Für mich ist ein Geisterspiel die größtmögliche Belohnung.

DRITTER TEIL

10
DAS GEISTERSPIEL. ERSTE HALBZEIT

Stücke werden nicht von Autoren geschrieben, sondern von den kommenden Generationen. Ich kann nicht voraussagen, ob meine Sensibilität und die der späteren Generationen übereinstimmen. Die späteren Generationen schreiben immer ein Stück, das auf dem des Dramatikers fußt, aber auf viele Arten vom ursprünglichen Werk abweicht.

Das Theater endet als Gattung in dem Augenblick, in dem der Chor den einen, der aus ihm ausgetreten ist, stehen lässt, ihm weder zuhört noch antwortet, sich abwendet, umdreht, geht und verschwindet.

Ich bin wieder da, lieber Maître Ionesco! Ich bin vom Berg der Architekten heruntergestiegen. Der Vortrag ist gehalten, der Roman geschrieben, das Leben gelebt. Beginnen wir mit dem Ende. Obwohl: Ist das überhaupt ein Roman? Man müsste einmal einen Germanisten fragen. Oder lieber doch nicht. Ist das überhaupt ein Leben? Man müsste einmal einen Menschen fragen. Oder lieber doch nicht. Wollen wir, Maître? Wir wollen! Hereinspaziert! Zweiunddreißigtausend Stühle nur für uns! Endlich befinden wir uns nach der Apokalypse! Zum Glück! Wir haben die Eucharistie nun hinter uns. Wir sind befreit von Raum und Zeit und Dramaturgie! Finale! Aber ein Finale ohne Ende. Endlich Platz für die geheimnisvollen Offenbarungen. Hier und jetzt ist Ihr Drama über ein halbes Jahrhundert nach seiner Uraufführung im Théâtre du

Nouveau-Lancry zum ersten Mal in seiner Maximalvariante aufgeführt worden als große Oper ohne Musik in unzähligen Akten. Ausgerechnet hier, verehrter Ionesco: die Weltpremiere. Natürlich hat das überhaupt niemand bemerkt, jahrelang, weder die Gelehrten noch die Besitzenden. Kann man mich hören? Auch da oben unter dem Dach auf den billigen Plätzen: WELTPREMIERE!!! Und ich war Zeuge von Anfang an, lange vor den ersten Proben zur tragischen Farce. Ich war Zeuge, weil ich Zeit und nichts zu tun hatte und niemand mich gebraucht hat. Weil ich ein Exkommunizierter war. Wir verstehen die tragische Farce natürlich nicht, und es wird keiner kommen, sie uns zu erklären. Jedes Theaterstück, jedes Kunstwerk ist letztlich ganz einfach ein Monument. Dieses hier, mon cher Ionesco, ist Theater und Theaterstück in einem.

Das eine muss man wissen, und man darf es nicht verwechseln: Das gigantische Rund der Tribünen hier, die gigantische Masse der Stühle, der Zuschauerraum – ist nicht der Zuschauerraum. Das ist die Bühne. Der eigentliche Zuschauerraum ist ganz klein, hier bei uns beiden. Wir sitzen in einem Kellertheater, dessen Bühnenbild metastasiert und in den Himmel gewachsen ist.

Beim letzten Spiel musste ich Sie alleine lassen, Maître, weil ich bei Architekten eingeladen war, vor denen ich über das leere Stadion gesprochen habe. Ich habe vor den Architekten über Schönheit gesprochen, auch das, was Sie mir darüber gesagt haben, dass es in der Architektur seit dem neunzehnten Jahrhundert keine Erfindungen mehr gegeben hat. Bis dahin verstand es das Neue in der Architektur immer, sich harmonisch mit dem Alten zu verbinden. Im Altertum, heißt es, half die Schönheit der Bauten um das Mittelmeer herum den Bewohnern, selbst den ärmsten, zu leben. Der Mensch lebt nicht vom Brot allein. Schönheit ist eine unentbehrliche Nahrung.

Heute nehmen sich die Leute vor Langeweile in ihren funktionellen Häusern, in ihren neuen Wohnwaben das Leben, weil das Brot der Schönheit ihnen fehlt.

Im Übrigen habe ich den Architekten nur gesagt, dass ich es eilig habe, weil es heute gegen Allerheiligen geht. Da wird vielleicht etwas los sein!, habe ich gesagt. Wer da alles kommen wird!

Kaspar Exhauser ist nicht unter diesen Wesen und Gestalten, scheint mir, aber seinen Vorschlag sollten wir beherzigen und den Friedhof und die Friedhofstoten zum Duell gegen Allerheiligen einladen, es ist Platz genug für alle da. Aber dass sie mit ihren Knochen auf ihre Totenköpfe trommeln, darauf können wir verzichten! Solche Stimmungskanonen brauchen wir hier nicht. Ich fürchte, mit denen, die uns der Zentralfriedhof von Hintersiebenbergen bietet, würden wir kein Auslangen finden. Ich denke eher an die Friedhöfe der Welt. Wir könnten die Arena auch zur Heimstätte der Halbbegrabenen machen! Zweiunddreißigtausend Halbbegrabene vor dem Seitenwechsel, die bis zum Gürtel aus den Stühlen ragen, während sie in der zweiten Halbzeit bis zum Hals im Beton stecken!

Wir spielen gegen Allerheiligen. Ich lade die Menschheit ein. Bienvenue! Das ist das letzte Spiel. Danach kommt nichts mehr. Ich lade die Menschheit vor. Es wackelt im Stadion ein bisschen, es wackelt im Atelier ein bisschen, aber die Permanentmachung schreitet voran. Wenn man ein Seismograf ist, wackelt es doch immer ein bisschen, das gehört zum Beruf, da muss man sich keine Sorgen machen. Es wurde von höchster Seite beschlossen, dass ab sofort immer gegen Allerheiligen gespielt wird, es wird auch in Zukunft bis in alle Ewigkeit immer gegen Allerheiligen gespielt werden. Zur Erinnerung: Die Heiligen sind die, deren Grabsteine sich abwenden.

Jetzt treffen die Gäste ein. Spiel im Spiel. Aus der Konversation mit Gespenstern erwachen Flirts, Seitensprünge, Träume, Verletzungen, Ambitionen, Niederlagen. Die Besucher strömen. Ich bin sitzen geblieben, aber meine Englein sind gekommen, um mir Gesellschaft zu leisten, solange ich nachsitzen muss, und um mich vorzubereiten auf den Tag, an dem ich endlich, endlich aufstehen und mich erheben darf.

Es gibt nichts Herrlicheres als Fußball, wenn er schön gespielt wird. Der Philosoph hat mir oft vom Friedhof seiner Kindheit in Reschinar mitten in den Karpaten erzählt, der direkt an den Garten seiner Eltern grenzte. Er war als Kind gut befreundet mit einem fünfzigjährigen Totengräber. Der reagierte wie eine Frohnatur, wenn er Gräber aushob und mit Totenschädeln Fußball spielte. Ich habe mich immer gefragt, sagte der Philosoph, wie der Totengräber so zufrieden sein konnte jeden Tag. Ich fragte mich, warum man das alles im Leben erfahren soll. Nur um als Leiche zu enden? Aber der Philosoph selbst missbrauchte mit seinen Spielkameraden Totenschädel als Fußball. Das war für sie eine von keinem Todesgedanken getrübte Freude …

Wir sind allein: Das heißt, wir sind ungestört. Wir müssen keine Rücksicht mehr nehmen. Kennen Sie einen Schriftsteller der Weltliteraturgeschichte, der einen Roman über ein Stadion geschrieben hat, Ionesco, einen Roman, in dem ein Stadion der Titelheld ist? Ein vollkommen leeres Stadion ist vollkommen, und es ist schön und prächtig: Entwurf für eine Welt ohne Menschen. Nur bei schütter besetzten Stadien ergibt sich eine ästhetische Einbuße: Die wirken angepatzt. Ab sofort spielt jedes Mal *Allerseelen gegen Allerheiligen,* das apokalyptische Lokalderby mit viel Zündstoff! Trotzdem ist Allerseelen gegen Allerheiligen Not gegen Elend … wer ist denn der Favorit? Das lässt sich schwer sagen. Vermutlich wird die Tagesverfassung entscheiden … oder

der Spielverlauf ... das Glück des Tüchtigen ... das Unglück des Untüchtigen ... das Unglück des Tüchtigen ... das Glück des Untüchtigen ... die Gastgeber sind drückend feldüberlegen, vergeben aber eine Chance nach der anderen ...

Kommen Sie, kommen Sie, seien Sie gegrüßt! Witamy! Benvenuto! Bun venit!

Als ich mein Dorf verließ, hörte ich auf, primitiv zu sein. Zuvor gehörte ich zur Schöpfung dazu wie die Tiere. Nun befand ich mich außerhalb, in Distanz.

Die Erfahrung der Langeweile, nicht die vulgäre als Mangel an Gesellschaft, sondern die absolute war wichtig. Es war gegen drei Uhr nachmittags, als mich so ein Gefühl des Nichts, der Substanzlosigkeit beschlich. Es war, als wenn alles plötzlich irgendwie verschwunden wäre: der Einstieg in die Nichtigkeit und der Anfang meiner philosophischen Reflexion. Dieser intensive Zustand des Alleinseins machte mich sehr betroffen. Alles, was ich vergöttert hatte, war weg.

Ich verstehe. Es empfiehlt sich nur eines, mein Herr: Abkehr von den irdischen Dingen und Askese, spirituelle Einübung in die unvermeidbare Gewissheit, dass die Welt missraten ist ...

Als wir uns in Bukarest kennenlernten – ich angehender Schriftsteller, er Lehrer mit Lehramtszeugnis für Philosophie und Literatur – und uns anfreundeten, litt er schon unter Schlaflosigkeit ...

... ich habe den Schlaf verloren. Alle meine Nächte wurden schlaflose Nächte, ich war Tag und Nacht ununterbrochen wach. Ich ging bei Nacht spazieren, ich wurde zu einem Gespenst, sodass die Leute in der Kleinstadt glaubten, ich sei geistesgestört. Und dann habe ich mir gesagt: Du musst ein Buch schreiben. So entstand mein erstes Buch.

Erzwungene absolute Schlaflosigkeit soll innerhalb weniger Tage zum Tod führen, man wendet sie zur Folterung an. Schlafentzug wie Schlafsucht dürften nur Varianten ein und desselben Symptoms sein, das in der Depression wurzelt. Ein Übermaß an offenen Fragen, ein Exzess an Kränkungen und Demütigungen, ein Zuviel an Zweifeln und Ängsten.

Ich komme gerade aus dem Hotel Ritz! Ah, Sie sind es, der Seebär! Der Seebär hat den blinden Vogel öfters über die Schulter geworfen und nach Hause getragen, wenn er bei einem wilden Walzertanz wieder einmal in irgendeine Ecke des Tanzsaals gekracht war.

Ich bin zwei Jahre in Paris gewesen!

Sie?

Ich weiß, ich weiß, ich werde immer verwechselt … je öfter ich mich darüber beschwere, dass man mich verwechselt, desto hartnäckiger verwechselt man mich.

Der Herr Habakuk! Hätte ich mir denken können!

»Ein Mann muss ein Mann sein«, hat Hemingway mir gesagt und mir eines Tages ein Gewehr geschenkt. »Ein Mann muss ein Mann sein, und ein Mann muss ein Gewehr haben! Aber denken Sie immer daran: Ein Mann hat in seinem Leben nur einen einzigen Schuss frei! Ein Mann darf in seinem Leben nur eine einzige Kugel abfeuern! Die will gut überlegt sein!«

Der Seebär hat seinen Schuss weise genützt, was meinen Sie?

Da bin ich überfragt.

Wer sind Sie überhaupt?

Ich?

… it's a pleasure to meet you!

Schauen Sie, der Philosoph ist eingeschlafen!

Mon Dieu, dass ich das noch erleben darf! Er muss jetzt zweitausend Jahre nachschlafen!

Psssst! Leise! Ganz leise! Es steht noch null zu null. Aber Allerheiligen hatte schon einige gute Möglichkeiten.

Ja, aber leichtfertig vergeben …

Kann man denn besser vergeben als leichtfertig? Weit vorbei ist auch daneben!

Das ist unglaublich erregend, Sie hier begrüßen zu dürfen! SIE! HIER! WAHNSINN! Sprechen Sie ruhig! Wissen Sie, wir wollen ja gar nicht irgendwelche Messieurs Tout-le-Monde hier, wie gut, dass die Vielzuvielen von alleine draußen bleiben. Geschäft machen wir so natürlich keines. Aber wir sind ja nicht auf der Welt, um ein Geschäft zu machen. Wir haben all die jahre-, die jahrzehntelangen akribischen Vorbereitungen doch nicht für irgendeinen Mob getroffen! Wir wollen nur die Besten und die Besten der Besten, die Unzufriedenstellendsten der Unzufriedenstellenden!

Die Wahrheit ist freilich, in den Augen der Welt habe ich als ungezogener Junge begonnen und als alter Sonderling geendet. Als Schüler der obersten Klasse bin ich nie pünktlich zum Unterricht erschienen. Letztlich richten sich Stoffwechsel und Stuhlgang am Morgen nicht nach den Zeitplänen von Gymnasien oder Behörden. Vom Kreislauf ganz zu schweigen. Was ich muss und was nicht, das weiß nur ich, und niemand kann es mir vorschreiben. Selbstverständlich waren meine Kleider als Student ungebügelt, und ich wusch mich immer noch selten. Denn, Messieurs, es bringt keinerlei Vorteil, sauber zu sein. Nach meiner stärksten Abneigung befragt, antwortete ich einmal: Wasser und Seife.

Ha! Mr. Joyce, bonsoir! Kommen Sie nur, bitte setzen Sie sich, nehmen Sie Platz! Bienvenue! Stühle haben wir genug! Sehen Sie! Ich habe gewusst, dass es einmal so kommen wird! Nehmen Sie Platz, wo immer Sie wollen!

Ich stand, gerade einundzwanzig Jahre alt geworden, kurz davor, Selbstmord zu begehen. Warum ich es unterließ, bleibt mir bis heute verborgen. Möglich, dass ich mir den Willen zum Selbstmord von der Seele schrieb. Ein Therapeutikum, verstehen Sie, eine Ersatzhandlung. Der Monolog bewirkt das Gleiche wie die Talking Cure. Gerade die Idee, die Zwangsvorstellung des Suizids hat mich gerettet. Das Christentum hat einen gewaltigen psychologischen Fehler begangen, indem es den Suizid verwarf. Es trägt die schwere Verantwortung, diese Idee diskreditiert zu haben, die für mich mit der Idee der Freiheit verbunden ist. Heute kann ich alles ertragen, da alles von mir abhängt … Wenn ich schon meine Geburt nicht selbst bestimmen kann, kann ich mich wenigstens zum Herrn über das Ende meines Lebens machen.

Da drüben ist es geschehen, meine Herren! Ja! Sehen Sie die Landschaft im Spalt zwischen Oberrang und Unterrang? Sehen Sie die sanft ansteigende Ausfallstraße? Sehen Sie die leichte Kurve? Da ist es geschehen! Da hat sich der Chefkönig erschlagen!

Glauben Sie, dass es Selbstmord war?

… oder die kalte Sinnlosigkeit eines Unfalls als Spiegelbild der Absurdität im Dasein …

Ich weiß nicht. Ich war nicht dabei.

Der Wind! Der Wind! Die Zeit vergeht! Das ist alles.

In Paris passieren die schrecklichsten Unfälle. Äste krachen, Rosen knicken in Tunnels.

Ich bin zwei Jahre in Paris gewesen!

Was allein gilt, kann in einen einzigen Satz gefasst werden: Die Menschen sterben, und sie sind nicht glücklich. Dazu ergänzend, dies ist eine bescheidene Ideologie.

In meiner Jugend strebte ich das Tamtam an, ich wollte, dass man von mir spricht, ich wollte Einfluss haben, mächtig sein, beneidet werden, es gefiel mir, aggressiv zu sein, die Leute zu demütigen.

Mensch, wie es hier wackelt! Ob das nach der Permanentmachung besser wird?

Es ist immer mein Wunschtraum gewesen, in Paris zu leben. Als ich jung war, stellte ich mir vor, dass ich ein außergewöhnlicher Kerl würde, indem ich mich im Mittelpunkt der Welt niederließ. Seit dem Mittelalter genoss Lutetia diesen Ruf. Die Stadt versprach geistige, künstlerische Freiheit und Karriere …

Als ich jung war, stellte ich mir vor, dass ich ein außergewöhnlicher Kerl würde, indem ich mich zum Mittelpunkt der Welt machte. Niemand hat es begriffen. Wo ich war, war der Mittelpunkt der Welt, ich musste nicht erst hingehen. Wer wird bei Weltraum nicht sofort an Shakespeare denken, »Putting Allspace in a Nutshell«: Das Weltall hat in einer Nussschale Platz, die Welt in Hintersiebenbergen. Noch steht es null zu null, und es hat leicht zu regnen begonnen … Als ich im November in Paris eintraf, regnete es jeden Tag, ich war enttäuscht und verzweifelt …

Ich frage mich, warum die Straßen und Plätze einer Stadt bei Regen so etwas Trostloses haben. Man hält den Straßen und Plätzen ja auch nicht vor, dass sie einen bei Schönwetter ebenfalls nicht trösten.

In einer rumänischen Zeitschrift habe ich Paris die traurigste Stadt genannt, die ich je gesehen habe.

Na eben! Was sag ich! Aber wer liest schon rumänische Zeitschriften?

Paris ist eine hochmütige Ruine wie ich selbst!

In Wahrheit wollte ich gar nicht nach Paris gehen, sondern nach Spanien … ich war von dem Land verhext. Ich hatte den ganzen Unamuno gelesen … Spanien faszinierte mich, denn es bot das Beispiel für das allerbemerkenswerteste Scheitern. Eines der mächtigsten Länder der Welt gerät in eine solche Dekadenz …«

Der Auferstandene! Primera Division! Don Miguel, welche Freude! Der spanische Christus! Der Held von Salamanca!

Bienvenido! Für Sie habe ich einen eigenen Sektor reserviert! Erzählen Sie uns, Don Miguel, erzählen Sie!

Ich war auch in Paris. Viele, viele Jahre lang! Das Pariser Exil! Davor das Exil auf Fuerteventura, danach das Exil von Hendaye. Ich ging tagein, tagaus die Seine entlang, ich stöberte bei den Bouquinisten am Ufer … ich bin mein ganzes Leben so allein gewesen …

… das Grauen und die Wut darüber, dass man sterblich ist, hat die Menschheit zu dem gemacht, was sie ist, Don Miguel. Masochismus, Sadismus, Zerstörungs- und Selbstzerstörungswut, Kriege, Revolten, Revolutionen, Hass sind nur aus dem Gefühl unseres bevorstehenden Endes geboren, aus der Furcht vor dem Tod. Wir werden nicht glücklich sein und einander hassen trotz unseres Bedürfnisses, uns zu lieben …

Ich glaube an nichts, hoffe auf nichts, liebe nichts. Ich habe eine sehr einfache Moral: niemandem weder etwas Gutes noch etwas Böses antun …

Ah, Pessoa! Benfica! Wunder über Wunder. Bem-vindo!, Boas-vindas! Belenenses, bitte schön, natürlich Belenenses! Man hat doch Stil!

Und Sie? Sie glauben an Gott? Wer oder was ist denn Ihr Gott?

Das ist schwer zu sagen. Ein Licht …

Ein Licht? Das Licht der Aufklärung. Das ist aber das Gegenteil Gottes.

Das Licht im Estádio da Luz … das Licht am Ende des Tunnels … ich plante einmal einen Aphorismenband mit dem Titel »Am Ende des Tunnels völlige Finsternis«.

Der Schuft existiert nicht! Er existiert nicht. Er ist.

Wir drehen uns im Kreis! Was ist er?

Ich würde sagen: Gott ist eine Freude.

Ich würde sagen: Gott ist eine Gegenwart.

Na hören Sie, das ist aber nichts Besonderes!

Wer sagt denn, dass Gott etwas Besonderes sein muss? Auf die Verpackung kommt es an. Das wissen Sie doch!

Ich habe einmal einen Gott gesehen, er erschien bei einem Spiel zwischen River Plate und Belo Horizonte, der hat den Ball im Flug gestoppt, und der Ball ist ihm in der Luft am Rist kleben geblieben! Da habe ich gewusst: Es gibt ihn! Er ist es! Gott und Ball sind gemeinsam auf der Erde gelandet.

Das ist etwas Besonderes!

Aber später ist der Gott drogensüchtig geworden und hat aus seinem Palast mit einem Gewehr auf Journalisten geballert ...

Meinen Sie, das spricht gegen ihn?

Die Zeitungen des Gegners nannten ihn Teufel ...

Der Teufel kommt ja aus seiner Familie. Apropos: Luzifer ... Licht ... mehr Licht ...

Manche meinen ja, die Wege des Herrn seien unergründlich.

Ich war zwei Jahre in Paris, aber so etwas ist mir noch nicht vor's Gesicht gekommen!

Beckett war der Größte! Wir haben uns von Zeit zu Zeit in den Cafés von Montparnasse getroffen, aber wir haben uns auch im Stade Roland Garros verabredet und ein paar Mal sogar im Parc des Princes, wir sind nebeneinander gesessen so wie ich hier mit Ihnen, wir haben auf den Court hinunter und auf die steilen Tribünen gegenüber geschaut, er hat immer wieder mit dem Schlaf gekämpft, dabei selbst ein passabler Sportler, wenn auch natürlich in den Einsamkeitssportarten, nicht in den Gemeinschaftssportarten und Gemeinsamkeitssportarten ... ich habe ihn zur Premiere von »Mörder ohne Bezahlung« eingeladen, und der lange Dürre sagte mir beim nächsten Treffen, er habe das Stück ziemlich langatmig gefunden. Ja ja. Aber das soll es ja auch sein. Dann erzählte mir Beckett von Innsbruck und von Kitzbühel. In Kitzbühel habe er nämlich lebhafter als je zuvor in seinem Leben geträumt. In einem Traum seien ihm meine Nashörner erschienen: In einem Kitzbüheler Bergkapellchen seien sie herumgetrampelt! Stellen Sie sich vor, die ganze Streif voller Hahnenkammnashörner! Was kann man sich Schöneres wünschen? In einem anderen Kitzbüheler Traum des Turms lag der blinde Vogel im Sterben – über zwanzig Jahre, nachdem er wirklich gestorben war – und wurde, so erzählte mir der Turm, auf ausgestreckten Armen wie ein Stück Rindfleisch getragen.

Vielibus Dankibus, Messieurs, vielibus dankibus! Wie Sie wissen, lebe auch ich im weltberühmten Kurort Paris am Meer im Eiffelturm.

Dazu kann man nur sagen: Das ist nouveau! Dass die Herren mir nicht und nicht glauben wollen, dass ich zwei Jahre in Paris gewesen bin …

Ich bin ein Bewohner des Eiffelbeinturms!

Wenn man sich nur nicht so lange anstellen müsste, damit man hinaufkommt. Man verhungert ja unten!

Man muss eben klettern. Gar nicht erst lange um Erlaubnis fragen …

Und wenn er nicht dauernd gesprengt und zerbombt und zum Einstürzen gebracht würde …

Alles außerhalb meiner Eiffelbeinturmwohnung ist Blödsinn.

Ich lebe in einem Auge, das aus dem Dach meines Hauses herausgewachsen ist.

Gratuliere. Gratuliere.

Wie viel steht es denn eigentlich?

Schwer zu sagen. Die Anzeigetafel ist kaputt.

Nein, kaputt ist sie nicht, sie zeigt nur den Spielstand nicht an, weil ihre gesamte Schaufläche das gesamte Spiel hindurch für Werbung verwendet wird. Jedenfalls ist noch keine Entscheidung gefallen.

Werbung muss sein, denn sonst könnte man sich keine Anzeigetafel leisten.

Als mich der Seebär wie einen Mehlsack über die Schulter geworfen nach Hause trug, fragte er mich, ob ich für mein Vaterland sterben würde. Ich sagte: Nein, es wäre mir lieber, wenn mein Vaterland für mich stirbt.

An dieser Stelle lacht das Vaterland. Wenn das Vaterland lacht, sieht man sein kariöses Gebiss und seine Zahnlücken. Wie ein Vorstadthalunke schaut das Vaterland aus, wenn es lacht.

Was mir diese Person zuwider ist, bloß weil sie's nicht glauben will, dass ich in Paris gewesen bin.

Ich versichere Euer Gnaden, ich war zwei Jahr in Paris, aber ein Herz, wie Euer Gnaden zu haben belieben, das ist wirklich, wie man auf Französisch sagt, nouveau!

Wissen Sie, was mich am meisten beschäftigt, Egyd? Das Nachlassen der Gabe, sich selber zu verspotten! Ich habe mich mit dem, was ich schreibe, immer über mich selber lustig gemacht. Ich muss zugeben, dass es mir mit der Zeit immer weniger gelingt und dass ich mich mehr und mehr ernst nehme, wenn ich von dem rede, was ich tue. Seit ich mich kenne, haben meine Gefühle, meine Gedanken, mein Sein eine Art Unwandelbarkeit aufgewiesen, die die Ereignisse des Lebens nicht ändern konnten. Ich bin, was ich war.

Nur noch fünf Minuten bis zum Pausenpfiff. Ich empfehle dringend, jetzt schon die Bratwurst zu holen, damit wir nicht ins Gedränge kommen!

Aber wenn wir ein Tor versäumen?

Ich garantiere Ihnen: Es fällt keines! Lebenserfahrung ...

Für mich keine Bratwurst!

Halbzeitstand null zu null. Was ich unannehmbar finde, Messieurs, sind die Bedingungen unserer Existenz. Auf der

Erde zu sein ist nicht annehmbar. Nahrung ist das erste Instrument der Domestizierung und Unterwerfung. Auch die Existenz einer Bratwurst ist eine Demonstration der Macht.

An dieser Stelle der Geschichte, Mesdames et Messieurs, ist es unerlässlich, der Menschheit und dem Weltraum das allgemein gültige Bratwurstrezept mitzuteilen:

Wie man eine Bratwurst zubereitet: Man tötet ein Bratwursttier. Wenn die Krone der Schöpfung das Bratwurstlebewesen schlachtet, jault und quietscht und brüllt es in Todespanik, zuckt und stirbt. Dann ist es still. Die Krone der Schöpfung faschiert das Bratwursttierfleisch, stopft es in seinen eigenen Darm zurück und wirft es auf den Rost. Dazu legt man eine Weißmehlsemmel und pfropft einen Batzen Senf auf den Pappteller.

Wussten Sie, Ionesco, dass *Stuhl* in unserer Sprache nicht nur den Stuhl bezeichnet, sondern auch das Endergebnis des Stoffwechsels? Auch das Bratwurstlebewesen und die Bratwurst werden am Ende Stuhl. Alles wird am Ende Stuhl.

Kauen! Runterschlucken! Verdauen! Und wiedcr kauen! Runterschlucken! Verdauen! Kauen! Kauen! Kauen! Schlucken! Runterwürgen! Ausscheiden! Ausscheiden! Ausscheiden! Ausscheiden, bis man sich selbst ausscheidet, bis man aus der Gattung ausgeschieden wird ... Ausscheidungsspiele ...

Der graue Container auf der Verteilerebene links, das ist der Kiosk, der graue Container rechts, das sind die Toiletten. Kaum zu unterscheiden.

... aber es handelt sich doch nur um eine Bratwurst ... Nahrung ist Sicherheit, ist Schwere, eine Bratwurst ermöglicht, fest auf der Erde zu stehen. Eine Bratwurst ist ein Anker. Eine Bratwurst bedeutet schließlich auch ein Stopfen der Leere, und hinter allen unseren Gestalten und Puppen lauert und gähnt diese Leere, diese fürchterliche, überlebensgroße weltraumweite Leere … Wenn man schon das Unglück hat, geboren zu sein, sollte man wenigstens den Trost haben, gut und bequem zu leben. Wenn man schlecht lebt, ist man doppelt betrogen. Ich bin das Opfer eines schlechten Witzes. Aber wessen? Wenn man das Unglück hat zu leben und es als Unglück empfindet, sollte man wenigstens keine Angst vor dem Tod haben. Das Absurdeste ist, das Bewusstsein zu haben, dass die menschliche Existenz unzumutbar ist, dass die Lebensumstände unmöglich, unerträglich sind und sich trotzdem verzweifelt an das Leben zu klammern, wissend und sich darüber beklagend, dass man verlieren wird, was unerträglich ist. Man beträgt sich wie einer, der gehenkt wird und will und doch nicht will, dass man den Strick durchschneidet, weil sich unter ihm ein Pfahl befindet. Wer lebt, befindet sich unweigerlich in einer Bratwurstsituation …

Meine Bratwurst war schlecht. Alt. Zu lang auf dem Rost. Verdorben. Was weiß ich. Ob das eine Magenverstimmung wird? Durchfall? Bratwurstvergiftung? Bratwurstrache? Ob ich sterbe? Ob ich mich beschwere? Bei wem? Beim Mörder? Nein. Es ist, wie es ist. Das Bratwursttier hat für mich sterben müssen, und es soll nicht umsonst gestorben sein. Es reißt mich mit in den Tod, kurzfristig, mittelfristig oder langfristig.

Das Muss zu töten und getötet zu werden, ist unzumutbar. Die existenzielle Kondition ist unzumutbar.

Stellen Sie sich vor, es wären Leute hier. Menschen. Die hätten kein Organ für unsere Gespräche. Man würde uns wegwischen. Einfach wegwischen.

Das ist wahr. Aber das ist überall so. Zum Glück ist dieses Spiel ein Geisterspiel.

Uns Verdammten sagt man nun, der Tod sei ein natürliches Phänomen, das Leiden sei natürlich, man müsse es hinnehmen, weil es natürlich sei. Das ist keine Lösung. Weshalb ist das natürlich und was heißt überhaupt natürlich? Das Natürliche ist eben das Heillose. Ich kann gut essen gehen und werde Tiere verspeisen, die man geschlachtet, Gemüse, dessen Wachstum man abgebrochen hat. Nur nicht daran denken, mehr kann ich nicht tun. Alles ist armselig. Der Weltraum ist armselig.

Es gibt nur Momente der Rast, kurze Atempausen auf Kosten anderer. Ich bin mir bewusst, nichts als Banalitäten von mir zu geben. Man nennt das Banalitäten, doch es sind Grundwahrheiten, die wir verdrängen, um nicht denken zu müssen und um leben zu können.

Ich sage Ihnen: Man darf nicht essen! Essen ist Verbrechen! Nur schlechte Menschen essen! Ein Moralist müsste per definitionem verhungern.

Die Tatsache, dass der Tod etwas Natürliches ist, tröstet mich kaum, denn gerade die Naturgesetze passen mir nicht. Gegen das Naturgesetz lehne ich mich auf. Verstehen Sie, ich rebelliere metaphysisch, ich rebelliere gegen die Lebensbedingungen des Menschen.

Alles Leben ist Leid. Selbst die Tiere leiden. Das ganze Universum ist Leiden: Aggression, Verteidigung, das ist der Kern des Lebens. Wir schlagen uns, wir wehren uns, wir fressen einander auf, wir müssen töten, um zu essen.

Stoffwechsel. Dressentausch. Unsinn.

Kein Wesen ist mit seinem Tod einverstanden. Für jedes Wesen, sei es Mensch, Tier, Pflanze, bedeutet sein eigener Tod den Tod schlechthin. Blickt man durchs Mikroskop auf einen Tropfen Wasser oder Blut, sieht man darin Krieg, Zerstörung, Mord. Das ist Naturgesetz. Das Leben ist: nicht zufriedenstellend. Die Existenz. Die Welt. Der Weltraum.

Auf das alles kommen Sie, bloß wenn Sie eine Bratwurst sehen? Unglaublich! Sind wir nicht, weil wir essen müssen, zur Arbeit, zur Prostitution verurteilt? Alle unsere Demütigungen beruhen darauf, dass wir Freudenhausmeister uns nicht entschließen können, Hungers zu sterben …

Ich *bin* Hungers gestorben! Ich! Ich *bin* verhungert! Ich bin absichtlich verhungert. Ich habe Stadien gefüllt bloß mit der Kraft des Wortes, mit der Macht meiner Reden. Aber ich habe aufgehört, es war genug …

Mir scheint, jetzt sind wir komplett!

Ja, wirklich! Allen Ernstes! Ich war gerade hundertneun Jahre alt geworden, als ich beschlossen habe, nichts mehr zu essen. Und ich bin verhungert! Ich bin heute noch stolz darauf! Spielerwechsel! Sie hier? Hatten Sie eine gute Reise? Aus allen Winkeln meines Werks treffen jetzt … das Stadion wird zu einer Gesamtausgabe … dass ich das noch erleben darf! Auf jedem Stuhl sitzt ein Satz: Was kann man mehr vom Leben verlangen? Was für ein herrliches Bild! Die Schönheit der Wahrheit, und sei sie noch so schrecklich … Mit der Nummer hundertneun kommt jetzt der Held aus Leontinoi … Hintersiebenbergen, du bist nicht länger die geringste unter den Städten. Ab heute sollst du heißen Transseptemmontes!

Alle Gesellschaften sind schlecht. Alle. Die ganze Menschheit, die ganze Schöpfung lebt von Anfang an im Unglück. Unmöglich, nicht darunter zu leiden, sobald es einem bewusst wird. Wird es einem nicht bewusst, leidet man trotzdem darunter, nur unbewusst. Geboren werden und sterben und zwischen Geburt und Tod töten, um zu essen, das ist nicht zumutbar. Die Schöpfung ist missraten. Sie müsste neu gemacht werden. Diese tragische Situation des Menschen, dieser Lebensüberdruss ist eine Tatsache, die weder auf den Kapitalismus noch auf das jüdisch-christliche Denken zurückzuführen ist.

Keiner ökonomischen oder politischen Revolution ist es gelungen, diese existenzielle Tragikomödie aus der Welt zu schaffen. Ich glaube an den unabwendbaren Bankrott der Revolutionen.

Die Spieler kommen wieder auf den Platz, Ionesco. Nehmen Sie Platz! Es geht weiter …

11
DAS GEISTERSPIEL. ZWEITE HALBZEIT

Diese enormen Tränensäcke! Ich habe noch nie einen Menschen mit so prallen Tränensäcken gesehen!

Humor ist ja nicht lustig, recht besehen. Humor ist der Ausdruck der Verzweiflung darüber, dass das Gehirn zur Intelligenz neigt, also zum Dazwischenlegen. Ich liebe Wesen, die keinen Humor haben, weil sie keinen Humor haben können: die Tiere, die Katzen. Ich mag nur keine Wesen, die keinen Humor haben, obwohl sie Humor haben müssten: Menschen.

Ich finde, in jedem Zimmer sollte sich ein Bett befinden.

Das werde ich verwenden!

Ich sage Ihnen, meine Herren, man soll sein Leben teils gehend, teils ausgestreckt liegend verbringen. Das Sitzen ist ein ungesunder, unnatürlicher Unfug, der uns nur nicht zu Bewusstsein kommt, weil wir von Jugend an dazu erzogen sind. Das Sitzen ist eine der vielen infamen menschenfeindlichen Erfindungen der Neuzeit.

Ich habe »Die Stühle« auf dem Sofa liegend geschrieben! Das heißt: Ich habe sie nicht einmal geschrieben: Ich habe sie auf dem Sofa liegend diktiert! Ich habe niemals in meinem Leben gearbeitet!

Ich auch nicht!

Ich auch nicht!

Bravo! Auf dem Sofa liegen. Die Augen schließen. Brabbeln. Delirieren. Diktieren. Das sogenannte Arbeitszimmer ist nur für den Narzissmus da. Narzissmus, was für ein schöner Ausdruck, Beckett!

Ja. Praktizierter Narzissmus ist allerdings letztlich Arbeit. Leider.

Sagen Sie, Fraundorfer, wenn wir schon im Freudenhaus sitzen: Wie war das mit der Gesamtzahl aller Orgasmen? Das ist doch eine höchst interessante Überlegung …

Wissen Sie, vor ein oder zwei Jahren habe ich nachgerechnet: Ich habe mit zehntausend Frauen geschlafen, davon waren achttausend Prostituierte. Man kann sagen: Ich habe meine Bestseller wieder investiert. Achttausend: Das wäre schon ein Viertel Ihres Stadions, bitte sehr! Schauen Sie nur! Lassen Sie Ihren Blick schweifen. So ein Stadion ist sehr hilfreich, Mengen und Massen und Größenverhältnisse zu veranschaulichen. Ich hätte eine neue Stadt gezeugt, wenn ich nicht aufgepasst hätte! Ich bin in keiner Weise pervers, aber ich brauche den Kontakt. Wie jeder Mann werde ich seit meiner frühesten Jugend von zwingenden sexuellen Bedürfnissen getrieben. Ich hätte gerne alle Frauen gekannt, mit denen ich geschlafen habe. Leider war das nicht möglich. Ich habe eine Vorliebe für schöne, edle Materialien. Gibt es eine herrlichere Materie als die Haut, das Fleisch einer Frau? Gibt es eine engere Verbindung zwischen zwei Wesen als die Paarung?

Ich malte eine Chronik des Lebens in den Freudenhäusern. Auf allen meinen Bildern der maisons closes sind die prostituierten Frauen emotionslos und mit einem geistesabwesenden Blick dargestellt, wartend, sich miteinander unterhaltend, beim Kartenspiel, bei der Toilette, sie richten sich die Frisuren, sind in sich versunken, blicken in einen blinden, verwischten Spiegel. Meine Verunstaltung verunmöglichte ein normales Leben mit den Frauen, mit den filles soumises in den maisons de tolérance. Aber das normale Leben ist ja die Hölle.

Was machen denn Sie hier, mein Herr?

Man sucht den menschlichen Kontakt, aber man findet vor allem gähnende Leere, nicht wahr?

Und Kälte. Und Glätte. Und Abweisung. Frost.

Nun, mein Herr, ich will einmal nachrechnen: Wenn Sie jeder Prostituierten – sagen wir – zweihundert Euro bezahlt haben, dann hat Sie ihr Sexualleben im Lauf der Jahre eine Million sechshunderttausend gekostet. So viel muss man erst einmal verdienen!

Könnten Sie das bitte in Francs umrechnen?

Ich bemühe mich, Monsieur!

Ich hatte einen Nervenzusammenbruch, Halluzinationen, ein Delirium tremens, ich wurde in eine Nervenheilanstalt eingeliefert, in eine vornehme Nervenheilanstalt in Neuilly inmitten einer großen Parkanlage natürlich, unter den Verrückten arbeitete ich wie ein Verrückter, um der Anstaltsleitung zu beweisen, dass ich normal war und in die Freiheit entlassen werden konnte, ich malte in schneller Folge einen Zirkuszyklus, Dressurakte in der Zirkusmanege, Hunde, Pferde, Elefanten, Clowns, Artisten, abgesehen von vereinzelten Herren in Frack und Zylinder sind die Zuschauerränge leer, ich ließ die Anstaltsleitung an den gleichsam geisterhaften Aufführungen in einem gespenstisch leeren Zirkus teilnehmen, daraufhin wurde ich entlassen und als geheilt freigesetzt.

Die in der Zeitung so aufgeregt angekündigten Verrichtungsboxen sind niemals aufgestellt worden. Ich habe keine gesehen.

Ich bezahle immer in Pelzmänteln! Das ist die eigentliche Währung und das eigentliche Allheilmittel im Umgang mit Frauen.

Ja, Sie, Joyce …

Auch bei der größten Hitze: Pelzmäntel!

Die Frau ist eine gute Quelle für Träume. Ich berühre sie nie! Der einzige Adel besteht darin, nie zu berühren. Sich nicht nähern.

Ich habe in meinem Leben mit null Prostituierten geschlafen und dabei null Euro ausgegeben. Eine Million sechshunderttausend Euro weniger! So spare ich mir die Bestseller. Aber das Geld ist nicht der Grund! Und die Moral schon gar nicht. Was das sein soll, weiß ich nicht. Der Grund ist: die Nähe! Das Verschwimmen der Schönheit. Wenn man so eng mit einem Menschen verbunden ist, kann man sich nichts mehr vorstellen! Alles verschwimmt. Man ertrinkt unweigerlich. Ich habe auch nachgerechnet: Ich wurde wie Sie seit meiner frühesten Jugend von zwingenden sexuellen Bedürfnissen getrieben und habe bis heute mindestens einmal täglich Narzissmus betrieben, das heißt, ich komme im Lauf der Jahre auf sechzehntausend Masturbanzen, gute, nach allen Regeln der Kunst eigenhändig zubereitete Orgasmen, keine Masturbanz ohne Fantasie, keine Masturbanz ohne Geschichte, ohne unerhörtes Ereignis, kein Narzissmus ohne Schöpfung einer neuen Welt. Wissen Sie, was mein Ziel ist? Zweiunddreißigtausend! Zweiunddreißigtausend Vorstellungen, Fantasien, Möglichkeiten, potenzielle Energien, Potenzen … Erfindungen, losgelöste Lichtgestalten, geflügelte Wesen … Zweiunddreißigtausend, soll auf meinem Grabstein stehen: Dann will ich gern begraben sein.

Auch ich habe exzessiv Narzissmus betrieben, um alles Böse, alles Nichtzufriedenstellende im Keim zu ersticken! Sagt nicht Pascal, alles Unglück des Menschen rühre daher, dass er nicht fähig ist, in einem kahlen Raum allein und ruhig auf einem Stuhl zu sitzen!

Sie kennen die Geschichte Onans? Sein Schicksal? Dass Gott ihn mit dem Tod bestraft hat dafür, dass er seinen Samen in der Erde versickern hat lassen … lassen Sie sich das eine …

Onan ist ein Held und Gott ein Idiot.

Die Pflicht des Einsamen ist es, noch einsamer zu werden.

Ah, aufgewacht?

Einsamkeit ist Paradies.

Ja für Sie, Beckett, für Sie …

Die Menschen sind nicht meine Brüder.

Dieses ganze Stadion hätte ich allein füllen können mit einem neuen Geschlecht, Manneskraft wäre genügend vorhanden gewesen, Potenz. Die Welt wollte eben nicht. Sie ist an der Quelle verdorben.

Es gibt keine gute Gesellschaft. Alle Gesellschaftsformen, seien sie nun revolutionär oder nicht, sind fehlgeschlagen. Alle Systeme sind falsch. Auf der Erde zu sein ist nicht annehmbar.

Ich persönlich bilde mir etwas darauf ein, dass ich anders bin als die anderen. Ich bin ungehorsam geboren. Heute stehe ich morgens mit dem bitteren Gefühl eines Verfalls auf. Ein schreckliches Gefühl. Alles ist verfehlt. Zum Glück habe ich meine Frau und meine Tochter. Wir schmiegen uns aneinander und versuchen, nicht an den Tod zu denken.

Ich lese jetzt Schopenhauer. Eine intellektuelle Rechtfertigung des Unglücklichseins – die großartigste, die je versucht wurde – ist es wert, geprüft zu werden.

Da haben Sie ganz recht, Beckett! Eine Freude, einen Philosophen zu finden, den man auch lesen kann wie einen Dichter.

Hören Sie: Die Wilden fressen einander, und die Zahmen betrügen einander, und das nennt man den Lauf der Welt. Auf der Bühne spielt einer den Fürsten oder General, ein anderer den Diener oder Soldaten; aber die Unterschiede sind bloß im Äußeren vorhanden, im Inneren steckt bei allen dasselbe: ein armer Komödiant mit seiner Plage und Not.

Ich trage mich mit dem Gedanken, die Geschichte eines Zeitgenossen zu schreiben, der von seinen Zerrissenheiten geheilt wird einzig durch die lang anhaltende Betrachtung einer Landschaft … hinter den Kulissen von Paris: Paris ist nicht das Paradies … bloß ein Hörfehler, ein literarisch institutionalisierter Hörfehler …

Das sage ich Ihnen, Messieurs: Der einzige unsterbliche Wert, für den die Italiener verantwortlich sind, ist die Gründung der römischen Kirche. Aber auf ein Anmeldeformular schrieb ich auf die Frage nach meiner Religion kurz: »Senza«.

Ja, Sie, Joyce!

Ich bin verbannt worden. Ich habe mein Leben lang in der Verbannung gelebt. Ich bin nie mehr in die Heimat zurückgekehrt, nicht einmal, als mein Vater im Sterben lag, nicht einmal zu seinem Begräbnis. Ich habe die Leiche meines Vaters nicht gesehen.

Was mich betrifft, ich schreibe immer über Transseptemmontes, denn wenn ich zum Herzen von Transseptemmontes vordringen kann, kann ich zum Herzen aller Städte der Welt vordringen. If I can make it there, I'll make it anywhere. Im Besonderen ist das Allgemeine enthalten.

Als politische Grundhaltung empfehle ich: links und gegen das Establishment ... Aber was, wenn das Establishment links ist? Das Establishment ist nie links, auch wenn es links ist, das Establishment linkt, sich selber ist das Establishment immer recht ... ein Sozialist, der in den Élysée-Palast hineingeht, kommt als Madame de Pompadour wieder heraus.

Von allen Lagern, die einander gegenüberstehen, habe ich keines gewählt.

Wie Sie wissen, hat jeder Arsch zwei Backen: eine rechte und eine linke.

Gegen Sehnenkontraktur in der Hand empfehle ich, die Hand systematisch in Bewegung zu halten und mit einer Kastanie in der Hand zu üben, um die Flexibilität der Finger zu bewahren.

Sie meinen, wenigstens eine Kastanie muss in jedem Buch vorkommen?

Gewiss, gewiss.

Was für ein schönes Treffen hier auf Ihrer Insel der Möglichkeiten! Mich erinnert es an Paris, an den Mai '26, ich war einer der acht Schriftsteller beim PEN-Treffen, die den Vorsitz an einem der Tische hatten, da waren auch noch Heinrich Mann, Pirandello und Sie, Unamuno … Ich bin zwei Jahre in Paris gewesen … Ich bin mein ganzes Leben so allein gewesen … ich habe dem Tyrannen gesagt: Sie werden gewinnen, weil Sie die Macht dazu haben. Aber Sie werden nicht überzeugen …

Damit war er für immer vernichtet, ohne es überhaupt zu bemerken …

So geht es ja immer.

Ich jedenfalls bin durch das ständige Liegen immer matter geworden, mein Kreislauf immer schwächer. Ich habe immer gefroren – vor Einsamkeit. Je älter ich wurde, desto weiter habe ich mich aus der Gesellschaft zurückgezogen. Überhaupt nicht mehr ausgehen! Überhaupt nicht mehr das Bett verlassen! Die Wände mit dicken Korkplatten isolieren, die Fenster immer verschlossen lassen, dicke Vorhänge zuziehen, es soll nur ja kein Tageslicht eindringen können! Jedem seine eigene Matratzengruft! Oh, weißt du, ich kann keine Leute kennenlernen. Ich weiß nie, was ich sagen soll. Nur Erinnerung, keine Fantasie, nur Verlangen, kein Besitz. So sterben. *Ich* war auf *Ihrer* Beerdigung! Ich war auf Ihrer Beerdigung. Wo ist der Unterschied? Die letzten Fragen der Menschheit, wer wessen Begräbnis besucht. Ich bin im Paradies erfroren.

Alles Theater ist Warten. Zahnschmerzen. Zahnarzttorturen. Langeweile. Warten. Alles Leben ist Warten. Zahnschmerzen … The Great Extractor, c'est la vie! Je ne suis pas heureux! Jameson, James Jameson, Tullamore Dew, Bushmills, gegen Depressionen am besten radikal mit Chemie vorgehen, Lithium kann ich wärmstens empfehlen, worum geht es denn, am Ende, für uns alle, vom ersten Schrei an, doch nur darum, es hinter sich zu bringen.

Die Zeit vergeht. Das ist alles.

Sie sind der Größte, Beckett!

Glück: Nach dem Schicksal sein. Oder vielleicht auch nicht.

Wer hat das eigentlich gesagt? Wer spricht hier eigentlich? Ich, ich oder ich? Nein, ich! Wissen Sie, meine generelle Laxheit in Fragen geistigen Eigentums … Sie? Jetzt hören Sie aber auf! Verschwinden Sie! Wissen Sie, ich bin ja an vielen Orten gleichzeitig. Nach der Auferstehung ist das die gewöhnlichste Sache der Welt. Sie werden schon sehen: Wenn Sie einmal auferstanden sind, wird das bei Ihnen genauso sein.

Glauben Sie?

Ich weiß es! Schade nur, dass die Geschichten nach der Auferstehung alle so dünn und blass bleiben, dramaturgisch schlicht und einfach mangelhaft: Es geht ja um nichts mehr.

Sie? Sie hier? Das ist ja unglaublich! Vor solchen Gästen muss man wirklich den Hut ziehen! Was für Geister in meinem Freudenhaus hin und her fliegen! Was für eine Atmosphäre! Allerseelen fordert Allerheiligen zum Tanz auf …

Wir haben im Grund immer nur Niederlagen dargestellt. Alle Romane sind Geschichten von Niederlagen. Aber die Kunst ist das Wunder, die Niederlage in einen Sieg zu verwandeln, die Traurigkeit in Glück, die Hölle in den Himmel.

Wo sehen Sie einen Himmel?

Die wahrhaft Leidenden rotten sich nicht zusammen, sie bilden keine Gemeinschaft. Wer leidet, leidet allein.

Obwohl niemand da, obwohl ich ganz allein war, stand ich aus den Stühlen auf und verbeugte mich in alle Richtungen, wie Sokrates inmitten des Publikums des Theaters aufgestanden war und sich nach allen Seiten verbeugt hatte, als er sich in einem Stück des Aristophanes, das gerade gegeben wurde, in einer der Figuren auf der Bühne wiedererkannt hatte.

Mich hat Sokrates allerdings nicht davon überzeugen können, dass die Seele unsterblich ist und dass er künftig in einer besseren Welt leben wird, sagte Ionesco. Anscheinend sind seine Jünger auch nicht davon überzeugt gewesen, denn sie haben geweint. Wenn der Abend kommt und Sokrates das Gift trinkt, wenn seine Füße erkalten und der Leib, wenn er schließlich stirbt, packt mich ein Schrecken, eine unsägliche Traurigkeit. Die Beschreibung von Sokrates' Tod ist so überzeugend, viel überzeugender als all die Argumente, die Sokrates für die Unsterblichkeit anführt; man vergisst sie sofort. Doch das Bild vom Tod des Sokrates gräbt sich in meine Erinnerung.

Ich bin tot. Gehen wir jetzt, Fraundorfer, bringen Sie mich bitte nach Hause.

Ich bin auch tot.

Ja, aber anders. Kommen Sie, Egyd, gehen wir!

Alles ist irreal. Ich wäre besser Hirte geworden. Der Mensch ist ein Auslaufmodell, geistig am Ende seiner Kräfte, außerstande, eine neue, tiefe Religion hervorzubringen. Nur das hier. Diese Flachreligion. Allerheiligen gegen Allerseelen, in der Pause eine Bratwurst. Tatsächlich sollte man dort leben und sterben, wo man das Licht der Welt erblickt hat, denke ich. Dort spielt das Leben, nicht anderswo. Wer in die Fremde geht, wird ein Fremder: für alle. Und für sich selbst. Je älter ich wurde, desto größer wurde die Sehnsucht nach der Heimat, die ich doch verloren, die ich in mir umgebracht hatte. Wenn ich auch von den Wurzeln abgeschnitten war, so trug ich sie doch zu meinem großen Unglück in mir selbst. In meiner kleinen Heimat hatte ich keine große Arena für mich.

Gehen Sie nicht nach Paris, Fraundorfer, das hätte gar keinen Sinn! Wie enttäuscht ich von der Stadt war!

Ich kannte zwei Buchhändlerinnen, beide in der Rue de l'Odéon, ihre Buchhandlungen einander schräg gegenüber, die eine hat sich umgebracht, die andere ist tagelang tot in ihrer Buchhandlung gelegen, ohne dass sie jemand bemerkt hätte. Paris! Ich dachte anfangs, jeder Straßenkehrer ist hier ist so geistreich wie Voltaire, aber das ist nicht der Fall. Darf ich Ihnen eine ganz geheime Wahrheit anvertrauen, Egyd? In Paris sind die Straßenkehrer Straßenkehrer. Und Voltaire wäre auch in Slatina Voltaire. Und in St. Gallen. Und in Transseptemmontes. Und in Wurschtwo. Aber in Slatina könnte man Voltaire nicht entdecken und erkennen. Das heißt, man würde Voltaire nur in Slatina erkennen, sonst nirgendwo auf der Welt. Und dadurch wäre Voltaire nicht Voltaire.

Ich fragte mich, warum ich noch etwas Neues schreiben sollte. Ich stand spät auf. Wozu soll man denn schon aufstehen?

Keine Geduld zum Lesen, Fraundorfer, keine Geduld zum Meditieren. Es ist vorbei mit dem Schreiben. Vorbei damit, eine eigene Welt mit eigenen Gestalten zu schaffen. Sobald ich vor dem weißen Blatt Papier sitze, ergreift mich das Verlangen zu fliehen. Ich neige zur Gedankenflucht. Das Unglück besteht nicht darin, dass ich nicht im Zimmer bleiben könnte. Das Unglück besteht darin, dass ich nicht sitzen bleiben kann. *Sitzen bleiben:* Das genau wäre die Lösung für alles!

Wissen Sie, Fraundorfer, wenn ich Sie wäre, würde ich einen Roman über einen Fußballer schreiben, der in dem Spiel, in dem es um alles geht, im sogenannten »Spiel seines Lebens«, in neunzig Minuten nicht einmal den Ball berührt. Nicht ein einziges Mal. Keine einzige Ballberührung im Spiel seines Lebens vom Anpfiff bis zum Schlusspfiff. Nicht aus eigenem Antrieb, nicht aus Faulheit oder Schwäche. Am Anfang war das Fiasko natürlich noch nicht abzusehen und man glaubt es auch bis zum Ende nicht. Es ergibt sich einfach so, nach und nach, ganz unauffällig, wie nebenbei. Bis zum Ende glaubt man, einmal, ein einziges Mal wenigstens muss man doch an den Ball kommen, alles andere wäre absurd … die erste Ballberührung gibt Sicherheit, dann geht es von allein …

Stellen Sie sich vor, Fraundorfer: nicht eine Ballberührung, eineinhalb Stunden lang, nicht eine einzige. Als wäre er gar nicht am Platz. Dabei immer angeboten, gutes Stellungsspiel … immer eine Option, aber nie gezogen … Dabei ist er der Mann mit der größten Übersicht, der geschliffenste Feintechniker, der prädestinierte Spielmacher und voller genialer Ideen. Die überraschendsten Pässe, die sensationellsten Spielzüge, die präzisesten Schüsse sind ihm zuzutrauen.

Die Gäste sind in Ballbesitz. Die Gäste lassen, wie es heißt, Ball und Gegner laufen. Aber nach und nach wendet sich das Blatt, und die Hausherren kommen auf. Nur spielen seine Mitspieler Ihren tragischen Helden nicht und nicht an. Er läuft sich frei, er bietet sich an, er lässt sich in die Etappe zurückfallen, er gestikuliert, er ruft, er fordert, er schreit: Aber er bekommt den Ball nicht. Das Spiel läuft an ihm vorbei. Die Mitspieler sind sich keiner Schuld bewusst. Man kann ja immer nur einen Mitspieler anspielen, das heißt gleichzeitig: neun nicht. Immer eine Augenblicksentscheidung – von Situation zu Situation. Er ist immer bei den neun. Nie der eine. Dabei ist jeder einmal der eine, nur er nicht. Wissenschaftlich ist das nicht zu erklären. Pech. Nach und nach werden seine Mitspieler zu zusätzlichen Gegnern. Es spielen nicht mehr zwei Mannschaften gegeneinander, sondern einundzwanzig gegen einen. Theatersituation.

In der allerletzten, in der neunzigsten Minute, quasi mit dem Schlusspfiff, kommt im Spiel seines Lebens ein Pass, und er hat die einmalige Chance, das entscheidende, das alles entscheidende Tor zu schießen. Und jetzt verweigert er. Jetzt bleibt er stehen und dreht sich weg und straft das Spiels seines Lebens mit Verachtung. DIESEN Ball berührt er absichtlich nicht. Und so bleibt als Endergebnis: neunzig Minuten – nicht eine einzige Ballberührung. Und: ein gellendes Pfeifkonzert. Aber man kann nicht sagen, warum gepfiffen wird.

Alles, was ich geschaffen habe, ist ein sinnloses Werk. Es wird zu nichts nütze gewesen sein. Draußen soll es Menschen geben, die leben. Ich frage mich wie, und ich weiß es nicht. Sie arbeiten, heißt es. Die, die arbeiten, sind froh, wenn sie abends wieder zu Hause sind und sich ausruhen. Ich bin den ganzen Tag zu Hause und ruhe mich den ganzen Tag aus und ruhe mich doch nie aus. Das Theater hat mich nie wirklich interessiert. Es langweilt mich. Politik hat mich nie wirklich interessiert. Sie ist mir gleichgültig. Am schlimmsten ist der Morgen: dieses ungeheure Verlangen, überhaupt nicht mehr aufzustehen. Ich tauche immer tiefer ins Dunkel.

Ich hatte genug von der Welt, genug von der Menschheit. Ich büßte mein Kurzzeitgedächtnis ein, ich litt unter Wortfindungsstörungen. Manchmal brachte mich die Polizei nach Hause. Ich wusste nicht mehr, wo ich war und wer ich war. Ich wurde zu dem Fall, den ich vorhergesehen hatte und der ich immer gewesen war. Mit meiner Haushälterin ging ich durch den Jardin du Luxembourg auf den Cimetière Montparnasse und suchte meinen Grabstein. Den Namen darauf musste ich mir erst erwerben.

Ich stürzte in der Wohnung und brach mir den Oberschenkelhals. Im Krankenhaus wurde ich ans Bett fixiert. Die Ärzte diagnostizierten vaskuläre Demenz. Meiner Pflegerin flüsterte ich ins Ohr, dass ich ein großer Frauenjäger gewesen sei. Meine Pflegerin flüsterte mir ins Ohr, dass sie eine große Männerjägerin gewesen sei. Dann weinten wir beide bitterlich. Wir hätten auch lachen können, aber wir weinten. Es ist alles egal. Dann bekam ich meinen Brei. Ein guter Brei. Ganz geschmacklos. Einfach Brei. Einerleibrei. Pariser Einerleibrei. Ins Pflegeheim für Austherapierte kamen Besucher, die mir nichts sagten. Einer stellte sich als Fernando vor – nicht *der* Fernando, ein anderer – und behauptete, ein guter alter Bekannter von mir zu sein. Das konnte natürlich jeder behaupten. Fernando brachte mir ins Pflegeheim für Austherapierte einen Strauß Blumen mit. Da jubelte die Menge im Parc des Princes. Nichts benötigte ich dringender. Ich fragte Fernando, wie man den Blumenstrauß isst. Fernando meinte, den Blumenstrauß esse man gar nicht. Aber wozu war er dann gut?

Mögen Sie keine Blumen?

Nein, ich liebe Pflanzen, nachwachsendes Grünzeug wie Bäume und Gras. Blumen stören mich.

Wenn man keine Blumen mehr essen darf, dann hört sich alles auf. Aus Protest, Fernandos Blumen nicht essen zu dürfen, trat ich in Hungerstreik und verstummte. Mit diesen Leuten wollte ich nicht mehr reden. Und mit anderen auch nicht. Jedes Wort wäre zu viel gewesen. Das hatte keinen Sinn. Ich dachte, das Beste würde sein, die Sprache zu zerstören. Nicht nur die Literatur, die Sprache! Die Literatur! Die Sprache! Sie sollen verschwinden. Und sie *werden* verschwinden! Ich schwieg wie ein Grab. Ich hatte meistens einen Morgenrock an, rauchte eine Parisienne und las Goethes Gespräche mit Eckermann. Ich dachte: Vielleicht werde ich nicht mehr lange hier sein. Man wollte mich mit Sonden zwangsernähren. Das regte mich sehr auf, ich riss alle Sonden heraus. Ich wetterte und fluchte in meiner Muttersprache und beschimpfte die Ärzte, dieses Pack! Man darf nicht essen! Essen ist Verbrechen! Nur schlechte Menschen essen! Wäre ich doch gleich gegen eine Wand gefahren! Wäre ich in tausend Stücke zerbrochen! Wäre ich eingestürzt wie ein Wolkenkratzer beim Erdbeben! Ich war King Lear! Meine Haushälterin entschuldigte mich bei den Ärzten und sagte, ich sei immer schon schwierig zu behandeln gewesen. Ich schwierig! Schwierig! Die aber behandelten mich wie ein schlimmes Kind. Ich war unfolgsam! Bis zuletzt unfolgsam! Renitent! Nicht zufriedenstellend!

Ich starb am Ende meiner Kräfte. In meinem Obduktionsbericht stand: »Untersuchung des Schädelinhalts wurde nicht gestattet.« Meine Tochter organisierte den Trauergottesdienst. Vielleicht werde ich überleben, vielleicht werden die irren Delirien, die ich schreibe, überleben, und vielleicht ist das alles sehr lustig. Eines ist allerdings sicher: Je suis bien triste.

Eines Tages wird sich der Mensch vielleicht besser kennen. Die Psychoanalyse wird vervollkommnet werden. Alles wird aufgeklärt werden. Vielleicht wird man das Bedürfnis nach einer übernatürlichen Wunderwelt nicht mehr empfinden. Wenn es diese Arten von psychologischen Krankheiten nicht mehr gibt, wird auch das sogenannte Innenleben verschwinden. Die Kunst wird überflüssig.

Die Menschen werden Funktionäre des Kosmos. Sie werden perfekt sein wie die Sterne, und ihre Bewegungen werden der himmlischen Mechanik entsprechen. Wir werden ohne Hoffnung und ohne Ziel leben, doch die Funktion braucht weder Hoffnung noch Zweifel. Das menschliche Bewusstsein wird sich erweitern und so ausdehnen, dass es mit den kosmischen Gesetzen verschmilzt und schließlich verschwindet.

Wir sind tot. Bringen Sie uns jetzt bitte nach Hause, Fraundorfer. Legen Sie uns nieder. Decken Sie uns zu. Wir wollen in unsere Gräber zurück. Wir wollen in Frieden ruhen. Wir haben alles gesagt. Dass wir nicht mehr gehört werden, ist uns egal. Uns ist alles egal. Alles ist egal.

Mich setzen Sie bitte unterwegs im weltberühmten Kurort Zürich am Meer in Südportugal ab! Ich hätte gerne eine Wasserbestattung an der Seite meiner Tochter. Wir sind zwei Menschen, die sich zum Grund des Meeres bewegen, der eine sinkend, der andere tauchend …

Aber das Spiel ist noch nicht zu Ende!

Das Spiel ist nie zu Ende. Das Spiel ist immer zu Ende. Das Spiel ist von Anfang an zu Ende.

12
DIE ERLÖSUNG

Ich schickte mich an, meine Mission zu erfüllen. Ionesco reiste gerne ab. Ich hatte schreckliche Angst. Er hatte immer Lust gehabt, anderswo hinzugehen. Ich nie. Da, wo man geboren ist, da soll man auch leben und sterben und begraben werden. Wenn er zu Hause geblieben ist, sagte mir Ionesco, hatte er immer den Eindruck, dass ihm größere Gefahren drohten als wenn er herumreiste. Ich habe immer den Eindruck, wenn ich herumreise, bricht die ganze Welt über meinem Kopf zusammen, und meine Welt, die ich zurücklasse, bricht hinter meinem Rücken zusammen. Immer der Eindruck, ich gehe plötzlich zwischen fremden Kulissen unter. Das Letzte in meiner Existenz: fremde Kulissen ... Schließlich habe ich eine große Verantwortung als Hausmeister! Als Moses! Als Noah! Ich bin hier auch nicht einfach Hausmeister. Ich bin Welthausmeister. Abschied nehmen heißt ein wenig sterben, sagte ich. Er sehe das umgekehrt, sagte Ionesco. Weggehen heißt: ein wenig leben. Aber das war ja absurd!

»Ich habe das Gefühl, dass die Welt neu wird, wenn ich auf Reisen bin«, sagte Ionesco, »ganz frisch, jungfräulich. Ich bin ein Christoph Kolumbus, der die neue Welt sucht: zum Beispiel in Transseptemmontes.«

Ich habe das Gefühl, dass die Welt alt, morsch und verbraucht bleibt, wenn ich auf Reisen bin, außerdem mysteriös, falsch, gefährlich und bedrohlich. Zum Beispiel in Paris. Und ich bin immer ungeschützt und ausgeliefert.

»Ich muss Sie trotzdem bitten«, sagte Ionesco. »Das werden Sie verstehen. In meinem Zustand finde ich nicht allein zurück. Das sind Sie mir schuldig, Fraundorfer!«

»Ich weiß«, sagte ich. Natürlich. Die Koffer sind gepackt. Es sind gar keine Koffer, es sind Tonnen. Und es sind viele Tonnen in den Tonnen. Nitrolingual und Xanor, Xanor und Nitrolingual. Eigentlich ist es ja völlig unmöglich, dass eine so ungeheure Reise wie eine Reise nach Paris gelingt. Selbst dass sie nur prinzipiell gelingen könnte, übersteigt jegliches menschliche Maß und Vorstellungsvermögen! Sich so etwas Ungeheuerliches vorzunehmen: Hybris! Hybris! Hybris! Was zum Beispiel, wenn es Paris überhaupt nicht gibt? Das kann doch sein! Die Stadt Paris. Am Ende, am Ende vom Ende der Stadt Paris war … war … was war noch? … Was also, wenn man losfährt und unterwegs hört man aus sicherer Quelle, dass Paris, dem Klischee widersprechend, nicht existiert? Was dann? Was, wenn wir stattdessen in dieses schwarze Loch fallen, das angeblich zwischen hier und dort klafft? Niemand, der in dieses schwarze Loch gefallen ist, ist jemals wieder herausgekommen, heißt es. Man fährt und fährt und fährt, und anstatt in Paris anzukommen, fällt man plötzlich in ein schwarzes Loch und wird gelöscht und für alle Zeiten aus der Geschichte der Menschen getilgt: Zwar soll es schon Menschen gegeben haben, die es tatsächlich bis nach Paris geschafft haben, und sie erzählen von Pracht und Prunk und Bauwerken und Plätzen, aber die waren hauptsächlich Automaten mit menschlichen Gesichtern. Paris hat es nie gegeben, sagen die Experten, die es wissen müssen, Professoren, die sich ein Berufsleben lang streng wissenschaftlich mit dieser Frage beschäftigt haben und denen daher nicht widersprochen werden darf. Aber andere Experten geben hinter ihrer Deckung zu bedenken, dass sie von einem sagenumwobenen Ort gehört hätten, und dieser Ort nannte sich, wie sie sich zu erinnern glaubten, Paris! Welche Professoren mächtiger sind und bei den Regierungen und Zeitungen und Sendern wohlgelittener, davon hängt es jetzt ab, ob es Paris gibt oder nicht. Ja, tatsächlich, allen Ernstes: Paris. Jetzt ist es bewiesen. Diese Stadt gab es doch. Diese sagenumwobene Stadt. Sie ist zusammengestürzt, es war die Stadt der Lichter, weil sie erloschen ist, erloschen seit vierhunderttausend Jahren. Das waren noch Zeiten! Es gibt nichts von ihr als ein Lied …

Ein richtiges Lied?, fragt man sich da. Was für ein Lied? Ja, wenn man das wüsste. Ein altes Lied. »… non, rien de rien! Non, je ne regrette rien! Aux armes, citoyens! Formez vos bataillons! Die Kinder vom Montparnasse leben im Glüüück und seh'n doch vom blauen Himmel nur ein kleines Stüüück … rien de rien …«

Einen halben Tag vor der Abreise schwoll mein Hals plötzlich an, der verhängnisvolle Körperteil, der den Kopf mit dem Leib verbindet, die Pflicht mit der Lust, die Freude mit dem Schmerz, den Anfang mit dem Ende, jener verhängnisvolle Körperteil, der den Kopf vom Leib trennt, der Engpass, das Nadelöhr, wo es um Leben und Tod geht und um Sein und Nichtsein, der Körperteil, für den traditionell die Guillotine zuständig war, eine französische Erfindung immerhin, außerdem der Galgen, das Halstuch und der Strick, jener Körperteil schwoll jetzt plötzlich an, die Seitenstränge, die Lymphdrüse, die Lymphknoten, der Zungengrund und was man eben so im Hals hat, ohne viel davon zu wissen, all das, an dem man sterben könnte. Wenn ich meine Pflicht erfülle und mich nach Paris schleppe, werde ich den Hals sicherheitshalber zu Hause lassen, dachte ich. Ein guter Plan, an und für sich. Der Hals wurde aber so dick, dass ich ihn nicht drehen konnte, vom Abschrauben ganz zu schweigen. Der Rachen brannte, die Kopfhöhlen pochten, keine Luft. Ach, könnte man doch irgendeine Stelle seines Körpers reiben, sodass man gesund wird! Alle meine Gäste sahen mich erwartungsvoll an, Ionesco aber flehentlich. Er drohte sich aufzulösen, wenn ich meine

Pflicht nicht erfüllte und ihm Schutz und Geleit antrug. War ich in dieser Situation nicht schon vor langer, langer Zeit in meinem Leben als junger Mann? Und hatte ich damals nicht jämmerlich versagt? War ich dafür nicht verurteilt worden? War es nicht das?

Es war der Freitagnachmittag. Alle Arztpraxen waren geschlossen, der Ärztenotdienst amtlich gestrichen. Das Gesundheitswesen sagte den Kranken mit ausgesuchter Höflichkeit: Geht sterben, Nichtzufriedenstellende! Die Überlegung des Amtes war: Schafft man den Notdienst ab, schafft man dadurch natürlich auch die Not ab. So sorgt das große Ganze doch für uns alle und das Gemeinwesen für sich selbst. Hochmut kommt vor dem Fall und Rationalisierung vor der Wegrationalisierung. Die Zeit nach der Apokalypse erfordert natürlich auch ein postapokalyptisches, globales Einheitsdenken. Man muss den Menschen von Amtswegen das globale, postapokalyptische Einheitsdenken vordenken, damit sie es dann nachdenken. Logik bis zum Irrsinn. Das ist das Rezept. Die Rettung kommt nur noch, wenn der Zustand des Patienten so kritisch und aussichtslos ist, dass er mit allerhöchster Wahrscheinlichkeit während der Höllenfahrt ins Krankenhaus im Rettungswagen stirbt. Aussichtslosigkeit ist Grundvoraussetzung. Denn alles andere wäre weder effizient noch konsequent. Mit schrillem Folgetonhorn und zuckendem Blaulicht sofort in die Pathologie! Anstatt ins Klinikum wäre ich gerne mit dem Rettungswagen nach Paris gefahren.

Was tun? Wohin gehen? In die Apotheke! Pharmazie ist doch das Einzige, was der Mensch jemals zustande gebracht hat. Der Apotheker kannte mich und sah meine Verzweiflung und gab mir ein Päckchen Antibiotika ohne ärztliche Verschreibung für den Fall, dass dieser Tag mein letzter sein würde. Ein guter Mensch! Diese gute Tat beruhigte mich fürs Erste. Ich nahm das Antibiotikum aber nicht ein, sondern trug es über dem Herzen, denn es sollte meine Angst lindern, nicht meine Schmerzen. Große Ängste durchschlichen den Palast meiner Seele: Angst vor Ionesco, meinem steinernen Gast, vor dem Geist, den ich gerufen hatte vor so vielen Jahren als junger, nicht zufriedenstellender Mensch und den ich jetzt nach Hause bringen, zurückbegleiten musste, bevor er zerfiel und durch meine Finger rieselte. Sein jüngster Tag war gestern, meiner wird erst morgen sein. Oder schon heute. Angst, mein steinerner Gast könnte mich just in dem Moment, in dem ich meine Mission zu Ende geführt haben würde, an die Grenze der Existenz führen, wo die Dinge ihren Namen und ihre Bestimmung verlieren. Angst, mein steinerner Gast Ionesco selbst könnte es sein, der mich mit seiner aus dem Grab herausfahrenden Pranke würgt und in mein ersticktes Röcheln hinein dröhnt: »Bleib gleich hier bei mir! Schließlich hast du nicht immer gelebt! Wo warst du vorher? Das Universum kam sehr gut ohne dich aus, und es wird wieder sehr gut ohne dich auskommen! Die Welt ist nicht absurd, Fraundorfer: Das ist die Wahrheit! Die Menschheit ist absurd. Die Welt ist voller Wurzeln. Die Absurdität endet mit dem Tod.«

Schweißausbruch. Hitzewallung. Panikattacke.

Ich müsste in die Kirche gehen, das würde mir helfen, in meine Kirche, dringend! Ich bleibe daheim! Aber ich darf nicht daheim bleiben! Ich darf nicht! Ich habe eine Mission! Ich habe einen Auftrag zu erfüllen! Alles hängt davon ab. Meine Haushälterin ist auch meiner Meinung. Und ihre Tochter. Marion, du bist jetzt meine Mama! Ich muss den Menschen die Botschaft bringen, sie warten darauf. Das Universum wartet bloß noch auf mich! Auch Marion Mama Gibraltar sagt: Das Universum dürfen Sie nicht so enttäuschen!

Das stimmt: Sein Universum enttäuschen: Das tut man nicht!

Das ist ungezogen! Aber es geht nicht! Ich kann nicht. Und wenn ich mich noch so zwinge. Ich muss das Universum um Verständnis bitten. Ich bin nassgeschwitzt, es staut sich zwischen Kopf und Kragen, geschätztes Universum, ich muss leider absagen. Ionesco fielen neben mir die Haare aus. Ich zitterte. Es zitterte. Ich sah an mir herab. Die Erde bekam Risse. Der Boden tat sich auf. Ich fiel in eine Spalte. Die Erde tat sich wieder zu. Der Wecker läutete. Die Nacht brach ab. Es war noch dunkel. Ein Kran zog mich aus dem Bett und stellte mich auf. Die Kleider warfen sich von selbst an meinen Körper, die Schuhe schoben sich über meine Füße und banden sich zu. Im Nu war ich fertig. Plötzlich war ich todesmutig. Die innere Stimme, die so viele Jahre geschwiegen hatte, sagte, ich müsse jetzt Schluss machen, sonst gebe es keinen. Das schien mir selber selbstverständlich. Ionesco tanzte. Und eben die Botschaft! Bis jetzt, das waren schließlich alles noch keine wirklichen Botschaften. »Vergessen Sie mich nicht!«, rief Ionesco. »Nehmen Sie mich mit!« Der Engel sagte: Es geht los! Hinaus im Morgengrauen.

Ich nahm nicht den Rettungswagen; ich nahm den Bus nach Paris. Der Bus war voller lustiger Landsleute, die mich begleiten wollten: Revolutionäre wohl nicht gerade und auch nicht gerade Reaktionäre, Proletarier doch wohl, Beamte doch wohl, vielleicht Irrenärzte, vielleicht Irre, Papageien sicher, Päpste sicher, aber die Päpste waren als Papageien verkleidet, die Papageien als Päpste, die Irrenärzte als Irre, die Irren als Irrenärzte, alle, alle wollten sie nach Paris, es war, als führen wir alle gemeinsam zu einem Auswärtsspiel, als wäre unsere Hallodria zu Gast bei Paris Saint-Germain und als wäre es unsere heilige Aufgabe, die, die für uns stehen, in der Fremde zu unterstützen, auf dass sie uns umso besser vertreten könnten vor den Augen der Welt. Die meisten waren noch so schlaftrunken und ramponiert wie ich selbst. Manche lustige Landsleute lasen lustige Taschenbücher, und aus dem Buslautsprecher kam jetzt das Lied, das alte Lied, das Lied aus uralten Zeiten, jetzt war es mit Ruhe und Kontemplation vorbei. Wenn man mit wirklichen Menschen zusammen ist, muss man immer auf alles gefasst sein.

Es wurde hell. Wir kamen gut voran, und eine lustige Landsfrau hatte ein geistiges Getränk mitgebracht, das sie nun allen Fahrgästen ausschüttete, spendete, aufdrängte. Zusammenzusammenzusammen. Mit der Flasche in der einen und einem Stapel ineinander steckender kleiner Plastikbecher in der anderen Hand schritt die Frau durch die Reihen des Busses und schenkte allen ein, denn der Mensch ist ein Gemeinschaftswesen. Zusammenzusammenzusammen.

Als sie zu mir kam, blickte ich mit meinen Ascheaugen geistesabwesend aus Ionescos Überresten auf, sah die lustige Landsfrau an, dankte und schüttelte den Kopf. Aber die Frau ließ meine Ablehnung nicht gelten. Immerhin sei ich einer von uns, da hätte ich kein Recht zu Ungemütlichkeit. »Ich bin deine Frau und bin jetzt deine Mama«, sagte die lustige Frau, »also trinke!« – »Ist gar nicht wahr, ich bin Waise, hi, hi, hi!«, antwortete ich ernst. Ich musste trinken, und ich musste der selber trinkenden lustigen Frau berichten, was mich denn nach Paris führte. »Eine Beerdigung«, sagte ich. Genau genommen eine Überführung, die Heimholung der exhumierten Überreste mit anschließender Verabschiedung und Bestattung.

»Oh«, sagte die lustige Frau und machte gleich einen großen Schluck geistigen Getränks, das tue ihr leid. Ein Bekannter? Ein Verwandter? Sie wusste nicht so recht, ob sie mir Beileid wünschen oder bloß ein Bedauern ausdrücken sollte. Das hing ja von der Art und Intensität und Qualität der Beziehung ab. »Ein Verschmolzener«, sagte ich in monotoner Stimmlage, sah sie an und ließ nicht den geringsten Gesichtsmuskel zucken.

Die lustige Landsfrau nickte zum Zeichen, dass sie nichts verstanden hatte und wohl auch glaubte, dass da nichts zu verstehen war. Sie hielt mich für einen Gesellschaftslenker, für eine Respektsperson, für einen dieser Menschen, die ganz ernst dasitzen und unsinniges Zeug reden, ununterbrochen. Oder sie hielt mich für den letzten der Idioten. Sie sah mich an, als hätte ich ihr gerade gesagt, die Welt sei eine Geschichte, die ein Idiot erzählt, voller Lärm und Sinnlosigkeit. Und sie bedeute nichts. Und sie wusste nicht, wer das gesagt hatte und ob es stimmte oder nicht stimmte und ob das auch sie betraf. Die lustige Landsfrau war ja bis vor einer Minute ihr Leben lang noch nicht auf den Gedanken gekommen, dass jemand in einem Reisebus nach Paris zu einer Beerdigung fahren könnte, absurd sei das, jedenfalls ihr komme das absurd vor, dachte die lustige Frau, sagte es aber nicht, denn sie sagte, während ich nun ihr geistiges Getränk trank, sie selbst sei gemeinsam mit einigen Freundinnen und Freunden nach Paris unterwegs, um eine der größten und eindrucksvollsten Pariser Persönlichkeiten zu treffen, Monsieur Micky Maus. Sie sei aber auch sehr gespannt auf das Zusammentreffen mit der anderen imposanten Pariser Persönlichkeit, mit Monsieur Donald Duck. Von Kindesbeinen an verehre sie schließlich diese beiden Leitbilder samt deren Familien und Verwandten, Rivalen und Konkurrenten, sie wüsste alles von allen, wer mit, wer gegen wen, wie, wann und mit welchem Erfolg. Die Botschaften von Monsieur Maus und Monsieur Duck nun persönlich anlässlich der großen Parade und des gigantischen Tagesabschlussfeuerwerks übermittelt zu bekommen, das sei schon ge…

Die Botschaften hatte ich bereits in mir, wenn auch im Darm, *The show must go on, Money makes the world go round, God bless America, AEIOU, America est in orbe ultima,* alles Erdreich ist Amerika untertan, der Einmarsch muss sein, aber noch viel besser als militärisch funktioniert er virtuell, kulturell, medial, filmisch, das eigentliche Pentagon ist Hollywood, hinein in jedes Wohnzimmer des alten Kontinents damit, in jede Ritze, in jede Lücke, hinein mit dem programmierten Hintergrundgelächter in jedes einzelne noch so geringfügige Gehirn des Kontinents, aber was Jacky nicht lernt, lernt Jack nimmermehr, daher kommt vor dem Film der Zeichentrickfilm, Japadapaduuu! Schluck! Würg! Wumm! Bumm! Zack! Zaberdoinnnggg!!!

Allmählich kommt es so zu einer Innenausstattung des Seins. Aber aus dem Philosophenpuppentheater auf dem Sitz neben mir, das ich immer mitführe, dringt eine andere Botschaft: Den Amerikanern fehlt nichts anderes als das Tragische! Dieses Land setzt alles daran zu beweisen, dass das Leben nicht tragisch ist! Das ist falsch, falsch, falsch, fundamental falsch! Das Gedankengebäude bricht schon beim Bau zusammen: Man kann das Tragische nur zurückweisen, wenn man es zur Kenntnis genommen hat, nicht vorher. Ohne Tragödie kommt keine Kultur aus, keine Philosophie. Ohne das Tragische bräuchte man keine Kultur, keine Philosophie. Aber Micky Maus ist nicht tragisch, sagt die lustige Frau, Donald Duck ist nicht tragisch. Nein, Herr Maus und Herr Duck sind nicht tragisch.

»Es entwickelte sich gerade eine Freundschaft zwischen uns, als Sisyphos plötzlich verunfallte und starb. Wissen Sie, lieber Fraundorfer, viele Jahre später, als ich alt war, aber doch auch umgekehrt viele Jahre, bevor Herr Maus und Herr Duck die prominentesten der Pariser Prominenten wurden, gab es bei uns in Frankreich lange einen linken Kulturminister, der bei einer UNESCO-Weltkonferenz für Kulturpolitik in einer aufsehenerregenden Rede den Export amerikanischer Massenkultur heftig anfeindete und kein Vasall des riesigen Reiches des Profits werden wollte. Die amerikanischen Filme, die amerikanischen Fernsehserien erdrücken uns! Aux armes, citoyens! Wo sind unsere eigenen Produkte? Wo ist unsere eigene Kultur? Was tun wir dafür? Formez vos bataillons!« Aber niemand konnte den sozialistischen französischen Kulturminister hören oder auch nur wahrnehmen, denn während draußen Strasbourg und Metz und Reims vorbeizogen, hatte sich im Bus nach Paris heftigstes Gequake erhoben, nicht nur von den Insassen, auch von den beiden Busbildschirmen kommend, wo sich zum Fahrtzeitvertreib Zeichentrickfiguren beschwatzten, neben den Pariser Großpersönlichkeiten auch Zeichentrickzebras, Zeichentrickpinguine, Zeichentricklöwen, lebende, singende, lachende, tanzende Zeichentricksteaks. Ach herrje, du liebe UNESCO! Das Leben *ist* tragisch, nur eben würdelos.

Und da – da! – da! – wird es ja doch noch französisch! Zeichentricknotredame! Der da auf der Kirchenfassade herumturnt, das ist kein Mann und keine Maus und keine Ente, der ist wohl am ehesten der Familie verkehrter Hund, der Familie Goofy zuzuordnen, Quasimodo Goof, der als kleines Kind von der großen Glocke am Kopf getroffen worden und seither nicht zufriedenstellend war. Stocktaub, wie er war, durfte er die Glocken läuten, und die Pariserinnen und Pariser liebten das Glockengeläut von Notre Dame, aber verabscheuten den Glöckner und wählten ihn am Kirchtag zum Narrenpapst. Wie Tarzan im Dschungel schwingt Quasimodo Goof im Kirchenschiff von Notre Dame herum, der eine Jane, der andere Esmeralda im Sinn. Die Rolle des Bösen in der Geschichte bekleidet Dompfarrer Goof, ein Intrigant übelster Sorte, und am Ende wirft ihn Quasimodo Supergoof von einem der beiden Türme Notre Dames in den Tod hinunter! Nimm das, Schurke! Morgens um sieben im Bus ist die Welt noch ein Zeichentrickfilm. »Je älter ich wurde, desto öfter wurde ich karikiert und als Zeichentrickfigur dargestellt, Fraundorfer, es war erniedrigend und ich habe mich doch gefreut. Erst wer karikiert ist, ist. Erst wenn man eine Zeichentrickfigur ist, wird man ernst genommen. Einmal hat man mich inmitten von Gesichtsmasken gezeichnet, einmal als Zirkusdirektor mit zwei Tieren in der Manege, mit Nashörnern natürlich, einem großen und einem kleinen, beide rot-weiß gescheckt, und sogar die Nashörner waren Zeichentricknashörner … Ein Klassiker ist man, wenn es einen als Zeichentrickfigur gibt. Aber was hat man davon, dass man ein Klassiker ist? Nichts! Ein Klassiker wird man, damit man vergessen werden kann, auch wenn sein Name bleibt. Sehen Sie, Fraundorfer, Das Endergebnis des Königsmords sind Donald Duck und Micky Maus.

Was Frankreich England voraus hat, das ist der Königsmord! Der König sagt, er sei von Gott eingesetzt, und weil es diesen Gott nicht gibt und nie gegeben hat, deswegen ist der König ein Gauner und muss geköpft werden. Alle Könige sagen, dass sie von Gottes Gnaden regieren, deswegen sind alle Könige Verbrecher, deswegen …

Der Wille des Volkes ist allerdings nur ein jämmerlicher Ersatz für den Kopf des Königs und die Leiche Gottes.«

»Der Chefkönig sagt, er ist vom Volk gewählt, deswegen ist er ein Gauner, deswegen köpft ihn Gott.«

»REVOLUTION!«

»Wer gegen wen?«

»Das Bitterböse gegen das Grundübel. Spannend. Hochinteressant.

And the winner is: das Grundübel! Jawohl! Auch Sie können mit ein wenig Glück gewinnen, einen Einfamilienwagen der Marke … nein, das Blatt wendet sich, scheinbar hat nun doch das Bitterböse die Nase vorne! Der Kampf geht weiter. Ein beinharter Kampf! Wir melden uns wieder, sobald … bleiben Sie dran!

Nach der Revolution hat mich der alte König allen Ernstes gefragt, ob ich ihm helfen möchte, aus dem Exil zurückzukehren und als rechtmäßiger König wieder den Thron zu besteigen. Aber ich war schon zu alt.

Das Endergebnis der Französischen Revolution ist das Disneyland.

Geschafft hat man es erst, wenn man zum Narrenpapst gewählt worden ist, Fraundorfer: Narrenpapst der Herzen im Zeichentrickfilm! Wer den Narrenpapst nicht ehrt, ist den Papst nicht wert. Ist der Papst auch im Bus? Ja natürlich, der muss dabei sein. Wissen Sie, als ich alt war, hat mir der Papst einen Brief geschrieben und mir mitgeteilt, dass er für mich betet. Ich muss zugeben, das hat mich gerührt! Wie viele Dichter bekommen schon Post vom Papst?«

»Das verstehe ich gut, Ionesco. Aber ich frage mich: Worum hat der Papst konkret gebetet in Ihrem Fall? Um noch mehr Stühle?«

»Vermutlich darum, dass die französische Linke nichts davon erfährt, dass er mir geschrieben hat … jetzt, ein Vierteljahrhundert später, in der Retrospektive, muss ich zugeben: Seine Gebete sind nicht erhört worden. Trotzdem wird der eilige Vater von damals, der polnische Santo subito, gerade heiliggesprochen, was bedeutet, dass er auf Plakaten und Postkarten ab sofort mit Heiligenschein dargestellt wird. Das wiederum bedeutet: Millionenumsätze! Ein Wunder, das uns nie passieren wird! Dabei wäre es grafisch ein Kinderspiel.«

Während der Rauchpause in einer Raststätte mitten in den riesigen Rapsfeldern standen wir ein wenig abseits, Ionesco und ich, denn die restlichen Fahrgäste hatten sich längst allesamt in Micky Mäuse, Donald Ducks und Goofys verwandelt. »Besser sie verwandeln sich in Disneys als in Nashörner«, sagte Ionesco. »Besser sie quietschen und quaken, als sie trampen und zertrampeln.« Das stimmte. Aber der Bus war ein Nashorn. »Schauen Sie, Ionesco: tatsächlich! Der Nashornbus! Genau diesen Bus hatte das Reisebüro bis zu dessen Liquidierung als Mannschaftsbus der Fußballfälscherfirma des Chefkönigs zum Einsatz gebracht. Auf der Karosserie stand in großen Feuerlettern ›Hallodria Rhinozeros‹! Und offenbar hatte man sich noch nicht die Mühe gemacht, die Karosserie neu zu spritzen. Was für Zufälle das Leben bereithält!«

»Stellen Sie sich vor, Fraundorfer, meine ›Nashörner‹ sind in vierzig Ländern gespielt worden! Auch in Deutschland. Die deutsche Presse hat nach der Premiere geschrieben: So sind wir Nazis geworden! Da hat man mich verstanden. Nur in Russland gab es Schwierigkeiten, ausgerechnet dort! Die Russen schrieben mir, die dramatischen Qualitäten der ›Nashörner‹ seien brillant, doch könne es gewisse Missverständnisse geben. Ich müsse begreifen, schrieben die Russen, sie müssten ihr Publikum erziehen. Damit es ganz genau wisse, wer diese Nashörner seien, müssten gewisse Repliken geändert werden. Sie bezweifelten nicht, dass ich ein Progressist war und dass die Nashörner für mich dieselben waren wie für sie. Ich antwortete, es sei besser, nichts an dem Stück zu ändern, da es sowohl in kapitalistischen wie in sozialistischen Ländern so gespielt werde. Nun, sehen Sie, Fraundorfer, in Russland, in der Sowjetunion, sind die Nashörner nie gespielt worden. Man wollte eben nur rechte Nashörner. Die Russen behaupteten, ich sei zweifellos krank und sie hätten bei sich psychiatrische Kliniken für asoziale Schriftsteller erbaut und eingerichtet. Die Russen könnten mich heilen und alle anderen ungesunden, exzentrischen und rebellischen Autoren ebenfalls. Es war das erste Mal, dass ich von sowjetischen psychiatrischen Kliniken für Künstler und Intellektuelle hörte, aber damals glaubte ich es nur zur Hälfte. Ich hielt es für einen Scherz. Jetzt wissen wir, dass es das gab. Zensoren, Politiker und Funktionäre hatten zu entscheiden, was die gerechte Sache war. Der Schriftsteller, der Künstler durfte keine Ideen oder Ideologien haben, die nicht die des Staates waren und die der Staat ihnen zu haben befahl. Weil Schriftsteller und Künstler vom Staat bezahlt würden, hätten sie seine Bediensteten zu sein. Mir wurde angst vor der Zukunft der Kultur. Ganz offensichtlich war es die Absicht der Regierungen und Ministerien, die Kultur zu dirigieren ...«

»Die Sowjetunion, der Kommunismus sind zerbrochen und zugrunde gegangen, Ionesco, ganz so wie von Ihnen vorhergesagt.«

»Ich weiß, ich weiß, Fraundorfer. Ich habe den Zusammenbruch noch erlebt. Aber meine Prophezeiung hat mir wenig Applaus eingetragen; auch dann nicht, als sie sich erfüllt hatte. Nur der König von Rumänien hat im Exil geklatscht ... Der Kommunismus ist zugrunde gegangen, aber nicht die Mechanismen, die bedingten Reflexe zwischen rechts und links, die Instrumentalisierungen, die Inszenierungen, die Diffamierungen ... es ist nicht der Phönix, der aus der Asche steigt, es ist das Nashorn ... Zuerst galt ich als Linker, Fraundorfer, weil ich den Faschismus, Hitler und seine Konzentrationslager verurteilte. Aber dann galt ich, weil ich auch den Kommunismus, Stalin und seine Konzentrationslager verurteilte, als Rechter, und man mied mich und feierte andere im Land, die, die Stalin feierten und zu dessen Konzentrationslagern schwiegen: Sartre etwa, dieses Nashorn von Rang. Die abscheulichen Verbrechen, die ihre Feinde begangen hatten, nannten sie, als ihre Freunde sie begingen, »historische Notwendigkeiten«. Nashörner gibt es immer und überall. Geschichte ist nicht Wahrheit, Fraundorfer, Geschichte ist Irrtum. Erst wer von allen Ideologien geheilt ist, hat zur Wahrheit die Möglichkeit. Dieselben, die mich als Progressisten gefeiert hatten, ächteten mich später als Reaktionär. Es geht auch in Frankreich in Fragen von Kultur und Kunst nicht um Kultur oder Kunst, sondern um Macht. Immer um Macht. Nie um Wahrheit, immer um Macht. Um die Macht, die ganze Macht und nichts als die Macht«, sagte mir Ionesco, als wir zur letzten Etappe wieder in den Bus gestiegen waren. »Als ich ein sehr alter Mann war und mein ganzes Werk schon vollbracht hatte, mied und missachtete die vom sozialistischen Kulturminister dirigierte Kulturmafia mich. Die Mafiosi sagten indigniert, ich sei nicht so wichtig, ich sei tatsächlich, wie einst von den Reaktionären behauptet, leider bloß ein kleiner Witzbold. Man habe sich in mir getäuscht, man habe mich überschätzt.

Ich hatte keine drei Jahre mehr zu leben, als der Staatspräsident von Tschechien zu einem Staatsbesuch nach Paris kam, der ein Schriftsteller und früher im Kommunismus als Dissident im Gefängnis gesessen war. So ist die Geschichte nun einmal: eine Abfolge von Irrtümern und Machtmissbrauch, Fraundorfer, ein gigantischer Schwindel! Aber nun hatten sich die Dinge und die Verhältnisse geändert. Zu Ehren des hohen Besuchs gab der französische Kulturminister einen Empfang, zu dem alles geladen war, was in Frankreichs Kultur Rang und Namen hatte. Ich gehörte nicht dazu. Aber als der tschechische Staatspräsident und Schriftsteller zum Empfang kam, fragte der den französischen Kulturminister als Erstes: ›Wo ist Ionesco?‹

›Welcher Ionesco?‹, fragte der Minister. ›Der gehbehinderte Rechte?‹

›Ionesco ist so rechts oder links wie ich‹, fauchte der tschechische Präsident den französischen Minister an, ›Ionesco ist ein Klassiker der Moderne! Ohne ihn wäre Ihre französische Literatur nicht das, was sie ist. Auf viele Gesichter, die hier bei Ihrem Empfang sitzen, könnten Sie verzichten, Herr Minister, auf Ionesco nicht. Ein Klassiker ist weder links noch rechts, ein Klassiker ist ein Klassiker. Er zeichnet sich durch 1a) moralische Schönheit aus! Er besticht durch 1b) Anmut, 2b) Würde und 3b) Erhabenheit. Daher ist Ionesco 1c) Liebe, 2c) Achtung und 3c) tragisches Mitgefühl entgegenzubringen! Ecce homo! Ecce poeta! ICH WILL IONESCO SEHEN! Präsident sticht Minister: altes Gesetz.‹

Was für eine peinliche Situation! Jetzt musste der diplomatische Notdienst aktiviert werden. Alles, was in Frankreichs Kultur Rang und Namen hatte und Champagner in sich schüttete, musste Frankreichs gemaßregelter Kulturminister links liegen lassen, sich mitten in der Veranstaltung hinter die Kulissen praktizieren und seine Frau instruieren, doch dringend Frau Ionesco anzurufen und ihrem Mann zu huldigen, diesem Typen vom Weltkulturerbe, sie wisse schon ... Er sei der Größte, Bedeutendste, Richtungsweisendste blablabla, ein Monolith in der literarischen Landschaft Frankreichs, ein Mann wie Beckett und Joyce und Shakespeare zusammen blablabla, ein bedauerliches Missverständnis natürlich, man lade ihn und seine bezaubernde Gattin zum Staatsbankett ein, das bereits begonnen habe, man hole das Paar mit einer Staatslimousine ab, die Vorspeise würde nachgereicht. Bitte, bitte, bitte, jetzt keine Umstände machen, die Zeit drängt, jetzt nicht nachtragend sein, sofort, sofort, sofort, jetzt ans Wohl der Nation denken, allons enfants de la Patrie, der Grande Nation, le jour de gloire est arrivé, marchons! Marchons au Pinguining! Bitte, bitte, bitte! Die Frau des Ministers, so der Minister, solle beim Bauchpinseln des gehbehinderten rechten Theaterwitzbolds irgendwie auch moralische Schönheit hineinverwursten, Anmut, Würde und Erhabenheit, ganz tief in den Schmalzkübel hineingreifen, Liebe, Achtung, tragisches Mitgefühl, scheiß die Micky Maus drauf!

Und so kam es, Fraundorfer, dass die Kinder vom Montparnasse sahen, wie eine dunkle Staatskarosse am Boulevard du Montparnasse 96 hielt und nicht nur die Ministergattin mit einer Blaulichtfrisur auf dem Kopf, sondern auch zwei Staatsdiener ausstiegen, die einen roten Teppich bis hinauf ins sechste Stockwerk rollten, mich in den Rollstuhl hoben, die sechs Stockwerke im Rollstuhl hinunterpeppelten, während die Ministergattin, immer drei Schritte voraus, die Barcarolle trällerte und mich, nachdem mich die beiden Staatsdiener aus dem Rollstuhl in die Limousine gehoben hatten, behutsam fragte, ob ich es mir eventuell vorstellen könnte, anlässlich dieses Staatsbanketts eine Krawatte umzubinden, worauf ich entgegnete, das könne ich mir weder eventuell noch sonstwie vorstellen, da ich Zeit meines Lebens Rollkragenpullover trüge, da Krawatten erstens ein Zeichen der gesellschaftlichen Gezügeltheit darstellen und mich zweitens würgten, was die Ministergattin mit einem Ganz-wie-Sie-Meinen quittierte und bloß in Gedanken ergänzte: Du seniler Depp mit deinen absurden Tränensäcken! Diesen Gedanken bezahlte ich mit einem Einskommafünfsekunden-Schmunzeln, und meine Frau Rodica neben mir sagte der Ministergattin scharf: Das habe ich gehört! Bei meiner Ankunft – der Kulturminister war schon zur Wachsfigur erstarrt – begrüßte mich der tschechische Präsident mit besonderer Herzlichkeit, dankte mir coram publico nicht nur für mein Kommen, sondern für mein Wirken und sagte so laut, dass es das ganze Kulturgünstlingsgesindel und alle, die in Frankreichs Kultur Rang und Namen hatten, hören mussten, mein Werk habe ihn überhaupt erst zum Schreiben animiert. Und übrigens einen schönen Gruß vom Papst! Nach der Abreise des tschechischen Präsidenten wurde ich in Paris natürlich noch energischer gemieden: Die Nashörner trampelten indigniert an mir vorbei.«

Die Mickymäuse hatten wir im Mickymausland ausgesetzt und ihrem Schicksal überlassen. Wir hatten ihnen vorsorglich Konfetti und Papierschlangen mitgegeben und sie eindringlich ermahnt, auf die Fanfaren bei der Parade und auf das große Feuerwerk zu achten. Nun saßen nur noch Ionesco, Marion Gibraltar und ich im großen Bus, und es dämmerte schon schwarzgolden, als wir in die große Stadt einfuhren. Aber noch war der große Strom zu sehen, an dessen Ufer wir Halt machten, um über die Brücken zu gehen, über den Pont des Arts etwa, wo alle Paare, alle Liebenden dieser Welt, die jemals die große Stadt besucht haben, beginnend mit Esmeralda und Quasimodo Goof, ein mit ihren Namen versehenes goldenes Schlösschen hängen und den Schlüssel in den Strom werfen. »Der Mensch ist von Natur aus böse«, ächzte Ionesco. »Wir lieben einander nicht. Wer die anderen liebt, ist verrückt. Es ist die schlimmste Heuchelei, das nicht zugeben zu wollen.

Die Welt ist wüst. Bevölkert von Phantomen mit klagenden Stimmen. Sie säuselt Liebeslieder über den Resten meines Nichts.«

»Aber jetzt: Schauen Sie, Maître: eine silberne Leiter ins Himmelsblau …«

Und da, feierlich und prächtig wie ein Christbaum in der Finsternis glitzernd und funkelnd, der alles beherrschende Eiffelbeinturm, ganz aus Stahl gebaut wie mein eigenes Freudenhaus, das erhabene Monument einer Zeit, als Zukunft noch Zukunft war. »Da oben wohne ich! Da oben wohnen wir alle, Fraundorfer, wo auch sonst? Der Christbaum ohne Christentum, der Glockenturm ohne Glocke, der Kirchturm ohne Kirche!« Ich machte den Exhibitionisten, ich riss mein Sakko auf, ich zeigte der Welt meine Botschaft vor dem Eiffelturm. Klick! Klick! Klick! Die Welt nickte zustimmend: Das habe ich ganz genau gesehen! »Jetzt haben wir es bald geschafft, Ionesco! Jetzt sind wir bald am Ziel!«

Aus der Galerie der steinernen Heiligen an der Fassade von Notre Dame neben dem Hauptportal sticht einer heraus, der Kopflose, Saint Denis, der erste Bischof von Paris, der lange, lange vor Quasimodo Goof am Montmartre von den Römern für seinen Glauben enthauptet wurde. Denis aber wusch seinen Kopf an einer Quelle, nahm ihn unter den Arm, ging damit acht Kilometer in die Vorstadt hinaus, die seinen Namen tragen würde, legte sich nieder und starb an der Stelle, an der später das Stade de France gebaut wurde. Wir nahmen die Metro.

Gebäudefluchten aus Stahl und Glas, kerzengerade breite Boulevards, keine Menschen. Fern am Horizont lugte das Ding zwischen den Gebäuden hervor. Es wurde größer und größer, bedrängender und gewaltiger, da stand sie auf dem weiten Platz, die Kirche zum Kirchturm, gigantisch und unglaublich. Eines der auf die Erde gefallenen Augen Gottes. Aber wie alle Augen Gottes war auch dieses Auge blind. Es fand kein Spiel statt, als wir kamen, obwohl Sonntag war. Aber hier finden nur ganz besondere Spiele statt, alle heiligen Zeiten sozusagen. Niemand legte den Ball auf den Elfmeterpunkt. Niemand bekreuzigte sich. Niemand sang: Allez les bleus! Enfants de la Patrie! Marchons! Marchons! Niemand war da. Keine Fahne wehte. Wüste. Stille. Ein kühler Wind pfiff durch den jüngsten Tag. Die Ruhe nach dem Sturm. Die Ruhe vor dem Sturm. Es war eine Minute nach sechs. Um sechs waren die Tore des Tempels geschlossen worden. Achtzigtausend Stühle. Aber wir würden sie nicht zu Gesicht bekommen. Selig die, die glauben ohne zu sehen. Ich machte den Exhibitionisten. Ich riss mein Sakko auf, ich zeigte der Welt meine Botschaft vor dem Stade de France. Die Welt nickte zustimmend. Klick. Klick. Klick.

»Hier sind die Franzosen Weltmeister geworden!«, sagte ich.

»Das muss nach meinem Tod gewesen sein.«

»Ja. Hier wird die nächste Europameisterschaft stattfinden!

Genau so eine wie die letzte Europameisterschaft bei mir in Hintersiebenbergen.«

»So lange kann ich nicht warten«, sagte Ionesco.

»Natürlich nicht«, sagte ich, als wir zurück zur Metrostation marschierten. Im Nu waren wir wieder auf der Stadtinsel. Am Platz vor Notre Dame herrschte großes Gedränge, nicht nur weil die Sonntagsmesse bald beginnen würde, sondern weil der Domprobst vor der Kathedrale eine Bar eingerichtet hatte und seinen Gästen Sandwiches und Beaujolais offerierte. Und für die Liebhaber des Süßen gab es auch einen Erdbeercocktail. Der Herr von Notre Dame trug keine Soutane, sondern eine hippe Jeans, einen zum Erdbeercocktail passenden zartrosa Tommy-Hilfiger-Pullover, und auch sein Haarschnitt war le dernier cri, tout à la mode! Die Hände in den Taschen plauderte er jovial mit seinem schmatzenden Zielpublikum vor Notre Dame, und ich hörte, wie der Domprobst lachend sagte, lasst uns fröhlich sein, drücken wir uns die Hände, der liebe Jesus wünscht euch einen schönen guten Tag! Genießt jeden Augenblick eures Daseins, wie auch ich jeden Augenblick meines Daseins genieße.

»Mir gefällt das nicht«, sagte Ionesco, »dieser Domprobst scheint mir von unglaublicher Dummheit, von totaler Ungeistigkeit zu sein! Er verwechselt Brüderlichkeit mit Verbrüderung. Er ist so dumm und mittelmäßig wie alle Pfarrer, ein Kleinbürger. Er will *dazugehören*. Er will *mit der Zeit gehen,* er will modern, er will zeitgemäß sein. Das ist das Dümmste, was ein Gottesmann wollen und machen kann, das ist, genau genommen, Gottesmannes Selbstmord«, sagte Ionesco. »Hallodria Rhinozeros«, bestätigte ich.

»Die Kirche will ihre Kundschaft nicht verlieren«, stöhnte Ionesco. »Sie will keine leeren Bankreihen, keine leeren Stühle. Sie will nicht warten. Sie will neue Kundschaft dazugewinnen. Die Kirche dient sich dem Kapitalismus an, wie sie sich allen Herrschaften, allen Herrschaftsformen, allen Mächten angedient hat. Das ergibt eine Art von Verweltlichung, die erstens jämmerlich, zweitens ekelhaft ist. Die dumme Kirche ist mitgerissen vom Wirbel der Welt. Alles ist in Bewegung, wir indessen bräuchten einen Felsen. Mir scheint es skandalös«, sagte mir Ionesco, »dass die Kirche in der Geschichte aufgehen will aus Angst, außerhalb der Geschichte zu sein. Das ist irrig, denn ihre Rolle will, dass sie außerhalb der Geschichte bleibt, um die Welt, die Geschichte dem Ewigen zuzuführen, um die Geschichte zur Übergeschichte zu erhöhen. Die Kirche heutzutage treibt nur noch Politik und Demagogie«, sagte mir Ionesco. »Die Kirche hat sich so eingerichtet, dass sie für welchen Staat auch immer annehmbar ist«, und fast schien es mir, als hätte auch der Domprobst die Worte Ionescos gehört, und als wäre er nur eine Marionette, eine Puppe im Puppentheater Ionescos, eine quakende Disneyfigur, die unweigerlich die Schrift erfüllen müsse, die Regieanweisungen und den Text.

Aus der Menge vor Notre Dame tauchte nun nämlich der Pariser Bürgermeister auf, ebenfalls eine Disneyfigur. Er kam freudestrahlend und mit ausgebreiteten Armen auf den Domprobst zu, der ihn inmitten ihres gemeinsamen zahlenden Publikums mit ebenfalls ausgebreiteten Armen freudestrahlend erwartete und in Empfang nahm. Küsschen, Weltlicher! Küsschen, Geistlicher! Darf ich bitten? Der Pariser Bürgermeister umarmte den Domprobst und steckte ihm ein blütenweißes Kuvert zu, das jener mit kurzem, anerkennenden Kopfnicken unter dem Tommy-Hilfiger-Pullover verstaute. »Sehen wir uns am Nachmittag beim Prominentengrillen?«, fragte der Bürgermeister den Domprobst, und der sagte: »Selbstverständlich, mein Lieber, selbstverständlich, so Gott will. Aber warum soll er nicht wollen?«

Der Bürgermeister hatte seinen Bürgermeisterfotografen im Gefolge, und der schoss jede Menge Fotografien, wie der freudestrahlende Pariser Bürgermeister den freudestrahlenden Domprobst umarmte. Nehmen Sie hoch das Bein, sagte der Fotograf. Ja, gut so.

»Jetzt aber hinunter mit dem Beaujolais, einen Schluck für Gott, einen Schluck für den Kaiser, und hinein ins Kirchenschiff, ahoi!«, rief Jasomirgott Hilfiger und klatschte in die Hände, »liebe Festgäste, wir haben heute eine Laienpredigt im Dom, eine Überraschungspredigt, ich weiß selber nicht, was der Redner sagen wird, wir sind da ganz, ganz offen, ich lasse mich selber von seiner Botschaft überraschen, das kann spannend werden! Kommen Sie, liebe mehr oder weniger Gläubige, hereinspaziert, hereinspaziert!«

Es war dämmrig und düster in Notre Dame, wie immer, nicht so hell und himmlisch wie oben am Montmartre im Kirchenschiff Sacré-Cœur. Immer mehr Festgäste strömten in die Kirche. Manche hatten sogar heimlich ihr Gläschen mit dem Beaujolais mitgenommen. Es wurde still, mucksmickymäuschenstill, die Messe begann und der Redner kam und trat an die Kanzel. Es war so schummrig, dass man sein Gesicht kaum erkennen konnte. Ist das nicht …? Das ist doch …! Quasimodo Goof … Quasimodo Wurmlinger … Quasi …

So begann der Redner:

Ich fühle mich dieser Welt nicht zugehörig! Tatsächlich bin ich so etwas wie der letzte Mensch auf dieser ungeheuerlichen Insel, und als solcher bedeute ich nichts anderes als eine Abnormität, ein Monstrum.

Da ging ein Raunen durch die Menge der Gläubigen. Seht! Der Glöckner! Er lebt!

Ich persönlich bilde mir etwas darauf ein, dass ich anders bin als die anderen. Ich bin ungehorsam geboren. Kommt es vor, dass ich scheinbar gehorche, dann gehorche ich nur, wo gehorchen verboten ist. Wo gehorchen sich nicht schickt. Gegen die Mode. Gegen die Geschichte.

Wir müssen unsere Prüfer anzweifeln! Die Fachleute wollen, dass man ihnen gehorcht. Sie sind böse, wenn man es nicht tut. Sie wollen, dass man ihr Spiel mitspielt, dass man ihr Instrument wird. Ich bin gegen jede Obrigkeit. Jede Rechtssprechung ist ungerecht, jede Autorität willkürlich. Die neuen Autoritäten sind ebenso ungerecht, ebenso unannehmbar wie die alten.

Ich sträube mich gegen die sogenannten Intellektuellen. Ich glaube nicht mehr an die Objektivität der Wissenschaft. Alles kann mithilfe der Wissenschaft behauptet und bewiesen werden. Aus der Wissenschaft lässt sich machen, was man will. Es kommt immer darauf an, wer die Macht hat.

Freie Menschen werden nicht beherrscht und herrschen nicht.

Es ist unmöglich, sich einander mitzuteilen. Die falschen Worte vermitteln das Wahre. Die echten sind dunkel.

Alle verstehen und erklären alles. Ich bin der Einzige auf der Welt, der nichts begreift. Alle Systeme sind falsch. Was ich unannehmbar finde, sind die Bedingungen unserer Existenz. Auf der Erde zu sein, ist nicht annehmbar.

Monsieur Quasimodo, noch immer auf der Kanzel, zückte plötzlich einen Revolver, stopfte sich vor allen Gläubigen im Kirchenschiff den Lauf in den Mund und drückte ab. Das Blut spritzte. Das Hirn spritzte. Der Kopf spritzte. Ah! Ça ira!

Bumm! Wumm! Krach! Würg! Schluck! Zaberdoinnnggg!

Die Leute schrien, kreischten und drängten entsetzt aus Notre Dame hinaus ins Freie, um atmen zu können. Sie wischten sich das Blut aus dem Gesicht. Sie wischten sich das Hirn aus dem Gesicht. Sie wischten sich den Kopf aus dem Gesicht. Die einen sagten dies. Die anderen sagten das. Die Linken meinten dies. Die Rechten meinten das. Die einen murmelten. Die anderen schüttelten den Kopf oder wiegten ihn. Kinder weinten. Greise greinten. Marion hielt sich die Hände vors Gesicht. Einer sagte, nach den großen Tragödien müsse man sich am Ende immer schnäuzen. Unaufhörliches Stimmengewirr.

Man fand einen Abschiedsbrief am Pult der Kanzel. Quasimodo schrieb, er sei gesund an Leib und Geist und erfüllt von Liebe für seine Frau und seine Kinder. Er erwarte nichts jenseits des Lebens es sei denn ENGELBROT und nnaa… er opfere den Rest seines Lebens als Protest und Aufruf zu einem Neubeginn. Er habe dafür diesen hochsymbolischen Ort ausgesucht, die Kathedrale Notre Dame von Paris, die er achte und bewundere und die von dem Genius unserer Vorfahren auf den Kultstätten noch älterer Zeiten errich… nnm, nwn, v. Da uns eine identitätsstiftende Religion fehle, seien wir seit den Zeiten Homers auf unser eigenes Gedächtnis … mmm, mm, krr, mmm, mmm.

Gleich hinter der Bastille findet auch noch ein Massaker statt, wie wär's? Na, ich weiß nicht, so viel Blut auf einmal … Also kommen Sie, wenn wir schon da sind! Allahu Akbar! Allah ist groß! Rache für Mohammed!

Lieber aufrecht sterben als auf Knien leben, lebt der noch, der das gesagt hat, nein, der ist schon tot, soeben gestorben, gemeinsam mit einem Dutzend anderer niedergemetzelt, aber kann man gemeinsam sterben, nein, nein, man stirbt auch gemeinsam einzeln und ist bis in alle Ewigkeit einzeln tot, Fanatiker soll man nicht reizen, dann werden sie noch fanatischer, man soll das Schicksal nicht herausfordern, Satire! Satire! Was soll denn das schon wieder heißen: Satire? Eine Satire ist eine Fruchtschüssel, kein Blutbad, Früchte führen zu Fructoseallergie, wäääh, und hier ist ja überall Blut und Boden voller Leichen, spotten Sie nicht, der Philosophie spotten, das heißt wahrhaft philosophieren, eujeujeu, von wem ist denn das schon wieder, in der Redaktion eines Satiremagazins kann es oft richtig lustig zugehen, außer wenn alle Redakteure tot sind, dann ist es sogar ganz ganz traurig, und rundherum tote Polizisten und niedergemetzelte Fußgänger, jetzt deeskalieren, ein Anschlag auf Voltaire, ja, meinen Sie? Voltaire war ja Satiriker, hören Sie mir auf mit Ihrer Satire. Wo geht's hier zum Massaker? Links, rechts, wieder links und dann immer geradeaus, Dschihadisten, Islamisten, Extremisten, Blasphemisten, Atheisten, Nihilisten, Politiker, Raketenwerfer, Blendgranaten, Straßensperren, Polizei, Geiseln, Krieg, Sturmangriff, Rechtsradikale, Linksradikale, Hubschrauber, Hassprediger, Wutbürger, Ungläubige, Lichterketten! Kerzenmeere! Todesstrafe! Kalaschnikowkalaschnikowkalaschnikow, Kalaschnikowa nicht zu vergessen, Terroristen, Terrortalkshows auf allen Kanälen, Sensationsquoten, jetzt geht es darum, die richtigen Antworten zu finden, der Atheismus ist tot, die Freiheit ist tot, die offene Gesellschaft ist tot, die Demokratie ist tot, die Demokratie hat es ja gar nie gegeben, lasst euch nicht unterkriegen, eine Million Auflage, hundert Millionen Auflage, eine Milliarde Auflage, ein Bombengeschäft, Allah ist groß, ekklesiogene Kollektivneurose. Pscht, jetzt spricht der Präsident: Es gibt hier seit jeher die Versuchung der Dekadenz, des Niedergangs, des zwanghaften Pessimismus in Frankreich, das ist kein literarisches Wagnis, nur eine Wiederholung. Präsident geht auf Distanz zu Dichter, Präsident verteidigt Meinungsfreiheit als Wert des Westens, frei, das heißt ignoriert oder niedergemetzelt werden, Präsident geht auf Distanz zu Satire. Was ist denn das für ein Präsident? Ein Rechter? Ein Linker? So eine Art Linksrechtsrechtslinker, ein Roundabout … les enfants de la Patriiiiee … wer ist denn das, ein Clown? Nein, der Autor, ah, verstehe, überall auf der Welt plakative Solidarität mit den bis vor zwei Sekunden völlig unbekannten Satirikern, wir alle sind Satiriker, ruft die ganze Welt jetzt, die westliche Welt jedenfalls, aber davon werden die toten Satiriker nicht wieder lebendig. »Kommen Sie, geh'n wir jetzt, es ist ja doch immer das Gleiche in dieser bedrohlichen und sinnlosen Welt! Die Welt ist unbewohnbar geworden, Fraundorfer«, sagte Ionesco,

»Es ist Zeit! Wir sind ganz nah am Ziel!«

Vor dem Théâtre de la Huchette musste mich Marion Gibraltar wieder fotografieren. Ich zog mich um, und Marion hielt meine Kleider. Zunächst musste ich auf offener Straße Kappe, Windjacke, Sakko, Handtasche ablegen, um mir dann die Botschaft überzustreifen. Darüber wieder das Sakko, dessen Enden ich schließlich auseinanderzog. Klick. Klick. Klick. Ich prüfte an Ort und Stelle auf dem Display der Kamera die Fotos und war nicht völlig zufrieden. Also die ganze Prozedur noch einmal. Marion verdrehte die Augen. Die Leute, die uns hier beobachteten, müssen uns für verrückt gehalten haben. Aber was die Leute denken, hatte mich in meinem Paralleluniversum noch nie interessiert. Ich war plötzlich ungehalten. Ich erwartete nicht, dass irgendjemand verstehen konnte, was ich hier tat – ausgenommen vielleicht der Geist Ionesco. Ich habe es auch niemandem erklärt: weder mein Verhalten noch meinen Impetus. Aber ich erwarte, dass man mir zubilligt, dass ich nicht einfach einen Jokus mache. Ich erwarte Respekt!

Ionescos Wohnung am Boulevard du Montparnasse 96 lag keine fünf Minuten vom Friedhof entfernt. Das war praktisch. Man brauchte keinen Leichenwagen, man konnte die Leiche ohne Weiteres aus der Wohnung, vom Sterbebett im Schlafzimmer direkt hin zum Grab tragen. Ionescos Leiche hätte ohne Weiteres hinüberwachsen können.

»In meinem letzten Lebensjahr ging ich kaum noch vor die Tür, nicht nur wegen der schlechten Beine. Ich schaute nur noch aus dem Fenster oder vom Balkon hinunter. Paris war einmal eine begnadete Stadt gewesen, ist es aber nicht mehr, wie Florenz, Rom, Venedig begnadete Städte waren, aber nicht mehr sind. Eine Unmenge lärmender Touristen kommt nach Paris, als ob Paris noch Paris wäre, und so, wie sie sich vorstellen, dass Paris Paris ist, ist Paris noch Paris. Aber in Wirklichkeit ist Paris nicht mehr Paris.

In Paris wurde es immer lauter! Wir lebten in der sechsten Etage, wir blieben zu Hause. Die Concierge lauerte hinter dem Vorhang und rührte sich nicht. Sie war ein böser Geist, aber gut für uns. Es gab keine Namensschilder am Eingangstor, nur ein Kästchen mit Nummern, in das man einen Code tippen musste, unseren Code, wenn man zu uns wollte. Den musste man kennen. Wir hatten zwei Codes, einen für Freunde, einen für Feinde, also für den Rest der Welt. So konnten wir – je nachdem, in welcher Weise es klingelte – immer entscheiden, ob wir zu Hause waren oder nicht. Meistens waren wir nicht zu Hause. Den Code wechselten wir oft, weil Freunde ja nicht Freunde bleiben mussten. Und wenn man den Code geknackt hatte, musste man auch noch darauf vertrauen, dass der Lift auf dem Weg in die sechste Etage nicht stecken blieb. Er blieb oft stecken: Darauf legten wir Wert. Wir schlossen uns aus. Wir schlossen uns ein. Am Ende hatten wir unseren Code selbst vergessen. Vom Balkon auf den Boulevard du Montparnasse hinunterschauend habe ich mir gedacht, gerade die Literatur ist schuld daran, dass ich überhaupt nichts mehr verstehe. Der Wind! Der Wind! Seit Jahrtausenden und Aberjahrtausenden stellen wir dieselben Fragen, so oft, dass es lächerlich geworden ist, sie zu stellen, dass sie abgegriffen sind, bevor man auch nur die Ahnung einer Antwort bekommt. Einstmals setzte ich mich mit Freude an meinen Tisch, um zu schreiben. Dann nur noch mit einem gewissen Vergnügen. Später gleichgültig, gewohnheitsmäßig und sogar etwas gelangweilt. Noch später setzte ich mich widerwillig an den Tisch. Heute erfüllt mich der Gedanke, ich müsse schreiben, ganz einfach mit Grausen. Es ekelt mich vor dem Verb »schreiben«, besonders wenn es ohne direktes Objekt gebraucht wird! Nie, nie, niemals wieder will ich schreiben. Nicht ein Wort. Ich will meine Erzählungen nicht mehr lesen. Ich will meine Stücke nicht mehr sehen. Ich will alles vergessen. Ich will nichts. Diese unvorstellbare, enorme Müdigkeit! Ihren Grund kenne ich: die Gewissheit, dass alles umsonst ist.

Es ist absurd zu sagen, die Welt sei absurd. Wo sind die Kriterien des Absurden? Ich kann nicht einmal sagen, dass ich nichts weiß, da ich nicht weiß, was wissen besagt, und da ich nicht weiß, was der Ausdruck »besagen« besagt. Mir scheint, ich drehe mich im Kreis. Vielleicht gibt es gar keinen Kreis. Ich kann nicht lachen, nicht weinen, nicht sitzen, nicht liegen, nicht aufstehen. Ich bin gelähmt. Ich kann mich nicht mehr rühren. Ich rühre mich aber.

Ich habe auf den Boulevard hinuntergeschaut und gedacht: Ich fühle schon die Erde beben, ich sehe die drohenden Felsen, die auf mich herabstürzen und mich zerschmettern werden … ich habe immer versucht zu leben, doch ich bin am Leben vorbeigegangen. Ich habe mich nicht vergessen können.

Ich habe auf den Boulevard hinuntergeschaut und gedacht: Das Paradies will ich wiederfinden. Wie kann man anders als im Paradies leben? Wissen Sie, Fraundorfer, ein Psychotherapeut sagte mir: Die Neurotiker haben recht! Trotzdem gibt man ihnen Medikamente, um ihre Einsichten zu dämpfen. Denn die Welt ist unerträglich. Ein sensibler Mensch kann nicht in dieser Welt leben.

War jemals etwas selbstverständlich? Konnte man jemals etwas unternehmen? Was man machen konnte, kann man nicht mehr machen. Was selbstverständlich war, wird unverständlich. Das Mögliche wird unmöglich. Nicht mehr gehen können, immer noch vom Gehen träumen können. In den Requisiten des gelebten Lebens herumträumen, Albträume natürlich, im Albtraum einschlafen, im Albtraum vom Sterben träumen, im Albtraum sterben, sterben. Der Tod ist banal. Es wird einem schlecht, ein letztes Erstaunen, man schlittert aus sich weg, und irgendwann macht sich selbst ein Punkt. Ein Stich. Ein Blitz. Und Finsternis. Die Finsternis am Ende des Tunnels. Die Finsternis am Ende des Universums. Das ist das Ende. Das Aus.

Ich muss mir sagen, dass ich schon tot bin und dass das gar nicht so schlimm ist. Das Universum kommt nach mir gut ohne mich aus. Das Nichts ist nicht schwer. Es ist federleicht. Es ist die Leichtigkeit selbst … jedes Leben ist ein Universum. Aber ein Leben ist nichts, wenn es nicht das universelle Leben widerspiegelt, wenn es nicht zugleich es selbst und ein anderes ist … der Wind! Der Wind! Übrigens lernt man niemanden im Gespräch kennen, nur durch einen Text, Egyd, das heißt eine Beichte, nur so kommt es zu einer Verschmelzung. Darin liegt immerhin eine Rechtfertigung der Literatur. Ich bin also auf diesem Balkon dieser Wohnung in diesem Haus an diesem Boulevard jemand, der sich selbst zuschaut, eine Art machtloser Gott.

Ich hasse den Nachbarn rechts. Ich hasse den Nachbarn links. Ich hasse den Nachbarn eine Etage über mir. Menschen! Menschen! Schauen Sie sich die Menschen an, wie sie auf der Straße herumlaufen, die Blicke auf den Asphalt gerichtet! Die Leute schauen weder nach rechts noch nach links. Sie machen ein beschäftigtes Gesicht. Wie bei den Hunden klebt ihr Blick am Boden. Sie rennen geradeaus, ohne jemals geradeaus zu sehen. Überall Menschen! Zu viele Menschen! Viel zu viele Menschen! Die Städte sind unbewohnbar geworden vor lauter Menschen. Die Welt ist unbewohnbar geworden vor lauter Menschen. Menschen wie Wasser. Menschen wie Hochwasser.

Menschenmenschenmenschen ohne Bedeutung. Menschenmenschenmenschen ohne Ziel. Die Menschheit metastasiert. Die Menschheit stirbt an sich selbst.

Da um die Ecke, im Jardin du Luxembourg, gab es ein Kasperletheater. Wie verhext konnte ich da ganze Tage bleiben. Obwohl ich nicht lachte. Der Anblick dieser sprechenden, sich bewegenden und schlagenden Puppen war überwältigend! Es war für mich ein Schauspiel, das die Welt widerspiegelte, wahrer als das Wahre. Das Kasperletheater fesselte mich. Es stellte die Welt in einer unendlich vereinfachten und karikierten Form dar, als wollte es deren groteske und grausame Wahrheit unterstreichen. Heute gibt es kein Kasperletheater mehr im Jardin du Luxembourg.«

Fünfstöckige, sechsstöckige Wohnhäuser mit Runddach und den Fenstertüren mit den schmiedeeisernen Balkongeländern, wie man sie in Paris überall sieht, säumen den Cimetière von Montparnasse, da und dort ein Wolkenkratzer. Im Eingangshäuschen sitzt ein Friedhofswärter und händigt jedem Besucher einen Lageplan der Gräber, also der sépultures des personnalités les plus demandées aus und ringelt die gewünschten Gräber ein. Leicht sind sie trotzdem nicht zu finden. Ein Armenfriedhof ist das nicht gerade! Das hier sind keine Gräber, die man ein paar Jahre nach der Beerdigung auflassen wird. Das sind keine Gräber, das sind Grabmäler, Gruften, zusammengepferchte Gruften. Ionesco nur einen Steinwurf von Beckett entfernt, Cioran nur einen Steinwurf von Ionesco. Beckett (Nummer 8) und Ionesco liegen an Avenues, Cioran, philosophe roumain, Nummer 21, Division 13, aber mitten drin in der Gruftenwüste, man muss ihn erklettern, man findet ihn gar nicht oder zufällig. Plötzlich steht man vor Cioran. *Die Pflicht des Einsamen ist es, noch einsamer zu werden.*

»Hier haben wir Fußball gespielt, als wir jünger waren: Beckett hat den Totenkopf mit der Brust gestoppt und volley weiter zu Cioran gespielt, der hat mit dem Totenkopf gegaberlt, ich habe Sartre den Totenkopf in die Hoden geschossen, das war ein herrliches Vergnügen, wie alle Geschöpfe kamen wir zu keinem Ergebnis. Jetzt liegen wir selber hier und können nicht mehr mit dem Totenkopf spielen.«

»Wir sind da. Legen Sie sich nieder, Ionesco! Adieu! Sie waren der große Geist für mich, Maître. Das große Geisterereignis. Nie daran gedacht, dass ein Geist einen lebendigen Körper, ein biologisches Leben hat, eine bestimmte Wohnung in einer bestimmten Straße in einer bestimmten Stadt des Weltalls, eine bestimmte Familie, bestimmte Eltern, eine bestimmte Frau, eine bestimmte Tochter, ein bestimmtes Schicksal. Freunde, Widersacher mit bestimmten Namen und bestimmten Möglichkeiten. Neider, Verhinderer, Widersacher, Feinde an höchsten Stellen; bestimmte Haustiere, Fußpilz, Kontostand und eine bestimmte Anzahl von Orgasmen. Ein bestimmtes Sterben, bestimmte Jahreszahlen, einen bestimmten Tod, ein bestimmtes Grab auf einem bestimmten Friedhof. Über das alles hätte ich gern einen Roman geschrieben. Ionesco, schauen Sie, Sie haben keine Arme und keine Hände mehr, Ihre Gliedmaßen lösen sich auf. Ionesco, Sie haben jetzt auch keine Beine mehr. Sie haben keinen Rumpf mehr, Ionesco, jetzt ist nur noch Ihr Kopf vorhanden. Sind das überhaupt noch Sie? Jetzt ist Ihr Kopf auch im Verschwinden, gerade das Gesicht ist noch zu erkennen, der Mund. Der Mund öffnet sich, er sagt, ich liebe diese Welt nicht. Der Mund bittet Gott um einen neuen Kosmos. Gott hat aber keine Lust, und jetzt ist der Mund auch weg, Ionesco. Nur noch Ihre beiden Augen im Schlamm. Die schauen in den Himmel. Die Augen bewegen sich nicht mehr. Das linke Auge ist tot. Das rechte Auge ist tot. Schlamm. Weißer Marmor. Die Grabplatte. *Prier le Je Ne Sais Qui – J'espère: Jésus-Christ.*«

Ich setzte mich auf die Friedhofsparkbank an der Kreuzung Avenue Principale – Allée Lenoir im arrondissement six und zog mich ein allerletztes Mal um. Ende der Weltreise. Ende der Mission. Die Verkündigung. Die Botschaft. »Maître Ionesco, ich bringe Ihnen hier »Die Stühle« zurück, für die ich als halbwüchsiger vor sich hinträumender Sohn eines niedergehenden Sitzmöbelunternehmers irrtümlich leider keinen Eintritt bezahlt habe an dem Tag, an dem Sie in meiner unwürdigen kleinen Stadt dieses gleißende Licht gesehen haben, die absolute Gegenwart, »Die Stühle«, die von diesem Tag an mein ganzes Leben bestimmt haben auf eine grausame, aber doch großartige Weise. Ein Exkommunizierter. Dauernde Menschenferne. Dauernde Gottesferne. Es war ein weiter Weg und eine lange Reise bis hierher zu Ihnen, quer durch ein ganzes Paralleluniversum. Ich habe eine sehr, sehr alte Geschichte zu Ende bringen müssen. Hier haben Sie »Die Stühle«! Unser Stück ist nun zu Ende. Ich hoffe, ich habe es wiedergutgemacht, Maître Ionesco, alles wieder gut gemacht. Ich bitte um Absolution und danke. Ich danke Ihnen, Meister!«

»Ihre Stühle: Das ist doch der allertraurigste Klamauk!«, flüsterte der Maître. Nein, der Maître sagte nichts. Ich selbst sagte mir: »Das ist der allertraurigste Klamauk, den du hier treibst.« Ich dachte es. Denken heißt, so leise reden, dass einen niemand hören kann. Es war still. Ganz still. Ohrenbetäubend still. Delirium.

Das Grab Nummer 45 (Ionesco Eugène 1909–1994). Die Division 6. Der Cimetière du Montparnasse. Le Quartier Latin. Paris. Die Grande Nation. Der Kontinent Europa. Der Planet Erde. Der Weltraum. Krxx … krwwxx … krrrwxxxxx … Schlblwwwrxrxrxxxx! Plp! Plp! Krx! Krx! Pinnnng! Zinnnnng! Fltsch. Fltsch. Fltsch. Schlabaschlablbschlblb! Das Paralleluniversum ist nicht mehr.

13
DER JÜNGSTE TAG

Der Weltraum. Die Erdkugel. Die nördliche Hemisphäre. Einer der kleineren, zerklüfteten Kontinente. Einer der kleineren Staaten dieses Kontinents. Eine der kleineren Städte dieses Staates dieses Kontinents. Das große Stadion der kleinen Stadt. Die Silberschüssel. Zweiunddreißigtausend Sitzplätze. Einunddreißigtausendsiebenhundert leere Sitzplätze, weinrot. Prächtige Öde! Eine Schneeflocke. Ich, Egyd Fraundorfer, Bewohner des Weltalls und Teil des Universums, bin allein gekommen, ich sitze allein, ich werde allein gehen. Ionesco hat sich aufgelöst, und er fehlt mir. Gegen wen Hallodria spielt, weiß ich nicht. Es ist auch egal. Doch, jetzt fällt es mir wieder ein: gegen Allerheiligen. Wie immer gegen Allerheiligen. Das Spiel befindet sich in den letzten Minuten, die Bratwurst ist verzehrt, und es steht null zu sieben.

Nein, nein, zu Herzen gegangen ist mir keines der sieben Tore. Die meisten habe ich sogar verschlafen. Die Hände habe ich natürlich schon gefaltet, wie immer, das gehört sich bei einer heiligen Handlung. Aber heilige Handlungen sind langweilig und ich war müde, zwischendurch bin ich immer wieder eingenickt, wie es manche Gläubige während des Gottesdienstes tun. Wir versenken uns. Ich habe geträumt. Es waren schöne Träume ohne jeden Inhalt. Das Geschrei und empörte Pfeifen der paar elenden Existenzen nach den Gegentoren hat mich wieder geweckt. Da! Noch eine Schneeflocke! Der Pfarrkirchenrat sagte Spielstände des wachsenden Debakels in monotoner Eintonstimmlage an, da war nichts Interaktives mehr. Wo nichts zu höhnen und zu spotten ist, da wird es akustisch violett.

Im Himmel geht es nicht mehr um Ergebnisse. Im Himmel geht es nicht mehr um Siege, Niederlagen, Spielverläufe. Im Himmel ist es immer langweilig. Im Himmel ist man immer allein, das ist logisch. Der Himmel ist kein Volksfest!

Schon wieder eine Schneeflocke: Diese hat genau meine Nasenspitze getroffen. Die Kommentatoren werden morgen, am Tag danach, von einer Erdrutschniederlage sprechen. Man kann sich die Artikel ausrechnen wie Nachrufe. Das Resultat, das unglaubliche Null-zu-Sieben, könne »in der Fußballlandschaft ein Erdbeben auslösen«. Aber das ist Blödsinn. Ein Erdrutsch ist noch lange kein Erdbeben. Wir sind nach der Apokalypse, und noch nie hat es nach der Apokalypse ein Erdbeben gegeben. Auch alle Experten versichern ja übereinstimmend, dass es keinen Trend zu einer Vermehrung von Erdbeben gebe, dass sich ganz generell sagen lasse, dass die Erde entweder beben oder nicht beben könne und dass aufgrund der Kürze der geologischen Bruchlinien dieser Region die Gefahr von Erdbeben auch weiterhin gering bleibe.

Außerdem hat es offenbar leicht zu schneien begonnen, und wo es schneit, gibt es niemals Erdbeben. Was mich hingegen ein bisschen nachdenklich macht, ist mein Eindruck, dass das Stadion größer wird. Es hat wieder zu wachsen begonnen, es wächst, mir zuliebe vermutlich. Oder ist es bloß mein Kopf, der immer größer wird? Ist das ein gutes oder ein schlechtes Zeichen? Ist es überhaupt ein Zeichen? Man fragt sich, wohin das noch alles führen soll!

***

Zur Pause stand es bereits null zu vier, und dementsprechend erleichtert machte ich mich zum Kiosk auf, um meine Bratwurst zu kaufen. Plötzlich sah ich am Tresen neben mir ein Gesicht, etwa einen Kopf unter meinem Kopf einen Kopf, den ich kannte: den Kopf von Professor Pöhland! Du lieber Himmel! Ich dachte, er sei längst gestorben. Aber er war nicht gestorben, er lebte. Er am Fußballplatz! Er in meinem Stadion! Aber dieser Pöhland war der Amtsgewalt enthoben jetzt längst ein Tattergreis in einem grauen Staubmantel mit grauen Haaren, grauen Augen und grauer Haut. Auch er nur der Hausmeister der Ruine seiner Existenz. Wie empfand er das Null-zu-Vier zur Pause? Was ging in seinem Kopf vor? Ging etwas in seinem Kopf vor? Sollte ich ihn fragen? Sollte ich ihm erzählen, wer bei mir zu Besuch gewesen ist? Nein, das hätte keinen Sinn und keine Bedeutung gehabt. Es war zu spät. Die Geschichte war geschrieben, sie war in die Welt hinausgeschwebt, und sie ließ sich nun weder umschreiben noch ausradieren. Jetzt! Jetzt musste ich diesen Mann treffen! Noch vor Kurzem hätte ich ihn mit all den Geistern persönlich bekannt machen können, persönlich hätten sie, die Weltgeister der Weltgeister, ihm in aller Klarheit gesagt, dass er damals … aber jetzt war es zu spät, ich habe meine Geister heimgebracht und zur ewigen Ruhe gebettet. Jetzt gab es nicht mehr das Geringste zu sagen. *At the age of 73 he realized he'd never ride through Paris.* Plötzlich ein Blickkontakt beim Bezahlen der Bratwurst, es durchzuckte mich, aber Pöhland durchzuckte nichts, er erkannte mich nicht, seine Augen blieben tot, als wären wir uns niemals in unseren Leben begegnet.

Er war sein eigener Gegenbeweis geworden: Die Welt hat keine Lehre.

Am Ende meines Lebens werde ich sagen: Mein Leben war ein Traum. Aber das wird nicht als Kompliment für mein Leben und meine Welt gemeint sein, nur als Beweis, dass ich mich bis zu meinem allerletzten Atemzug geweigert haben werde aufzuwachen. Am Ende meines Lebens werde ich sagen müssen: Ich bin mein ganzes Leben allein gewesen. Immer im

Abseits. Nie waren viele Menschen rund um mich. Aber immer waren viele Plätze um mich, viele, viele Möglichkeiten, immer habe ich mit dem gelebt, was hätte sein können, was hätte anders sein können, was hätte besser sein können, was hätte schöner sein können. Es war nur niemand da.

Hallodria hatte gegen Allerheiligen einen schlechten Start erwischt. Womit niemand rechnen konnte, war nämlich eingetroffen: Wurmlinger hatte in der Transferzeit gewechselt und spielte jetzt für Allerheiligen. Mit Wurmlinger ist Allerheiligen eine ganze Klasse stärker, und es war niemand geringerer als Wurmlinger, der schon früh das Null-zu-Eins markierte. Zum Glück hat das kaum jemand gesehen, zum Glück war ich fast allein. In die Außenwelt drang nichts. Für die Uneingeweihten da draußen war es, als wäre gar nichts geschehen. Kaum hatte sich Hallodria einigermaßen von der kalten Dusche erholt, kam schon der nächste Schock: null zu zwei – und wieder Wurmlinger. Der Schneefall wurde stärker. Als ich in der Pause meine Bratwurst aß, stand es also null zu vier. In der zweiten Hälfte tat Allerheiligen nur noch das Notwendigste. Aber trotzdem fiel das Null-zu-Fünf und das Null-zu-Sechs. Immer wieder Wurmlinger.

Ich muss nachsitzen, mein Leben lang nachsitzen, die Strafe absitzen durch meine Schuld, durch meine Schuld, durch meine übergroße Schuld! Ich war schon halb zugeschneit. Vielleicht werde ich einmal sterben, wenn es draußen schneit und bitterkalt ist und dicke Flocken im Schein der Straßenlaternen tanzen. Das wäre schön.

***

Da wird er aber bitter enttäuscht sein, meinte Marions Verlobter, wo doch Hallodria zuletzt so gut gespielt hat! Herrliche

Kombinationen, herrliche Spielzüge, herrliche Körpertäuschungen, herrliche falsche Füße, falsche Flügel … bei einem Sieg wäre sogar der Aufstieg aus der Regionalliga in die Nationalliga möglich gewesen … Ja, in meiner ersten Lebenshälfte hätte mich ein Null-zu-Sieben schwer getroffen. Die ganze Woche lang hätte mir ein solches Debakel zugesetzt und schwarze Gedanken und schwarze Gefühle in mir erzeugt. Wurmlinger hätte mich in ein tiefes schwarzes Loch stürzen lassen.

Heute ist das anders: Ich stürze in ein weißes Loch. Im weißen Loch wird die Niederlage ein Sieg. Ich danke Wurmlinger.

Warum soll ich enttäuscht sein, wenn Hallodria gegen Allerheiligen null zu sieben verliert? Ein Katholik ist ja am Karfreitag auch nicht enttäuscht, weil Jesus Christus ans Kreuz genagelt wird! Das ist eben so. Er hat nichts anderes erwartet. Ohne die Kreuzigung wäre die Legende nicht vollendet, die Schrift nicht erfüllt. Die Schrift muss erfüllt werden, das wissen wir alle. Ohne Kreuzigung fehlte etwas. Kein Prosecco zur Kreuzigung! Zur Kreuzigung kein Champagner!

Ich danke Wurmlinger für alle seine sieben Tore, ich danke ihm, dass er den Triumph von Allerheiligen ermöglicht und den Aufstieg von Hallodria verhindert hat. Vor nichts fürchte ich mich mehr als vor einem Aufstieg. Dann kämen unweigerlich wieder Leute und patzten mein Stadion an. Die VIPs würden wieder kommen, die Journalisten, die Kapitalisten, die Spekulanten, die Parasiten. Freier, Freier, Freier! Die Freier würden die Liebenden verdrängen. Die Freier würden die Trauernden wegputzen. Die Freier würden die Gläubigen fortspülen. Freier, Freier, Freier mit Schaum vor dem Mund. Und die Unruhe und Getriebenheit gingen wieder los. Mit jedem Tor, das Wurmlinger der inferioren Hallodria schoss, fühlte ich mich erleichterter. Die Gefahr der Säkularisierung war gebannt, es konnte nun nichts mehr passieren.

Eine Handvoll junger Burschen in violetten Leibchen skandierte am Innengeländer der Verteilerebene lehnend, die an der Außenfront des Stadions offen und ebenfalls nur durch ein Geländer gesichert ist, über das man leicht klettern und dann in die Tiefe stürzen könnte, der leeren, grauen Wirklichkeit zum Trotz immer lauter, immer eindringlicher, immer ohrenbetäubender in hämmerndem Rhythmus:

Ohoh ohohh ouououo ohh!
Ohoh ohohh ouououo ohh!
Wir singen: Allez!
Denn wir geben nicht auf!
Irgendwann steigen wir wieder auf!
Ohoh ohohh ouououo ohh!
Ohoh ohohh ouououo ohh!
Ohoh ohohh ouououo ohh!
Ohoh ohohh ouououo ohh!
Wir singen: Allez!
Denn wir geben nicht auf!
Irgendwann steigen wir wieder auf!

So wird es immer sein, und ich werde nicht mehr sein. Aber ich werde hier sein, wenn ich nicht mehr bin. Ich werde hier sein und ich werde nicht sein.

Ohoh ohohh ouououo ohh!
Ohoh ohohh ouououo ohh!
Ich werde hier sein und ich werde nicht sein.
Ohoh ohohh ouououo ohh!
Ohoh ohohh ouououo ohh!
Ich werde nicht sein und ich werde hier sein.

Weitere Bücher von Egyd Gstättner

Egyd Gstättner
Das Geisterschiff
Ein Künstlerroman

222 Seiten, 3. Auflage, gebunden
ISBN 978-3-7117-2001-6

»Wie Gstättner durch das Ich von Auchentaller hindurcherzählt, sinniert und resümiert, hat eine besondere Lebendigkeit und heutige Frische. Diese Haltung zeichnet ›Das Geisterschiff‹ auch aus: das Aufgehen des Erzählers in der Person.«
DIE PRESSE

***

Egyd Gstättner
Am Fuß des Wörthersees
Neue Nachrichten aus der Provinz

222 Seiten, gebunden
ISBN 978-3-7117-2012-2

***

Egyd Gstättner
Absturz aus dem Himmel
Roman

216 Seiten, gebunden
ISBN 978-3-85452-676-6

Picus Verlag Wien

Weitere Bücher von Egyd Gstättner

Egyd Gstättner
Ein Endsommernachtsalbtraum
Mehr als ein Kriminalroman

192 Seiten, 2. Auflage, gebunden
ISBN 978-3-85452-684-1

»Gstättner geht mit feiner Klinge und doppelbödigem Humor seiner Heimat, den Autoritäten und den ›hallodrischen‹ Gepflogenheiten an den Kragen. Sehr fein: die Personenbeschreibungen am Ende, für sich genommen schon ein Lesevergnügen.«
Kleine Zeitung

***

Egyd Gstättner
Der Untergang des Morgenlands
Geschichten von verlorenen Posten

256 Seiten, gebunden
ISBN 978-3-85452-646-9

***

Egyd Gstättner
Der Mensch kann nicht fliegen
Der letzte Tag des Carlo Michelstaedter

220 Seiten, gebunden
ISBN 978-3-85452-635-3

Picus Verlag Wien